U0682152

悦讀紀
ENJOY READING ERA
憧憬美好
相信爱情

—— 阅读改变女性 · 女性改变未来 ——

黑颜

黑颜 作品

焰娘
YAN NIANG

青岛出版社
QINGDAO PUBLISHING HOUSE

图书在版编目（ＣＩＰ）数据

　焰娘 / 黑颜著. -- 青岛：青岛出版社，2016.10
　ISBN 978-7-5552-4503-2

　Ⅰ．①焰… Ⅱ．①黑… Ⅲ．①长篇小说－中国－当代
Ⅳ．①I247.5

　中国版本图书馆CIP数据核字(2016)第193337号

书　　　名　焰　娘
著　　　者　黑　颜
出版发行　青岛出版社
社　　　址　青岛市海尔路182号（266061）
本社网址　http://www.qdpub.com
邮购电话　010-85787680-8015　 13335059110
　　　　　　0532-85814750（传真）　 0532-68068026
责任编辑　那　耘
责任校对　张　旭
特约编辑　秋　山
装帧设计　苏　涛
照　　　排　孙顾芳
印　　　刷　三河市南阳印刷有限公司
出版日期　2016年10月第1版　　2016年10月第1次印刷
开　　　本　16开（700mm×980mm）
印　　　张　18
字　　　数　200千
书　　　号　ISBN 978-7-5552-4503-2
定　　　价　35.00元
编校印装质量、盗版监督服务电话　4006532017　　0532-68068638

建议陈列类别：畅销·古代言情

目录

焰娘

目录

残奴

〈焰娘〉

YAN NIANG

楔子　焰娘

　　她蜷缩在稻草垛里。漫天繁星伴着一弯眉毛似的月牙儿点缀着高爽的秋夜，左方是无际的田野，阡陌纵横；右边是一片稀疏的小树林，林中一条清澈的小溪穿过，流向很远很远处隐约可见的大江里。在草垛的不远处，是一个有着四五十户人家的小村落，此时偶尔可听见犬吠，人声早已消寂。

　　此起彼伏的秋虫鸣声让人更感觉到夜的深沉。她闭上眼，一丝淡淡的寂寞浮上心间，随即被她挥开。焰族的女子自小就被教会远离寂寞、悲伤、自怜等奢侈的情绪，因为据祖辈的经验，这些情绪会让一个人软弱不能自立，而焰族的女儿根本没有软弱的权利。

　　十二岁一过，焰族女儿便会被逐出部落，像无根的浮萍般四处飘荡，一生一世不得回去。

　　焰族的男儿强悍高贵，女儿却淫荡低贱。女孩儿自生下来便没有名字，均被称为焰娘，没有人瞧得起她们。被逐出部落的女儿为了生存，什么都能出卖。

　　她十六岁了，熬过了那一段随时会夭折的日子，现在的她已有能力应付任何场面。睡意涌上来，她将自己完全缩入草中，准备就寝。

　　一声异动，她猛然睁开眼，警惕地看向树林。一条黑影迅疾地从林中窜出，却出人意料地脚下一个趔趄，然后站稳身子，转身戒备地看着树林。

凭经验，她知道自己可能是遇上了江湖仇杀，赶紧屏住呼吸，以免引起他人注意，目光却随着那人落入黑森森的树林。她等了片刻，却什么也没看到。她再次看向那人时，却被骇了一跳，只见在他后面赫然多了一人，瘦瘦高高的，比他高出一大截。他似有所觉，正要回头，却为时已晚，一把匕首插入他的后背，直没至柄，他连哼也未哼，便扑倒在地。

她吓得连大气也不敢出，不只因为杀人的场面，更因为透过微光看到的那杀人者的长相。

长发披散至肩膀，狭长的脸，颧骨高耸，眼眶深陷，在黑夜中看上去就像两个幽黑的洞；鼻高而钩，骨节分明，下颌长而微向前突。他身躯瘦长，一件长袍披在身上，便似挂在竹竿上一般，在夜风中簌簌飘动。

这个人浑身上下带着一股仿似自地狱里释放出来的冷森之气，令人禁不住惊栗。而最让人心寒的是，当他将匕首插入先前那人的后背时，脸上的表情竟无一丝一毫变化，就好像是在做一件轻而易举、不甚重要的事般。

再也未看面前扑倒的人一眼，那人木然地扭头看向她的方向，吓得她赶紧屏气闭眼，就怕眼珠反射出的微光被他发觉。

良久，她耳中只听见虫鸣蛙唱以及风吹过树林的声音，看来那人并没发现她。她忍不住睁开眼，那人已不知去向，只剩地上静卧的尸体在诉说着刚才发生的一切并不是她的幻觉。

她钻出草垛，抖了抖身上的草屑，提气纵身向树林奔去。这里已不适合休息，她只好另觅他处。

卿洵并没走远。他有一个习惯，每次杀人后都会找水净手。这个习惯是什么时候养成的，他已经记不起了。在决定动手杀那个人前他已弄清了这里的地形，知道有一条极清澈的小溪从林中穿过。

将手浸在冰凉的溪水中，他让头脑保持空白，一张巧笑倩兮的小脸却不受控制地浮了上来。他无奈地叹了口气，收回手在外衫上擦干，然后从怀中掏出一块叠得整齐的手帕，小心翼翼地在掌中摊开。微弱的光线下，手帕上面赫然躺着一枚珍珠耳坠。那是师妹杨芷净最心爱的，因为另一枚不知怎么弄丢了，她生气不能成对，又不喜欢他另外让人打制的，便索性将这一枚也扔掉了。他捡了回来，贴身细心地保管了近两年。每当他外出执行任务想念师妹的时候，就拿出来看看，便似看到了师妹本人一般。

他喜欢师妹好多年了，从她被母亲带回来还在牙牙学语的时候，他就发誓一生一世都要照顾她，不让她受丝毫委屈。

他不禁微笑，等会儿回去，师妹肯定又要怪他独自行动了。一想到师妹娇嗔的美态，他的心中就不禁盈满怜爱。

"不想死，滚！"他突地敛住笑容，将耳坠放回怀中，哑声道。

如无必要，他一般不会出手杀人，即便那人曾目睹了他整个杀人过程。

一声娇娇腻腻的叹息，眼前人影一晃，小溪对面的大石上已坐了个人。

他漠然看去，虽是黑暗之中，仍可看出那是一个身裹薄纱的妙龄女子。

只一眼，他已将那女人打量得清清楚楚：一头长发并没梳成髻，而是用丝巾缠成一束垂在胸前一侧；双足赤裸，浸入溪水之中；薄纱裙紧贴玲珑浮凸的身子，将该露的、不该露的全露了出来。那张脸虽是美艳绝伦，却让他心生厌恶。他长年行走江湖，一看便知道那女人属于那类靠身体在江湖中生存的族群。

他不愿和这种低贱的女人打交道，即便杀她也会觉得污了手。他站起身，准备离开。

"喂，你就这么走了吗？"女郎的声音中有一丝做作的娇柔，仿似在向情人撒娇。

卿洵充耳不闻，长腿一跨，已在丈许之外。瘦长的背影似标枪般挺直，披散的长发随着夜风向后飞扬，整个人散发出一股无与伦比的孤傲与霸气，女郎的存在已被他完全漠视。

女郎被他的气势震慑，竟忘了自己不顾性命危险出现在他面前，是想利用自己的美貌在他身上捞点好处。等她回过神时，卿洵早已不见踪迹。

"他是谁？"她轻言自问，右手抚上胸口，感到那里异常剧烈地跳动。这是她首次对一个男人的身份感兴趣，可是风吹动着树叶，发出沙沙的响声，提醒着她焰族女儿血液中流动着的古老诅咒——自古以来，焰女凡是情动的，都不会有好下场。

在世人眼中，她们滥情而贪婪，只有她们自己知道，焰族女儿一旦情动，就会不顾一切，直至化为灰烬。所以，她们每个人都在尽量避免动心，游戏人间，完全不理会别人的眼光。她们一无所有，因此，她们连输的本钱都没有。

那个男人又丑又吓人，有什么好？她安慰着自己。方才如果不是无意间撞见他在溪边洗手，一时进退维谷，她也不会想到打他的主意。何况，先前她还被他吓到了呢！

她素性洒脱，一时之间的心动也不放在心上，只是觉得奇怪。四年来，什么样的男人她没见过，为何偏偏会对这个丑陋异常的男人感兴趣？实在是……唉！

将脚从溪水中收回，夜色已深，她收拾心情，觅了一棵大树栖身。对于她来说，每天都有着无数的挑战，稍有不慎，便可能是永远也不能挽回的局面。她必须养足精神，以应付任何不可预料的危险。

YAN NIANG

第一章　救风尘

平静的江面上，一艘华丽的三桅巨舶顺流而下，飞快地向竟阳行驶。船首立着数名剽悍精壮的男人，看其气度身形，便知不是庸手。

船身上刻雕着一只巨型展翼金鹰，在粼粼波光的映照下闪闪夺目，以睥睨一切的姿态，昭告着其主人的不可一世。

二楼船舱一间类似书房的舱内，两人凭几而坐，其间摆着一方棋盘，正在对弈。一为身穿雪白锦袍的男人，身形瘦削，长发披散至肩，长相十分丑陋骇人；另一位却是个发绾双鬟、娇美动人的少女。

两人坐在一起，十分扎眼，但当事人却恍若不觉。男人一脸木然，深陷的双眸透露着思索的神情；少女则双眉紧锁、樱唇紧抿，神色之中颇有几分不悦。

窗外传来木桨击打水面以及风吹过树梢的声音。两岸是苍莽的原始森林，不时可见孤崖峭壁、层峦叠嶂，秋日清爽的风夹带着潮湿的水汽从打开的窗子吹进来，一切都是那么的宁谧和悠然。

少女蓦地站起身，一把扫掉棋盘上的棋子，在棋子滚落地板的哗哗声中怒道："不下了！你根本就是在敷衍，和你下棋真没趣！"

她的声音娇美动人，即使在盛怒之中，让人听来也觉十分受用，只盼能再多听几句。

男人木然地望向她，嘴唇微动，却没说出话来。

少女小嘴一嘟，骄傲地抬起下巴："我要回房休息，没到竟阳前不要来打扰我！"说罢，挺直纤细的腰肢，转身盛气凌人地走了出去，没再看男人一眼。

男人看着她离去的背影，脸上依旧毫无表情。他的目光落向窗外，深绿夹着明黄火红的美丽色彩立时灌满了他的视野，他却视若无睹。

究竟他要怎样做她才会开心？以往他赢而她一败涂地，她会气得大哭，说再不和他下棋；今天他让着她，本想让她赢，只为博她一笑，不想她还是发了脾气，说他敷衍。他哪里敷衍了？对她，他怎会敷衍？

他，卿洵，从小就立誓要保护她，不让她受到一丁点儿伤害。可是他千方百计地讨好，她却浑然不觉。他总是做不好，总是让她生气。究竟要怎样，她才能感觉到他的心？

船在竟阳港口靠岸，两辆镶有飞鹰族徽的华美马车及十数名护卫及马匹早已等候在岸。卿洵和那少女杨芷净在一干手下簇拥下弃船登上马车，众星拱月般向竟阳城中的卿宅驶去。

卿家是当朝大族，掌控着明江下游竟阳、龙行、微平、虎修、紫阳、明丘等郡的政治、经济、军事大权。因临近大海，卿家积极开展海上贸易，又与内陆贸易来往频繁，故十分繁荣富足。另外卿家还拥有一支既深谙水战又精擅陆战的可怕军队，人数虽然只有三万，但在足智多谋、善于玩弄权术又深悉兵法的大家长卿九言率领下，其破坏力可想而知。故朝廷对卿家也十分忌惮，不能除掉，只能笼络。因此，卿家成为当朝最有影响力的豪族。

前面一阵混乱，马车停了下来。正在闭目养神的卿洵睁开眼，正待喝问发生何事，突觉有异。在外面此起彼伏的叱骂声中，一丝光线突然射入车内。车帘已被掀起，一团红影扑了进来。他神情一凝，却并不慌乱，提功运气，一手两指伸出袭向来人双眼，另一手则平举身前护住自己胸口要害；右足飞起，点向来人下阴，左足则踢向其膝关节。招式毫无花假，又狠又辣，势要将来人一举制服。

但出乎意料的事发生了，来人不闪不避，口中喷出一股鲜红的液体，身子像是凑上来给他喂招似的，直挺挺地扑向他。

卿洵眉头一皱，鼻中已闻到血腥味。不想弄脏自己，他闪身避过，方才所使招式立即全部报销。只听咚的一声，来人倒在了他之前坐的地方。

他凝目望去，只见那人长发披散，身穿几近透明的红色纱裙，腰系金带，倒在那里时露出了大半截光滑白皙的玉腿，纤足赤裸，没有穿鞋袜。因是面朝下，看不到其容貌。

一个女人！他目光中透露出嫌恶与不屑。就在此时，车帘再次被掀起，现出数名侍卫惊慌的脸。

"奴才该死！"唰地一下，外面跪了一地，个个脸色青白。

卿洵冷然看了他们一眼，目光再次落向车中的女人。这女人能耐不小，在受伤的情况下仍能闯过一众侍卫的防护，冲进马车。要知道，这群侍卫若非身手了得，又怎有资格来保护自己和净儿？

钻出车厢，卿洵游目四顾，发觉围观之人甚众，最前面赫然有一群人正虎视眈眈地盯着自己这辆马车，为首的竟然是"快剑"马为。这人虽是出了名的好色之徒，武功却十分了得，看情形是这女人惹上了他，难怪讨不了好。

卿洵跨下马车，他素性爱洁，被沾染了血污及那女人味道的车厢，他怎能再坐？

"起来。"他的声音沙哑而没有感情。手下摸不清他心中在想些什么，虽依命站了起来，心中仍忐忑不安。

"将那女人扔出来！"他继续淡漠地吩咐，自己则缓步向前走去。

手下牵马给他，他没有理会，他从不坐别人的坐骑。

"慢着！"

正当马为一群人闻言露出欣喜之色时，前面一辆马车传来杨芷净娇脆的叱呵。车帘一挑，一道绿色的身影钻了出来，卿洵驻足，不解地看向她。

杨芷净来到卿洵的车前，撩起帘子向里看了一眼，秀眉一蹙，不悦道："师兄，你怎能这样对待人家女孩子？"

"她不是好女人！"卿洵缓缓地阐述自己的观点。凭这女人的打扮以及招惹上马为，就可看出其不是正经女人，他没必要为一个素不相识的女人去得罪马为。

"不管！你要救她！"杨芷净一跺足，嗔道。她也知道卿洵说的是实话，可是那个马为在不知她身份前曾调戏过她，就凭这点，她也要和他抢人。

看见师妹又露出让他无法拒绝的小女儿娇态，卿洵只能在心中叹气。他扬了扬手，道："走吧！"除此之外，他还能做什么？

杨芷净娇美的小脸上浮起胜利的笑容，不再多言，转身轻盈地跳上自己的马车。

队伍继续前进，好似什么也不理会的卿洵却留意到马为眼中迸出的阴毒神色，心中不禁暗暗警惕。卿家势力庞大，而且卿洵自己在武林中还有点名头，马为不敢明惹，只能忍辱咽下这口气。但是这种人如果玩阴的，可当真是防不胜防。但卿洵素性高傲，虽考虑到这点，却并未放在心上。

"嗯，还真是个美人儿呢！"杨芷净瞟了眼床上的女人，有些不甘愿地承认。她一向自诩美貌，但这女人比起她却毫不逊色。只是从其打扮来看不像正经人家的女儿，倒仿佛是在风尘中打滚多年的。

"好生医治她。"虽不喜女人的穿着打扮以及那即使受伤昏迷却仍无法消散的媚意，杨芷净还是如此吩咐道。既然伸手了，自要援助到底，没听过救人还有半途而废的。

"是。"卿家专用的大夫王孟予恭敬地应道，一双眼睛却不受控制地落在红衣女郎微敞的酥胸上，咕嘟一声咽了口唾沫。相对于杨芷净的清灵脱俗，眼前这女人更能吸引他的目光。

"哼！"他色迷迷的表情被杨芷净逮个正着，心中不禁一阵厌烦，"这女人是师兄救的，你自己看着办吧！"这王大夫一向正正经经，不想也是个好色之徒，实在令人讨厌！语罢，她转身走了出去。

王孟予却控制不住打了个寒战。

卿家有三兄弟，老大卿灏敦厚沉稳，善兵法，有大将之风，待人和悦，深得下人敬重；老三卿溯诡计多端，喜欢与人嬉闹，故也无人惧之。只有老二卿洵狠辣无情，一张脸从不显露表情，且长相骇人，在卿府中无人不惧。

一听是卿洵救的女人，无疑便是他看上的，王孟予心中刚刚开始转的念头立时烟消云散，赶紧敛眉垂目，连多看一眼也不敢。由此可见，卿洵的威势大大胜过美色的诱惑。

杨芷净出得门来，只见太阳已经偏西，小院寂寂，偶见一两个下人匆匆路过。这里是客舍，离她的梵清小楼还有一炷香的路程。微微沉吟一下，她便向师父的啸坤居走去。一回来便安置那受伤女子，她还没去见过卿伯伯呢。师父去承奉，也不知回来没有？

"师兄？"在客舍外不远处的一座假山旁，杨芷净看见卿洵负手而立，"你在这里做什么？"枉她与他已相处了十多年，他的心思她依然捉摸不透。

"等你。"卿洵淡淡道。他的声音沙哑，让人听着很不舒服。不知是不是这个原因，他极少说话。他的声音和他的脸一样，毫无情绪变化，因而几乎无人可以摸清他的心意。由无知到恐惧，于是他成了卿府乃至江湖中令人胆寒的角色。

"那你怎么不进去看看那位姑娘？"杨芷净话一出口立即后悔，又说废话了——除了卿家的人和她，师兄谁都不爱搭理，更何况是一个陌生的女人。

果不其然，卿洵只抛了一个字出来："脏！"他转身与杨芷净并肩向啸坤居走去。

一路上花木扶疏，虽已值中秋季节，园中花草却丝毫不见衰败，反而更显苍劲。

杨芷净闻言不禁哑然。她这师兄怪癖多得很，爱洁得不得了，说话不多，却一点也不留口德。人家女子又没惹到他，他竟然这样说人家，幸好那女子听不到，否则即便不会伤重而死也会被他气毙。尚幸师兄待自己极好，连师父也没他那么疼宠自己，大哥和三哥就更不用说了。

听杨芷净讲完此次滇南之行的经过，卿九言转头向一旁未发一语的卿洵道："你怎么看？"他这儿子虽然很少说话，对事情的判断却极为精准，至今尚未出过差错。

"警惕！"卿洵只说了两个字。

"有什么好警惕的？那宋锡元不过是个酒色之徒，能成什么大事？"杨芷净愠道。

一说起那宋锡元，她心中就有气，都七老八十了还左拥右抱。最可气的就是那双贼眼在她身上扫过来扫过去，仿佛要将她剥光似的，让她浑身不自在。

被她如此冲撞，卿洵却并不生气，反而嘴角微露笑意，望向她的目光变得柔和："他是故意的，他或许真好色，却绝不昏庸。"只有对她，他才会不吝解释。

"何以见得？"杨芷净不服地问。

卿洵收敛了脸上难得一见的表情，转向卿九言："我看见了雪湖秋。"语罢，不再多言，相信父亲应该能明白。

"那又如何？"杨芷净依旧不甘心地反问。一个雪湖秋又能说明什么？那老头子又不是他。

卿洵没有回答，明显地表示出不想在这个问题上多谈的态度。

"好了好了，你们刚回来，就不谈正事了。"卿九言见机扬手中断谈话。以雪湖秋的可怕及特立独行，竟会出现在宋家，由此自可推断出宋老头不是其表面所表现出来的懦弱无能。究竟，这老头葫芦里藏的是什么药呢？

心中如此想着，卿九言脸上却露出温和的笑容，转向杨芷净道："净儿，一路上师兄是否又欺负你了？"在这个家中，只有洵儿待净儿最好，偏偏净儿就是喜欢告洵儿的状，他早已习以为常了。如此问，只是想捉弄一下他这个从小便吝于表现感情的儿子而已。

"可不！"被他如此一提，杨芷净立时忘了开始的不愉快，跳到卿九言身边叽叽喳喳地开始数落起卿洵的不是来。

看到父亲调侃的笑容，卿洵无言以对。他转身来到窗边，目光落在园中已含苞的菊花上，耳中听着师妹娇美动听的声音，心中一片平和。只有在这种时候，他才会稍稍感到生命的美好。这对于他来说是一种奢侈，他万分珍惜，生怕一不小心连这仅有的快乐也会消失无踪。他，真的很寂寞。

吃过晚膳，杨芷净沐浴后换了一条淡紫色印花长裙，白色丝织宽带紧缚着柔细的纤腰，在后面相结，带尾下垂至地，走动时向后飞动，飘逸飞扬，很是美丽。再配上月白色底蓝丝线绣花宽披肩，仍湿润的秀发以紫色发带松松束在脑后，泛着健康的光泽，她整个人都散发出无与伦比的优雅与贵气，实在让人很难不倾服于她的美貌与气度之下。

来到客舍，那红衣女子已经醒了，正背倚枕头、双手抱膝坐在床上，头埋在双臂间，长发披散，遮住了大半个身子。即使如此，她身上仍带着让男人血脉贲张的魔力。

听到门响，她抬起头，露出那张艳媚的脸来。见到杨芷净，她明显地愣了一下，随即露出一个友善的笑容："是姑娘救了我吗？"她的声音清柔似风。

"你觉得怎样？"杨芷净并没走近她，只是远远地站着。对于眼前的女人，她实没有好感。

"无大碍，多谢姑娘相救。奴家焰娘，不知姑娘如何称呼？"对于她的冷淡，焰娘并不以为意。人家救过自己，还有什么好说的？

"既然无大碍，那便早点离开这里。"杨芷净冷冷地道。对于这种女人，她一向不假辞色，至于对方的名字，她更不屑于去记，"你也不必谢我，实话告诉你，如果不是为了和马为作对，你们这种女人，我是看也不会看一眼的。"

她语气中的不屑及鄙夷令焰娘美目微眯，随即发出一串媚惑人心的轻笑，娇声道："姑娘的意思是说，焰娘可以不必回报姑娘的救命之恩吗？"

轻轻一哼，杨芷净转身向外走去："那自是不必，而且真正救你的人是师兄。"语罢，她已走出大门。

月色如水，杨芷净沿湖而行，湖水在月光下泛着点点银光。不期然地，她脑海中浮起一张意气风发的俊颜，脸颊不禁微烫。

她不敢相信自己会如此大胆，竟然和一个陌生的男人结伴同游了两天。他说他叫傅昕臣，本来是个冷绝孤傲的男子，可是在她面前他会欢畅地大笑，只是那笑声中也带着无法掩饰的傲气，让她不禁猜测，他的身份地位一定不低。只是，为什么她从没有听过这名字呢？

"傅昕臣。"她轻念这个名字，想起两人分手时他的承诺，纤手不觉捧住小鹿乱撞的心口，"你说要来提亲的，可别忘记。"她讲得极轻，生怕被风听了去。那个男人她只认识了两天，便和他订下了终身，这不是缘分又是什么？

幽幽地叹了口气，她嘴唇微动，向着天空中的明月不知说了些什么，待了片刻，然后转身向来路走去。

许久之后，一个瘦长的人影悄无声息地出现在她方才站立的地方，神色复杂地仰望着那轮冷月，似心伤，似落寞，又似心灰意冷。只因太过复杂，抑或不习惯将表情写在脸上，让人无法确切地分清。

"傅昕臣，我好想你！"杨芷净最后对月说的那句话还在他耳中回响，久久不散。

焰娘深吸一口气，吃力地站起来，脚步虚浮地向外走去。人家都说到这份儿上了，她怎能再留下？更何况，她哪里不能容身？大不了被马为抓回去，多说几句甜言蜜语，赔上这迟早会被人占了的身子，应该还是可以留住一条命的。她招惹谁不好，偏碰上这煞星，活该倒霉！

一个垂髫小丫鬟手捧托盘，上置一碗，出现在路的尽头。碗中冒着热气，看见已至院中的焰娘，她明显地吃了一惊："姑娘身子还未大好，怎下床了？"她说着，步子不禁加快，恨不能赶上前将焰娘搀回屋去。奈何碗中的药汁大荡，她不得不停下来稳住，以免泼洒出来。

焰娘娇媚地一笑，柔声道："我要走了，谢谢你。"

小丫鬟看到她的媚笑，小脸不由自主一红。她可从未见过这么勾人的笑容，让人心跳也跟着加快。但是一听到焰娘的话，她便如冷水泼头，立时清醒过来："你病还未好，怎就要走了？二少爷可知道？"谁都知道这位姑娘是二少爷救的，要走也需二少爷同意。

"二少爷？"焰娘微愕，脸上却笑得更加灿烂，"小妹妹，你告诉我，二少爷是谁？"她走不走，又与他何干？

"二少爷？"小丫鬟显然被问住了，良久，才讷讷地道，"二少爷就是二少爷啊，是他救你的，难道你不知道吗？"

焰娘闻言微奇，怎的又冒出这号人来："救我的不是位姑娘吗？"

"你说的是净小姐，她是和二少爷一起回来的，但拉你回来的是二少爷的车。那些侍卫若没有二少爷同意，是不敢做主救人的，即便是净小姐发话也不行。"小丫鬟不过十二三岁，说起话来却条理分明，想必这事已在下面传开了。

焰娘脑海中蓦然浮起今晨自己闯进马车的那一幕。当时情急之下她什么也顾不得，只望能抓住马车中的人当人质，好命那些侍卫带自己走。却不想车中所坐之人武功奇高，她又身受重伤，在跃上马车之时已感不支，不要说与之较量，就连对方样貌也没看清，便昏了过去。

现在想来，那位必定就是小丫鬟口中的二少爷了，看来她又多欠了一人。不过她根本不在乎，报得了恩就报，报不了就算。反正她过的是朝不保夕的日子，今天过了还不知能不能见到明天的太阳呢！不过那二少爷必是个男人，男人的恩就要好报多了。

"我要走了。"一股寒意自足底涌上来，焰娘再次道，再不走的话，她怕自己真走不了了。这身子一向不娇弱，但受伤后又是另一回事，"等我好了，再来向你们二少爷道谢。"

"别！"小丫鬟吓得赶紧将托盘放在地上，冲上前去张开双手拦住焰娘，"没有二少爷同意，你走了，我们可活不成了！"

看到那惶急的小脸以及根本起不了什么作用的小手，焰娘只觉好笑，一阵虚乏令她不禁蹙起了秀眉，看来是走不成了。她恶作剧般地眨了眨眼，纤手抚额，呻吟一声，娇软地倒向小丫鬟，小丫鬟赶紧伸手抱住了她。焰娘身子虽纤秾合度，重量却不容小觑，对于一个小孩子来说，撑住她可不是一件容易的事。

小丫鬟一边吃力地撑住她，小嘴还一边叨念："看你，这个样子还想走，怕尚未出府已倒下了。"

"嗯。"焰娘嘴角微翘，轻轻哼了一声，"好冷，你扶我进去吧。"既然她不让自己走，自得由她来承受让自己留下的代价。

小丫鬟倒是没有怨言，深吸一口气，扶住焰娘，吃力地迈动着脚步。

感受到小丫鬟那纤细柔弱的肩膀，焰娘眸中闪过一丝茫然，回想起自己像这么大的时候生活的艰难。坑蒙拐骗偷，什么不做？有几次还差点落入妓院和那些专门玩弄小孩的人手中。如不是凭着过人的机灵以及那自族中带出来的功夫逃脱，今日的她早就不知被糟蹋成什么样子了。

思及此，她不禁慢慢收回压在小丫鬟身上的重量。

喝下小丫鬟端来的药，焰娘从怀中掏出红色丝巾，将长发拢在一侧胸前。一挑眼，看见小丫鬟正一眨不眨地看着自己，不禁失笑，故意抛了个媚眼给她，腻声道："奴家好看吗？"

小丫鬟脸一红，并没移开目光，真诚地点头道："好看。"顿了顿又道，"净小姐也很好看，可是我总觉得姑娘和净小姐不大一样。"至于哪里不一样，她却说不出来。

"当然不一样，我和净小姐本来就是两个人，不一样才正常嘛！"焰娘有意曲解她的话意，眼波流转，媚态横生。

"不，不是这个意思。"小丫鬟急道，闭眼想了一想方道，"看着你我会觉得心跳，觉得不好意思，对着净小姐却没有这种感觉。这……这总是不大妥当吧？"

她觉得女孩子就应该像净小姐那样，而不是像这红衣姑娘这样。她从小就待在卿府，并不知道有专门靠勾引男人来维持生存的女人，故有此说。

焰娘淡淡笑了一笑，其中有着小丫鬟无法察觉的苦涩："是不大妥当，小妹妹你长大了可别学我。"学她，不会有快乐，生命中充满的只是鄙夷、唾弃以及糟蹋。眼前的小女娃还不懂，等懂了，就不会再和自己说这么多话了。

不想再说下去，焰娘面向墙躺下，闭目假寐。

小丫鬟只道她累了，也不敢再打扰她，端起空碗，脚步放轻走出房间，并悄悄将门拉上。

第二章　煞

　　这里很舒服。她再一次对自己说，有吃有住，还有人伺候，比她以前过的日子不知要好上几千、几万倍。可是——那个二少爷什么时候才召见她啊？

　　焰娘不耐烦地迈步走下石阶，园中各色菊花已开了大半。算算日子，她来到这里已有月余，身子早好得差不多了。可是除了丫鬟玉儿和那个对她想看又不敢看的没胆色鬼大夫外，她再没见过其他人。

　　通过与玉儿闲聊，她了解到此处的主人是当朝权势如日中天的卿家，难怪敢从一向横行霸道的"快刀"马为手中夺人。由此她知道了那二少爷便是江湖中有数的几位高手中的孤煞卿洵，那少女自然就是他的师妹杨芷净了。江湖中盛传"只要擒住杨芷净，不怕孤煞不低头"，可见杨芷净对他的重要性。这样的人，这样的身份，她这恩怕是不太好报啊！

　　她停下脚步，目光落在一朵刚刚绽放的白菊上。一只浅黄色的蝴蝶立在上面，纤柔的翅膀在秋风中轻轻地颤动着。

　　她习惯了流浪，无法再过温室中小花的日子。没有风吹雨打，没有死亡的威胁，又怎能显出生命的珍贵？只有在一种情况下，她，或者是所有的焰娘才会心甘情愿地被囚禁，但那种情况却是她们极力避免的，因为那代表着她们的生命将不再掌控在自己手中。

她蓦然倾身，蝴蝶被吓得展翅而去，飞往花丛深处。

焰族女儿一向主动，何时见有人像她这般呆等过？去见了那卿洵，他要她报恩，她就报；他不要，她就走，胜过在这里干等。

她摘下一朵盛开的黄菊插在耳畔，人花相映，更增娇艳。收拾好心情，她袅袅娜娜地顺着小径向院外行去。

卿府很大，一路走来，房舍连绵，道路交错。若非有人指引，焰娘早就迷了路，不过她记性极好，走过后便不会再忘。

顺着长廊再走半炷香工夫，出现一片竹林，卿洵的住所便在林中至深处。

就在此时，隐隐约约的琴声从前面不远处的粉墙内传出来，她不禁驻足聆听。有人弹琴并不稀奇，惹起她注意的是那熟悉的旋律。她第一次听到这首曲子是在十二岁离开族人所居之处的前夕，只是非琴所奏，而是以焰族独有的乐器红弈所吹。红弈的音色沉厚苍凉，在草原上远远地传送出去，落进即将被逐的女儿耳中，便似母亲的啜泣。那样的日子，那样的乐调，她怎会忘记？

不知不觉她已随着琴声穿过月洞门，眼前出现一条假山花木夹峙的卵石小径。转过一堆山石，琴音倏转清晰，一道石砌小拱桥挡住去路。桥下流水淙淙，是引山泉之水形成的人工小溪。桥对面有一八角飞檐的石亭，从她所处位置，可以看见亭中一坐一立有两位女子。坐着的长发松绾成髻，饰以三支不知何物打造的古朴发簪，身着湖水绿窄袖斜襟短衫和月白色缎裤，只看侧面轮廓，已是极美。她面前置有一琴，琴声便是由她所奏。她身后站着的少女作丫鬟打扮，想来是她的侍女。

似乎感应到焰娘的注视，琴声终止，那女子转首向她望来。两人目光相接，一种似曾相识的感觉同时涌上两人心间。没有人说话，良久，叮咚的水声在三人耳中响着，仿佛想填满这无声的空白。

"二夫人！"一旁的丫鬟忍不住轻唤，不明白一向清冷的二夫人为何会如此失常地看着一个陌生女子。

那二夫人浑身一震，回过神来，目光却依然留在焰娘身上："云儿，去请那位姑娘过来。"她淡淡地吩咐，声音似她的人一样清清冷冷。

丫鬟云儿应了，正待过去，却见焰娘妖妖娆娆地步上小桥，向这边走来。看到她的穿着打扮、走路姿势，云儿不禁皱了皱眉，目中射出厌恶的光芒。她不明白，这女子一看便是那种靠着身体吃饭的荡妇之流，二夫人为何还要与其打交道。

"云儿，你先下去。"二夫人再次吩咐。她的语气中有种让人无法抗拒的威严，云儿虽不情愿，却不敢违命，答应后匆匆走了。在与焰娘擦身而过之时，云儿故意连眼尾也不扫她一下，轻蔑之情溢于言表。

焰娘脸上依旧挂着可颠倒众生的笑，并不介意云儿的无礼。

来至小亭，二夫人站了起来，目光清冷地看着笑意盈盈的焰娘。

"你好！"焰娘娇声问好。

"你……焰娘？"二夫人犹豫半晌，方问出心中的疑问。两人虽不认识，但直觉让她知道眼前的女人和自己来自同一个地方。

焰娘目光微沉，唇畔扬起一抹淡漠古怪的笑容："没想到在这卿府之中也可遇到焰娘。如果奴家没猜错，姑娘必是阿古塔家的小姐。"焰族中只有阿古塔家族天生擅长乐器，此女能将红弈曲改成琴曲弹奏，身份自不难猜。

"小姐？"二夫人冷冷一笑，目光嘲讽地看着眼前自甘堕落的女人，不屑地道，"身为焰族女儿，谁有资格被称为小姐？你告诉我。"

焰娘笑而不语，纤指慵懒地划过琴弦，拨出一串不成调的叮咚声。

二夫人继续道："而且我不叫焰娘，我叫红瑚。自从……"她闭了闭眼，再睁开时两泓秋水变得更加冷冽，"被逐出族的那一刻起，我就不再是焰娘。"她的声音中有着无尽的愤恨。没有犯错，却从一生下来就被定为劣等生物，这种待遇，有几人能忍受？

"是吗？"焰娘满不在乎地轻笑，款摆生姿地走至亭边，目光没有焦距地落在满园花草上，幽幽地道，"无论如何，奴家还是要恭喜你成为焰族女子有史以来第一个能找到自己幸福的人。"数百年来，焰女尚无一人能成就美满姻缘。红瑚何其有幸，能打破宿世的诅咒。

红瑚缓缓坐下，漠然道："你怎知我找到了幸福？"幸福不过是上天唬人的玩意，她不屑！

焰娘不解，转过身讶道："你不是已嫁为人妇了吗？你嫁的，难道不是自己心爱的人？"本来，她不需此问，自古以来，焰族女子可以将身体给任何男人，却绝不会将自由送给非自己所爱的男人。可是红瑚……

"是，我嫁人了，那又如何？我何时说过他得到了我的心？"红瑚美目中掠过对自己与生俱来的身份的无穷恨意，冷漠无情的声音让人不寒而栗。

焰娘一震，不敢相信自己耳中所闻："你不喜欢他，却嫁给他……"这是身为焰娘所不容许的，但她做了。

"是。"红瑚目光中流露出一丝骄傲，"不可以吗？我不想再过朝不保夕的日子，也不想在不同的男人中间周旋，所以选择了卿九言。他财势兼备，嫁给他后，我要风得风要雨得雨，有什么不好？"

"卿九言？"焰娘脸上的媚笑消失，鲜艳的红唇紧抿，蓦然转身往亭外走去。

原本她以为红瑚嫁的是卿家二少爷卿洵，不想却是卿九言。卿九言是卿家大当家的，是卿氏三兄弟的父亲，且不说年纪已足可做红瑚的爹，众所周知，他对自己的原配夫人敬爱有加。红瑚竟然毫不在意与别的女人分享自己的男人吗？

她已不是焰娘，自己也没必要再和她多说什么。

"站住！"身后传来红瑚的冷叱，显是对她的行为相当不满，"你瞧不起我是吗？你以为你比我好得了多少？连卿洵那个怪物都愿意陪，你比我还贱！"一向没有感情的卿洵竟然救了个女人，这事第二天便在府中传开了，红瑚身为主人，又怎会不知？只是她没料到那个女人和自己竟是来自同一个地方罢了。

焰娘背对她站了半刻，突然爆出一串娇笑，转过身时，又变得风情万种："卿夫人何时听说过不贱的焰娘？可是再下贱的焰娘也不会否认自己血液中流动的是火焰之神的血……"

"我说过，我不是焰娘！"红瑚蓦地将古琴扫落地上，几乎是尖叫着道，似乎这样便可将一切否认。只要想起焰族男人对自己不公平的对待，她就会变得歇斯底里。

美目飘过摔在地上断了几根弦的琴，焰娘点了点头，俏脸上依旧是不屑的媚笑："是，卿夫人果然不是焰娘，血液中没有流动着阿古塔家族对乐器的狂热崇拜。毕竟奴家从未听说过哪位阿古塔族人会毁坏乐器的。"

红瑚闻言站了起来，纤手紧握成拳，不知是因焰娘的话，还是因自己与生俱来对乐器的精擅，她纤柔的身子轻轻颤抖着。

突然，她伸手解开盘扣，在焰娘愕然的表情中，一把脱下短褂，露出里面藕色绣着芙蓉的肚兜。她脸上并没有丝毫赧色，显然早已习惯别人的目光。一旋身，她将雪白赤裸的背部转向焰娘。

焰娘微惊，在那片雪白如玉的背上，赫然横着一条尺许长、弯曲丑陋的疤痕，像盘着一条蜈蚣般，恐怖吓人。

"看见没有？"红瑚一边优雅地穿上衣服一边冷笑，"我身上阿古塔家的血早在蒙都之战的时候就已还给了他们，我和焰族人再没有任何关系。"她端庄地坐下，看着焰娘的目光中流露出骄傲、怜悯以及鄙夷。

"蒙都之战？"焰娘惊呼，许久以来首次失态。那场规模史无前例的大型战争是焰族和强悍的地尔图人为争夺广阔丰茂的蒙都草原而发生的。此战役惨烈无比，双方死伤均无法计数，焰族虽取得最终胜利，但也因此大伤元气。"十年前？你怎能加入那场战争？"这简直让人无法想象。

红瑚没有回答，目光蒙眬地望向亭外小溪，思绪随着溪水的流动飞得很远很远……

见红瑚久久不理自己，焰娘大感没趣，皱了皱眉，边往外走边道："奴家要走了，改天再聊吧！"她口中虽是如此说，心中却暗暗祈祷两人别再碰面。这女人怪怪的，一点也不好招惹。

"等一等！"红瑚清冷的声音从身后传来，焰娘惊了一跳，回转身疑惑地看向眼前这冷傲的美人儿，不知她又有什么要说的。

"你是哪家的？"红瑚的口气变得和缓下来，不知想到了什么，她的眼神很温柔。

焰娘一挑秀眉，好奇地想探知什么事令红瑚变得如此，但她随即又将这种想法强压下来。好奇心太重可不是一件好事，对她们尤其如此。

"成加。"她从不讳言自己的姓氏，这对她毫无意义。

"成加？"红瑚愣怔，"成加……"很久了……

一个满头银发，却俊美无俦、十分爱笑的男孩浮现在她眼前，令她眼眶微润。在蒙都之战中，她还了阿古塔的血，却欠了明昭成加一条命。她从不敢忘，只是怕今生怎么也还不了，因为被逐出的焰族女子是永生永世都不能回去的。不知面前这女子和他会是什么关系。

"是啊，成加。"焰娘笑眯眯地跃到亭子栏杆上坐下。此时她反而不急着走了，耐心地等着红瑚回神。

"焰娘成加。"良久，红瑚突然唤道，清灵忧郁的目光仔细打量着焰娘，渴盼从其身上寻找到一丝一毫那人的影子。许久，她失望地垂下眼睑。没有，一点也没有！虽然都爱笑，但一个让她觉得纯净温暖，一个却让她想到了不好的东西。

"叫奴家焰娘就成了。"焰娘柔媚地笑道，柔若无骨地倚向身旁的柱子，"姓氏对于焰族女儿没有丝毫意义，不过是你我站在一起时方便区分罢了。"她眸中幽晦难明，让人不知她在说这话时心中想到了什么。

红瑚收回心神，并未理会她的废话，冷淡地问："明昭成加是你什么人？"她神色之间一片冷漠，并不显露丝毫渴盼知道的急切，仿似只是随口问问。

可是焰娘却知道这事对她一定很重要，虽然只是相处片刻，焰娘却已了解到她是那种绝不说废话的女人。

"明昭成加？"焰娘以手支额，做出一个诱人的思索状，随即迷茫地道，"是成加家的男儿吧？你难道不知道，在焰族中，即使是同一家族，男子与女儿也是极难相见的？"

"忒多废话！"红瑚冷叱，难掩心中失落，甩袖欲去。既然这女子不认识他，那就没有必要在她身上浪费时间。

"喂，怎么说得好好的就要走了？"焰娘美眸中闪过一丝促狭，但聪明地没让红瑚瞧见，"你是不是喜欢上那个叫明昭成加的家伙了？"

红瑚闻言一震，回眸狠狠地给了焰娘一记白眼，并不理会她，径自缓步而行。

"红瑚小姐，听奴家一句，焰族男人永生永世都不会娶焰娘的。"焰娘的声音柔柔软软，并没有刻意提高，却清清楚楚传进已走至小桥上的红瑚耳中，"而且你已为人妇了，不是吗？"

红瑚没有回头，走路的姿势始终保持着优美典雅："如果你不想失去舌头的话，最好现在就给我闭嘴！"她的声音似冰珠般一粒粒迸出，打在焰娘身上，让焰娘情不自禁地打了个寒战。但是在焰娘目光无法触及的前方，她纤手紧握，秀美的脸上布满难以遏制的痛楚。

焰娘看着她美丽的背影消失在假山背后，不禁轻轻叹了口气，为了红瑚，也为了所有陷入感情旋涡的焰族女子。

明昭成加？想起这个名字，她的目光不禁有些蒙眬。那个天生一头银发、十分爱笑的二哥，那个她自小便崇拜似天神的男儿，那个唯一不会瞧不起焰族女子的焰族医神，那个曾保护过自己的……她摇了摇头，抛开不应该有的回忆。焰族中没有兄妹情，没有父女情，也没有……呵，母女情。对于那个族群她一点也不留恋，但她亦不会如红瑚一样，企图刻意抹灭自己的来历。

静竹院名副其实，种满了竹子，除竹之外再无其他植物。沿着竹林小径前行，片刻后便出现一座庭院，青砖灰瓦，朴实自然。此时院中寂寂，只闻风韵竹涛之声，令人不禁心清神爽、凡虑涤净。

会是这里吗？焰娘疑惑地站住，堂堂的卿府二少爷、江湖上威名赫赫的孤煞，会住在这种地方？

"有人吗？"院子里纤尘不染，焰娘犹豫着是否该踏足其上。等了片刻，并没人回答。

撇了撇红唇，焰娘觉得自己越来越不正常了，她何时如此有礼过？

纤足踏上院中紧密相接的光洁的青石板，焰娘向正对着自己的房间走去。就在此时，身后小径上传来轻微的脚步声，似有几个人正向这里走来。她站住，转过身去，恰与来者打了个照面，双方均是一愣。

来者共有四人，为首之人一身白衣，长发披肩，身形瘦高，容貌之丑陋实属罕见。见到她，那人眼中浮现出嫌恶的光芒。

她脑海中立时浮起几个月前在哲远一个野村外的遭遇，那个灰衣男人和眼前的人……

她尚未完全确定，耳中已听到那男人似沙砾摩擦的声音："谁当值？"

他后面三个作同一色青衣打扮的汉子脸上均浮上惶恐之色，其中一人忙道："回二少爷，是吴汉……"他还想说些什么，却被卿洵扬手打断。

"你处理吧！"卿洵没有感情地道，"把那个女人弄走，再派人将地板冲洗干净。"语罢，转身朝来路走去。

"是。"那回话的青衣大汉恭声领命，其余两人则随后跟去。

焰娘不敢置信地瞪大了美目。从来没有……从来没有一个男人会这样对她视若无睹，他究竟是不是男人啊？

"姑娘请！"耳旁传来男人有礼却强硬不容拒绝的声音，令她回过神来。千娇百媚地横了那青衣大汉一眼，趁他心神微分的当儿，她脚尖在地上轻点，仿似一片枫叶般，向不远处的卿洵飘去。

"不得无礼！"那男人很快回过神来，赶紧随后追去，同时一掌击向她。他不想伤人，此掌只用了五六分功力，目的是将她截下。谁知焰娘只是身形微晃，前行的速度却丝毫不受影响。他脸色大变，追之已不及。

"停！"呵斥之声响起，跟随在卿洵身后的另两个青衣人同时回身阻截焰娘。

卿洵继续前行，连头也未回，仿似不知身后发生了何事。

焰娘爆出一连串娇笑，不躲不闪，腰肢一挺，双手背负，竟以高耸的胸部向两人的一拳一掌迎去。

两人一惊，想要收手已是不及，只能硬生生改变方向，将招式击向一旁，扑扑两声，地上竹叶翻飞。焰娘已来到两人之间，素手穿花拂柳般飞舞，两人要穴立刻被制，动弹不得。他们二人武功本非如此不济，只是没想到焰娘武功既高，又会使诈，猝不及防之下着了道儿。

焰娘娇笑不断，长发飞扬中人已来到卿洵背后，口中道："卿二少爷留步！"

"没用的东西！"卿洵沙哑的声音响起，一个旋身，一样白色的物事飞上空中，平平展开。

焰娘不禁凝目瞧去，却是一块手帕。她心中不解时，卿洵五指齐张，已向她抓来。这一回她不敢故技重施，只因知道他一定不会怜惜，忙撮指成爪，向他掌心袭去，另一手则施展小擒拿手去扣他的脉门。此时手帕已落至她眼前，并继续向下飘落。

出乎她意料地，卿洵只是避开她袭向他掌心的一撮，而对她真正的杀招毫不理会。难不成他知道自己无害他之意？她心中如是想着，纤指已扣上他脉门。只是她连欢喜还没来得及，便觉呼吸一窒，他的手已掐住了她的喉咙。而更让她心寒的是，她发觉自己所扣之处似铁铸一般，毫无用处，难怪他躲也不躲。

她痛苦地呻吟一声，颓丧地垂下手。直到此刻，她才知道那块手帕的用途，因为他的手正是隔着那块白帕捏着她的脖子。他……他竟然嫌她脏！脑海中浮起他转身离开之前说的话："把那个女人弄走，再派人将地板冲洗干净。"她心中恍然，不禁气得浑身发抖。

"说！"卿洵像看着一件死物般看着焰娘美艳绝伦的脸。对于这种女人，他一向不屑于动手，奈何自己的手下全是废物，平日里凶悍非常，谁知一碰到女人便都成了软脚虾。看来，他得检讨一下御人的手法是否正确了。

"侬要奴家说什么？"焰娘深吸一口气，压下心中的气恼，如花娇颜上又浮起可颠倒众生的媚笑，仿似在和情郎撒娇，而不是生死系于一线之间。

卿洵不和她废话，手指力道逐渐收紧，目光森冷地看着她隐藏在甜笑下的挑衅眼神。如非一开始没感觉到她的杀意，这一刻便不会是他亲自动手迫供了，卿家刑室有的是方法迫一个人出卖自己最亲的人。他并无意杀她，只是想给她点苦头吃，让她知道在卿府没她撒野放浪的地方。只要她乖乖地说出来意，他便饶她一次。

焰娘的媚笑渐渐凝结，呼吸困难，想抬手掰开他的手，却发觉两手乏力难举，竟是被他制住了穴道。她小嘴微张，动了动，却只能发出嗬嗬的喘气声，丝毫说不出话来。完了，这次玩得太过火，要把命给玩丢了！随着呼吸越来越困难，她唯一能自救的方法就是朝着卿洵毫无表情的丑脸猛眨眼睛。谁知他竟视若无睹，手上力道越来越重。

卿洵并没意识到自己已让她发不出声音来，还道她死到临头还敢卖弄风情，心中厌恶更增，怎会松手？

完了，下辈子再不做这种蠢事……焰娘的意识渐渐涣散，嘴角不由自主地浮起一个莫名无奈的笑容。

"该死！"卿洵低咒一声，松开手，任她软倒在地。没想到这个烟视媚行的女人竟如此倔强，着实大大出乎他意料之外。他并不是一个容易心软的人，如非她昏迷前的那个笑容，他可能真会杀了她。

那个笑清清淡淡，一丝淫邪浪媚的味道也没有。那一刻他才看清她的年龄，一个比师妹还小的女孩。想到师妹，他无法再下杀手。

"二少爷。"三个手下惭愧地来到他面前，恭候处罚。如非焰娘没下手，早就有两人已报销了。

卿洵木然却似有实质的目光扫过他们，三人不禁噤若寒蝉。

就在此时，一阵急促的脚步声由远而近，一个身材矮胖的中年男人出现在竹林小径尽头。他见到卿洵大喜，奔了过来。

"二少爷，老爷叫你去见他。"他的目光好奇地落在软伏在地、姿态撩人的焰娘身上，不禁暗暗咽了口唾沫。早就听说二少爷救了一个动人的尤物，今儿一见，果然不假。怕也只有这样的货色才能让一向喜怒不形于色的二少爷心动了。只是她怎么会躺在地上？

心中虽有如此疑问，他口中可不敢问。在这个家中，除了老爷夫人和净小姐，谁敢开口问二少爷啊。

卿洵闷哼一声算是回答，似死水般的目光扫过昏迷过去的焰娘，却并不作停留，转身缓步而去，只淡淡留下一句话："问清楚。"

"是。"三手下大喜，知道只要完成他的吩咐便不会有事了。另外知道了二少爷对眼前的女人毫无兴趣，那他们每个人都有机会去博取美人青睐。面对如此尤物，只要是正常男人，谁不心动？

唯有那中年汉子一脸不解地看着三人喜形于色，然后恋恋不舍地狠狠瞪了眼地上的焰娘，才追着卿洵匆匆而去。

走向啸坤居的一路上，卿洵习以为常地看着丫鬟婆子。只要是雌性动物，一见到他便吓得站在那里瑟瑟发抖，连看也不敢看他一眼，更不用说是喊他了；而雄性动物们则一个个噤若寒蝉。他并不以为怪，仍旧腰杆挺拔、双手负后，不慌不忙悠闲地走着，仿似天地之间只有他一人般。

因着与生俱来的丑陋容貌，打小开始，他就已经在学习如何面对别人的眼光了。现如今已二十六岁的他如果还没学会，倒不如撞墙死了算了，省得活在世上丢人现眼。

二十多年来，能够坦然面对他的女性只有两位，一位是他的母亲，因为她和他一样丑陋吓人；另一位就是师妹净儿，她是他从小宠大的，只有她在他面前任性发威的份儿，哪有她怕他的道理？想起师妹，他脸上不由自主地浮起一丝若有若无的笑。因为没人敢看他，因而并没人发觉。

说来也有趣，三兄弟中只有他长得像母亲，大哥和三弟都和父亲一样俊逸轩昂，这才导致母亲只愿教他武功，而其他两位只好另觅高人。只是到现在他仍没懂，母亲脾气怪异，容貌又丑，又是外族蛮夷，当年意气风发、年轻有为的父亲怎会娶她？而且直到如今，父亲对她仍事事顺从，恩爱异常，几十年来两人之间从未发生过口角——哦，不，不是没发生过，而是母亲每一次发脾气，父亲都有办法令其转怒为喜，实是让人佩服他的能耐。

等等！他突然停住脚步，仰首望向高远湛蓝的天空，脑海中浮现出那红衣女子与他昂然对视的倔强眼神。他知道，这世上又多出一个不惧自己容貌的女人。虽说是风尘女子，但敢无畏地与他对望，并且在他面前仍能谈笑自若者，独她一人。现下，他倒有些佩服那女人了。

深吸一口气，卿洵将思绪转到老狐狸宋锡元身上，继续向啸坤居行去。

那老家伙野心不小，暗地里招兵买马、偷运私盐，妄想垄断南方市场，以筹军饷。他当所有人都是瞎子吗？哼，本来宋锡元做什么都不干卿家的事，可是他竟敢将触须伸进卿家的势力范围，妄想蚕食卿家的权力财富，未免不自量力了些。看来他是老糊涂了，只知道搅风搅雨，再活下去也没多大意思，等哪天找个黄道吉日为他送终算了。

卿洵神色不变中已决定了一个朝廷大族之首的生死，难怪会有"煞"之称。

YAN NIANG

第三章　起誓

　　啸坤居中，卿洵双手下垂，站在厅心等待卿九言发话。不需要询问，他知道卿九言找他来，自然会说明意图。卿九言虽然不似卿洵般少有表情，但如果有人妄想从他的神情揣知他的心意，那就大错特错了。

　　看着木头一般立在那里良久的卿洵，卿九言不禁摇了摇头，心中暗暗叹气。这儿子和他母亲一样的死德性，早知会将他弄成这个样子，当初自己就不该同意让夫人单独训练他。好了，现在后悔已来不及了。不过眼下有一事，或可刺激刺激他。

　　"有人来向净儿提亲。"卿九言缓缓地丢下一个惊雷，眼睛则眨也不眨地看着卿洵，期待着他的反应。

　　谁知卿洵连一根汗毛也没震动："龙源主傅昕臣。"他沙哑地说出早已探知的名字。那人终究还是来了，来将净儿从他身边带走。

　　"你知道？"卿九言浓眉微皱，长身而起，来至卿洵身前，细细地打量着他。真想知道他是怎么想的，他不是喜欢净儿吗，怎么一点也不焦急或妒忌？又或是他掩饰得太好了？

　　"见过。"卿洵毫不理会卿九言夸张的举止，径自说出自己虽不想却不得不承认的事实，"他们很配。"

那一夜知道了净儿的心思后，他便开始着手探查那傅昕臣的身份来历。在得到确实的资料后，他曾亲自前往长安，与傅昕臣见过面。那确实是个有足够条件让所有女人倾心的男人，更重要的是净儿喜欢。

"是吗？"卿九言怒极而笑，返身走回椅子坐下。这个洵儿，到底知不知道自己正在将心爱的人往外推啊？难道他真的什么也不在乎？既然他不懂得争取，那只好靠他这个做父亲的为他做主了。不管怎么说，做父母的总希望自己的儿女幸福，即便这可能会剥夺另一个人幸福的机会，他们也不会犹豫。"可是我不会同意。"

卿洵默然，良久方问："为什么？"

凭私心而论，他自不希望婚事能成。可是坏就坏在他知道师妹的心思，又不能假装不知道。将一个心有所属的女人留在身边，终日瞧着她不开心，他办不到。更何况，他根本舍不得师妹伤心。因此，他宁可自己痛苦，也要助净儿完成心愿。

"因为她是我为你选的媳妇。"随着粗哑的声音响起，屏风后转出一瘦削且奇丑无比的女人来，她一双浅棕色的眸子精气氤氲，让人不敢逼视。

卿九言脸上立即浮起谄媚的笑容，伸手将她搂进怀中。女人的丑脸因他的动作而变得柔和顺眼许多。

"我不需要。"早已习惯父母不避外人的恩爱动作，卿洵连眉梢也没跳动，只是淡淡地陈述自己的观点。在听到母亲的话时，他最直接的反应就是心中怦然。可是一想到净儿哀怨忧思的小脸，他只好硬着心肠违背自己的心意了。

"你需要。"卿夫人声音神情瞬间转为严厉，"这个世上只有净儿不怕你，因此她必须嫁给你。我不会允许我最疼爱的儿子终身不娶。"

"夫人说得是！"卿九言抚须附和，标准的妇唱夫随。

卿洵再次沉默，他知道母亲的铁腕作风，她认定了的事便极难改变。除非自己另有喜欢的人，否则即便自己不喜欢净儿，净儿也必须要嫁给自己。但他又岂能如此强迫净儿？

　　"我不要净儿。"木然地，他迫使自己说着言不由衷的话，"我心中有人。"

　　卿九言不禁瞪大了眼睛：心中有人？他不是喜欢净儿吗，难道是自己误会了？

　　卿夫人却冷笑连连："谁？"这儿子从小就喜欢净儿，他当自己是瞎子吗？对于别的女人，他瞧也不会瞧上一眼，除净儿外，心中又怎会另有他人？他成全净儿的心思，她难道不明白？可是她决不允许他如此委屈自己。

　　卿洵微窒。他本是胡诌的，在他心中，除了净儿根本没有别的女人的名字，如今要他说一个女子出来，简直比登天还难。但他神色却丝毫没有改变，目光毫不退缩地回视母亲似可洞察人心的双眸，并不回答她的问话，仿似不愿回答。

　　如果他急切地砌词推托抑或胡乱说出一个人名，卿夫人反倒会肯定他的心思，此刻见他不言不语，不透露丝毫内心情绪，她心中却打起鼓来：是否他真的另有所爱？

　　深吸一口气，她冷静下来，语气放柔道："洵儿，你告诉娘是哪家的姑娘，娘为你做主。"

　　卿洵缓缓摇了摇头，沙哑地道："我不想迫她。"片刻之间他已想好对策：只要让母亲相信自己心中另有他人，决不会娶净儿，从利害关系来考虑，他们定不会放弃这门对卿家大大有利的婚事。"另外，我不会娶净儿。"语毕，他转身欲去。

　　"站住！"卿夫人大怒，挣脱卿九言的怀抱站起。她年轻时脾气古怪又火爆，跟着卿九言这许多年后才稍稍有所改善，这时哪受得了卿洵如此不敬？"如果今日我见不着那位姑娘，我便会立刻操办你和净儿的婚事。管他什么龙源主，即便是当今皇上，老娘也不买账！"她倒没夸大自己的能耐，至少皇上不敢得罪卿家，因为随之而来的后果不是朝廷能承担的。

　　"夫人息怒！"卿九言赶紧抚慰，心思一动，忆起一人，"洵儿，你何苦惹你娘生气？前月你从滇南回来，救回来一个女子，是否她便是你心中的人？"否则以他的脾性，怎会无端救人？

卿洵心中微动，浮起方才所见红衣女子的倔傲眼神。那个女人不怕自己！想及此，他知道自己有了合适的人选，只愿手下还没将她丢出府去。

"是。"闭了闭眼，他迫自己承认。要知道，他天生怪癖，爱洁非常，最受不了风尘女子，此时要他将一个浪荡女人当成自己倾心的对象，实是连想想也会觉得不舒服之极。

"哦？"卿夫人眼睛微眯，危险地看向卿九言，"我怎么不知道？"

卿九言忙赔笑道："你去承奉了，我也只是听下人传说。还道是胡言乱语，并没放在心上，谁知……嘿嘿，却是真的。"别看他在外面翻手为云、覆手为雨，一回到家，便威风不再，成了老婆奴，府上无人不知，他却毫不在意，反以之为荣。

狠瞪了他一眼，卿夫人没再找他麻烦，转首看向屋中央敛眉垂目而站的卿洵，脸上露出一个莫测高深的笑容。卿九言看得心中微毛，要知道，他年轻时可没少受过这种笑的苦。

"既是如此，好，洵儿，你立即派人将那位姑娘请来。"不待卿洵拒绝，她又提高声音，"来人，给我请净小姐！"

事到如今，卿洵根本没有选择的权利。

焰娘醒过来，尚未受到盘问，便被带到了啸坤居。

踏进门槛，一眼便看到木头般站在屋中的卿洵。堂上则端坐着一男一女，男的须发乌黑，脸上虽已有岁月的刻痕，却依旧英俊不凡，充满成熟男人的魅力；女人却丑陋无比，与卿洵酷似。不用猜，她已知堂上为何人。

她盈盈走上前，婀娜生姿地行了礼，道："奴家见过卿老爷、卿夫人。"因卿洵用力过度，她的声音仍有些沙哑。

"姑娘不必多礼。"卿九言只觉眼前一亮，心中大赞卿洵好运气，这种风情万种的绝世尤物，哪个男人不想纳入私房？

卿夫人冷冷一哼，不悦地看着焰娘轻浮的举止和穿着，心中大大不喜：

"你叫什么？"既然是洵儿看上的，她自然要好好摸摸对方的底。

"奴家焰娘。"虽然不解，焰娘还是据实回答了。

她退至卿洵身旁，目光落在他丑陋似面具的脸上，细细地看了看，突然柔声道："卿郎，你好狠的心！奴家方才只是想……你却那么用力，一点也不懂怜香惜玉，差点将人家弄死了！你说，你要怎么补偿人家？"

卿郎？卿洵如非自制力超乎常人，眼珠子非掉出来不可。刚才两人还以命相搏，一转眼，她竟叫得这么亲密。这女人葫芦里究竟卖的什么药？

"对不起！"他反应奇快地接口道。

虽然不解，但她如此称呼却有助于赢得父母相信，他并不纠正，却也不能不理。

卿九言本来正在喝茶，闻得两人的对答，一口茶水登时喷了出来。卿夫人也差点被自己的口水呛到，丑脸微红。

他们的木头儿子竟然也会……咳！咳！

卿洵没明白过来，反是焰娘心中暗笑。她故意将话说得暧昧，果然有了效果，只是没想到他会道歉罢了。她眼光何等尖利，一眼便看出了他言不由衷，尽管他脸上并无表情，可是那低垂的眼眸所藏的鄙屑她却看得清清楚楚。

哼！他嫌她不干净，她就偏要让他碰她，走着瞧好了！

"别！"她纤手轻轻按住他的唇，柔腻道，"奴家怎舍得怪你，只要你以后好好疼惜人家就行了！"

她柔软的手指敏感地察觉到他微微一缩，然后停住不动。她不禁心中大为惊讶，按她预计，她是休想碰到他的，即便碰到，也定会被他毫不留情地甩开，没想到他竟会一动不动。灵机一动，她立时知道这其中定有蹊跷，这时不趁机占便宜，更待何时！

正当她想进一步行动时，耳中传来卿夫人粗哑的声音："焰姑娘府上何处？"卿夫人讲话向来直来直往，绝不客气拖沓。

"奴家……"焰娘闻言，楚楚可怜地垂下小脸，欲言又止，却什么也没说。

环佩声响，杨芷净一身杏黄衫裙，似彩蝶般飞了进来："净儿见过师父、卿伯伯。"她一进来，便似将春风也带来了一般，温煦了每一个人。

焰娘明显感到身旁男人的震动，原来传言果然不假，卿洵深爱着他师妹。

卿夫人嗯了一声，目光和悦地看着杨芷净，柔声道："净儿这些日子功夫可有长进？"每次见到杨芷净，卿夫人都必会询问她的用功情况，这是杨芷净最怕的。

杨芷净眼珠微转，撒娇道："您老问师兄好了，师兄是最清楚的。"她飞快地将问题丢给卿洵，只因知道他一定会包庇自己。"师兄，你说净儿功夫可有长进？"她目光转向卿洵，却意外地发现尚有外人在。

"咦？你怎么还没走？"她不悦地踱到焰娘前数步远，不屑地打量着她，"身体看上去很不错啊，别告诉我你走不动！"

焰娘略一瑟缩，轻轻偎向卿洵，抓住他的大手，故作柔弱道："啊，净小姐，你别生气，奴……奴家这就离开。"她虽如此说，却一点走的意思也没有。

卿洵微一犹豫，反握住她的手，目光直直地看向前方，沉声道："除了我，谁也不能叫你走！"

这一次，焰娘真正确定了卿洵需要自己，不禁精神大振，嘴上却委委屈屈地道："可是……"眼角偷偷瞄了一眼一脸不可置信的杨芷净。

"师兄？"杨芷净不敢相信自己的耳朵。自小到大，师兄对她从来都是言听计从，别说像现在这般冲撞她，即便是大声一点，也不曾有过。

卿洵强忍住看向杨芷净的冲动，目光落在一脸高深莫测的母亲脸上，不知道她究竟想做什么。

"净儿，你太没礼貌了，还不向焰姑娘道歉！"卿夫人冷冷地斥责着杨芷净，一双锐目却紧攫住卿洵，不放过他脸上一丝一毫的变化。她倒要看看他能忍多久，哼！她是他娘，怎会不知他的怪癖？就算想搪塞，也该找个干净点的，眼前这女人……哼！

"啊，夫人不要生气，奴家担当不起。"焰娘赶紧道。杨芷净于她有救命之恩，尽管其态度不善，她却并不介意。倒是这卿夫人破坏力更大，只望她别将目光放在自己身上。

杨芷净毫不领情，不屑地一哼，生气地转过身去，再不看她和卿洵一眼。

卿洵木然地立着，似乎对眼前的一切毫无所知，焰娘却感觉到他与自己相握的手力道很大，大得令她担心自己的骨头会被他捏碎。不过她很知趣地未表现出痛苦的神情，心中琢磨着自己被叫来此地的用意。

卿九言一言不发，含笑看着眼前三个小儿女，目光停留在焰娘身上最久。他暗暗纳罕，这女人一看便是那种善于利用自己优点将男人玩弄于股掌之上的风尘女子，对于洵儿这种既貌丑又性格木讷，且从他身上捞不到什么好处的男人，她怎会如此曲意逢迎？更稀奇的是，她竟敢长时间与洵儿亲近，毫不避讳地看着他的脸而泰然自若，这可是连净儿也做不到的。看来这女人不是另有目的便是真的喜欢洵儿，洵儿与她在一起并不一定不好。

"既然都来了，洵儿，"卿夫人不悦地看了眼杨芷净，显然对于她的任性相当不满，之后方淡淡道，"我要你当着大家的面再选择一次，你是要净儿还是这位焰姑娘？"她终于使出了最厉害的一招，如果当着净儿的面，洵儿仍选择那荡妇，她还有什么可说！

"什么？"杨芷净闻言惊呼，她如焰娘一般，对事情的来龙去脉毫不了解，此时听师父如此说，心中立时一沉，"不！"她不要自己的命运被如此决定。

"闭嘴！"卿夫人厉声喝道。别看她平时宠溺杨芷净，但当真正关系到自己最疼爱的儿子时，她对谁也不客气："洵儿你说，你要谁？"

焰娘也被卿夫人的疾言厉色震住了，一时之间没发觉自己正被别人当作货物般挑选。她仰首看向卿洵如木雕般的面孔，恍惚间发觉他似正强忍着莫名的痛苦。为什么？她再侧过脸看向一脸戾气的卿夫人以及嘴角含笑的卿九言，她是否无意中介入了人家的家务事，她可以走了吗？

空气仿佛凝住，卿洵想开口说话，却发觉自己怎么也动不了唇。他虽一向少言，但说话却从来没有似此次这般困难。不要迫他！他想喊，不要迫他！可是就是连这一句话他也说不出来。他努力将自己的目光定在无限远处，不让杨芷净娇美的容颜映入眼内，映入脑中、心上，他害怕自己会脱口说出要她的话，那是他一直渴望着的啊！可是……

"傅昕臣……你说要来提亲的，可别忘记！"

"傅昕臣，我好想你！"

……

她心中想的念的是另一个人，渴望共度一生的也是另一个人，是那个才认识没几天的男人，而不是他这个呵护疼惜了她十六年的师兄，不是他……

压得人喘不过气的沉寂气氛在整个大厅中弥漫。

终于，杨芷净受不了，她尖叫一声，扑向卿夫人："不，不要这样！求求你，师父，请不要这样……"她控制不住满心的恐惧，痛哭起来。

"起来！"卿夫人漠然道，眼尾扫也不扫扑伏在自己膝上的杨芷净一眼，就在这一刻，她已对杨芷净彻底失望。她曾经以为，这个自己从小养大疼宠似女儿的孩子会不介意洵儿的容貌，但是，她还是错了，而且错得离谱！浓浓的失望及心痛令她不期然地有些恨起眼前这个娇痴的女孩来。

卿九言也是神色微变，却依旧一言不发。他尊重妻子的决定，因为她从不会错。

在杨芷净尖叫着哭喊出声时，焰娘感觉到紧挨着的卿洵浑身一震，紧握着自己的手不受控制地轻轻颤抖。这时她已明白卿夫人的话意，不禁有些哭笑不得。这些人显然没把她当成一个有独立思想的人，而且忘了她并非和杨芷净一样是卿家的人。

尽管想抗议，但卿洵的状况却令她心中一软，焰娘最终什么也没说。更何况她心底清楚，即便自己抗议，结局也必定和杨芷净一样，她又何苦浪费精神？

杨芷净被卿夫人首次展露的无情吓住，轻泣着颤巍巍站起来，脑中一片空白。她不知道事情为何会发展到这种地步，师父又为何会如此无情。

"我要焰儿。"卿洵缓缓地、低沉有力地道，目光落在焰娘惊讶的娇颜上。

出乎众人意料地，他露出一个难得一见的微笑，柔化了他丑陋坚硬的脸。在焰娘不知所措地屏住呼吸时，他的大手撩起她颊畔的长发，俯身在她雪白娇嫩的脸蛋上落下轻轻的一吻，举止行动之间，透露出无限柔情。

所有的人都被他的行为惊呆了，焰娘眨了眨眼，再眨了眨眼，感到自己的心跳加速，迷惑了。

"好……好……"卿夫人狂笑出声，声音中却是无比的痛心，"我要你以黑灵起誓，自此以后，焰娘便是你卿洵的女人，你一生一世都不得嫌她、负她！"

黑灵是黑族的权物，在族人心中有着至高无上的地位，对族人有着绝对的约束，一旦以黑灵为誓，必得终生遵循。这是一种精神上的钳制，其严重性对以注重精神意志修炼的黑族人来说可想而知。卿夫人是黑族之首，卿洵为其继承人，黑灵誓言的制约不言而喻。卿夫人这样做，只是希望卿洵会因此而反悔，也算是一片苦心。

谁知卿洵连眉头也没皱，一把拉住焰娘跪于地上，左手高举："我卿洵以黑灵之名立誓，自今日起，焰娘便是卿洵的女人，卿洵一生一世不得嫌她、负她！"在他的大拇指上赫然戴着一个墨紫色的扳指，晶莹剔透，其中隐有云雾状物质流动，不知是由何种材料打制而成。

看着他如此认真地立誓、场面如此严肃，焰娘生出想逃的冲动。加上此次，她与他相见不过三面，连真正的相识也算不上，怎么就糊里糊涂地成了他的人？可是面对着他极力控制仍无法掩饰与她相握的手的轻颤，她知道他很痛苦，拒绝的话便怎么也说不出口了。她想不明白，他既深爱着杨芷净，为何不干脆说明，何必如此折磨自己，还是说他有不得已的苦衷？

"起来吧！"卿夫人无力地挥挥手，长叹一声，心力交瘁地闭上眼，为自己爱子的顽固专执心痛不已，"罢！罢！便依你的意思，你们都下去吧！"她如此逼他，他依旧我行我素，她还能怎么做？

杨芷净不忿地狠瞪了与她同样一头雾水的焰娘一眼，负气地转身跑了出去。

卿洵牵着焰娘，恭敬地行过礼后迈步而出。

卿夫人感到一双大手抚上自己的肩，温柔地按摩。她心情稍好，仰首望向深爱自己的丈夫，柔声道："九言，你说洵儿这孩子怎么这么傻啊？"

卿九言微笑着抚上她的脸，目中盈满柔情，轻轻地道："谁叫他是你的儿子，你不傻吗？随他吧，这事强迫不得。"

想起自己年轻的时候，卿夫人脸上不禁浮起幸福的笑容，那张本来奇丑无比的脸竟在瞬间变得妩媚动人："是啊，你不是也傻得很吗，放着无数美女不娶，偏要我这丑八怪。"

语罢，夫妻俩相视而笑，一切尽在不言中。

一离开父母视线，卿洵便似被烫着般甩开焰娘的手，再不看她一眼，加快脚步向前走去。

"喂，利用完就丢，卿郎啊，侬好没良心！"焰娘下意识地随之加快脚步，为他的过分行径微感恼火。

卿洵并不理她，此时的他脑中一片空白，只知机械地迈动步伐。因为痛得太过，所以变得麻木，一种无法言喻的深沉麻木。

"哎，卿郎，等等奴家啊！"焰娘发觉越追心中的不平越少，追到啸坤居外时，已消失得干干净净，没趣的感觉涌上，脚步立时缓了下来。

就在此时，破空之声响起，一道亮光从假山后直射向她的眉心。她反应极快，仰身闪过，才看清是一柄青锋长剑，持剑人黄衫飞扬，满脸怒容，竟是杨芷净。

"你做……"焰娘一怔，开口欲问，却被她唰唰唰连续三剑刺得狼狈躲闪，剩下的话自然也说不下去。

　　杨芷净也不说话，一招接着一招，招招狠辣无情，仿似不置焰娘于死地便不甘休一般。她虽练功不勤，但毕竟师承名门，加上天资聪慧，一般高手也不是她对手。而焰娘鉴于她曾有恩于自己，处处忍让，这样一来，便落了下风。

　　哧的一声，焰娘一个闪身不及，肩上衣服被刺破，虽没伤到肌肤，却仍被吓出了一身冷汗。她知道再这样下去，必死无疑。一声冷斥，正待反击，突然一股力道自侧方袭来，她尚未来得及反应，已被推离了杨芷净的剑网，毫发无损。

　　焰娘微一定神，抬目望去，却见本已远去的卿洵直挺挺地站在那里，杨芷净的剑正指着他的咽喉。两人都凝立不动，谁也没说话。秋风吹过，撩起两人的衣袂发丝，带着一股令人打心底泛起的寒意。

　　良久，杨芷净难过地问："为什么选她？"

　　她不甘心。即便从没喜欢过师兄，但她一直以来都以为自己在师兄心中占着最重要的地位，没想到这一次他竟会选择那个低贱淫浪的女人。她心中不服，她哪一点比不上那个女人？

　　"她引诱你？"唯有这个原因，她也希望是这个原因，而非师兄真心喜欢那个女人。

　　卿洵看着她不开心的小脸，一丝若有若无的苦涩浮上棕眸。如在以往，他定会想尽办法逗她开心，她说什么他都会听从。十多年来，他从未存心惹她不开心过，可是这一次……

　　伸手轻轻推开剑，他什么也没说，转身缓步而去。杨芷净呆呆地站在原地，看着他孤寂冷漠的背影伴着焰娘逐渐远去。

　　她始终是不懂他的。

第四章　长相思

焰娘是自由的，因为那个誓言是卿洵所发，对她没有丝毫约束力。按她流浪惯了的性格，离开卿府是刻不容缓的事。可是她没走，至于原因，她自己觉得是因为好奇，好奇本来极度厌恶她的卿洵为何会在众人面前对她态度大改，甘愿将一生系在她身上。这个理由是真是假，没有人知道，包括她自己。当一个人不愿真实地面对自己内心的时候，她的所作所为、所想所言，旁人便无需认真了。

答案很快揭晓——就在卿洵发誓后的第二天，卿府开始忙碌起来，处处张红挂彩，一片喜气。她本以为这是在为她和卿洵准备婚事，正打算偷溜时，杨芷净要嫁给龙源主的消息传进了耳朵。她心中豁然敞亮：原来如此！可是卿洵为何要将自己心爱的人拱手让与别人呢？她还是不懂。

第十日，杨芷净出嫁，婚期虽匆促，婚礼却隆重而奢华，各项事宜安排得井井有条。由此可见卿家之财势及龙源主准备之充分。

焰娘见到了龙源主，这个新近崛起于江湖，神秘莫测、令人闻之色变的庞大组织的领导人，竟是一个二十多岁的青年，而且是一个与卿洵同样冷绝孤傲的男人。他脸上虽挂着温文尔雅的微笑，黑眸中却透露着疏离。与卿洵不同的是，他的长相、体型以及自信尊贵的风度都完美到让人无可挑剔。难怪卿洵会退让，他是在自卑吗？

想到卿洵也会自卑，焰娘就觉得好笑。可是他真的会自卑吗？那么狂傲的男人！

没兴趣看热闹，焰娘在卿府内四处闲逛，顺便寻找一直没露面的卿洵。自发过誓后，他的静竹院就任由她出入，可她却再没见过他一面。他竟然给她来了这么一招——躲。她真有这么惹人嫌吗？她又没逼他做什么，真是的！

在湖畔，她看见了他。

他独自坐在那里，一向挺得笔直的脊骨倚靠在背后的树干上，仿似不堪承受打击般无力地弯着，披肩中分的长发落在胸前，遮住了他的侧面。他就那么坐着，一动也不动，好似石化了一般，瘦削屈曲的背影在深秋的风中显得无比孤寂凄凉。

她在林中远远地看着他，许久许久，一股无法言喻的悲哀涌上心间——焰族女儿永远不会被人这么深情专执地对待。

他之于她，是一个遥不可及的另一个世界里的人，两人本不会有任何交集，两人的性格更是南辕北辙，无丝毫相同。可就是这样一个人，让她看到了她以前从未想象过的深情。

这个世界有太多的始乱终弃、太多虚假的甜言蜜语，什么才是爱？她由渴望到不解，再到迷惑，直到此刻，她才恍然明白。爱上他，不是一件难事。数日来，在梦与非梦之际，她总是不自禁地回忆起那日他亲昵的称谓、难得的微笑以及温柔的动作，还有那宠溺的……吻。他的恶劣与嫌恶早已变得微不足道，她丝毫不放在心上。

她心底清楚，如果他肯真正地看她一眼，将那日的温柔重新为她真心展现一次，即便叫她立时死去，她也是甘愿的。这便是爱了，一种让人心甘情愿焚烧自己的感情；一种喜怒哀乐掌握在别人手中的迷人陷阱；一种一边是幸福甜美，一边是无止境的痛苦与孤单寂寞的情感牢笼。她明白了，也被掳获了。世世代代，无数的焰族女子在重复着她这样的经历，她是否会踏上她们走过的旧路？

她轻轻走上前，跪在卿洶身侧，展臂将他抱进自己的怀中。

卿洶似无所觉，没有丝毫反应。

焰娘温柔地为他将长发顺至耳后，露出那张依然无表情的脸，轻轻地将红润的唇瓣印在他高耸的颧骨上，柔声道："不要难过了。"

卿洶一震，清醒过来，一把推开了她。力道之大，令焰娘跌倒在旁。

"滚！"他浅棕色的眸中泛起怒火及嫌恶。他只想一个人在这里安静地坐会儿，这女人为什么这么不知趣？

焰娘眼神微黯，但随即被媚笑代替。她悠然坐起，双手撑在身后，充分展露着自己玲珑浮凸的曲线，昵声道："卿郎，你忘了自己发过的誓言了吗，还是要奴家提醒你？"

卿洶双眸微眯，一丝不屑浮现在嘴角。他蓦然立起身打算离开。既然不能赶她走，他走总该可以了吧？

"走了吗？"焰娘却不放过他，"是不是后悔了，想去将你师妹抢回来？嗯，现在还来得及！"她不明白他为何要将心上人迫到别人的怀抱，故以此相激。在她的心中，只有努力地去争取，而没有退缩以及相让。

"可是你别忘了，奴家才是你的女人，你是一生一世也不可负我的。"没想到那日让她不以为然的誓言，今日却成为她为自己争取的武器，世事当真是让人难以预料。

卿洶闻言倏然止步，目光恢复平静，缓缓落在仰首与他对视的焰娘身上，从头到脚仔细地打量起她来。

焰娘坦然迎视着他的目光，微侧首，长发从臂膀滑落至一侧，更显娇媚。只有她自己清楚，他目光在她身上扫过的地方，都会诱发一股莫名的战栗，让她几乎控制不住自身的反应。

"怎么样，还满意吗？"借着说话，她不着痕迹地分散着自己的注意力。

"你是我的女人！"沙哑无波的声音，让人猜不透卿洶的心思。

"是啊，卿郎！"焰娘微蹙秀眉，露出一个十分诱人的疑惑表情，她的心却为他的不可捉摸而忐忑不已，他想做什么？

"好！好极……"卿洵口中如此说着，脚下已来至焰娘身前。

"卿郎？"焰娘不解，正欲起身询问，削肩已被卿洵蒲扇般的大掌一把抓住。

哧！

布帛被撕裂的声音响起，一片焰红飞至空中，在瑟瑟秋风中旋舞，似激情的火焰，又似沸腾的热血，最后缓缓地落下，似一抹处子的嫣红，轻洒在澄清的湖面上……

呜咽的箫声在寂静的夜空中回荡，如泣如诉。一阵寒意袭来，焰娘悠悠醒转。圆月已升上中天，月色似水，照得一切纤毫毕露。身子的疼痛令她不禁蹙紧了柳眉。他走了吗？一丝苦涩浮上嘴角。她竟然赤身裸体地在湖畔睡了这许久，她的衣服被他撕烂，他却连件外衣也不给她留下。他根本不管她死活、根本不在意她是否会碰上危险，或许，他本来就认为她人尽可夫吧？

她吃力地靠着树坐起来，腿间的灼痛令她回忆起他的粗暴以及他漠无表情的双眼，一股无法言喻的疼痛似闪电般袭过全身上下，穿透五脏六腑，痛得她想大哭一场，痛得她控制不住地捂住胸口，闭上眼呻吟出声。可是就在这颗心中，在众人认为肮脏不堪的心中，竟然连一丝怨恨也无法升起。

箫声戛然而止。焰娘蓦然睁开眼，这一刻才察觉到刚刚消失的箫声的存在。撩开凌乱的长发，她看见在自己左侧不远处的一块大石上赫然坐着一位身段婀娜、手持长箫的白衣女子，在朦胧月色中似幻似真，令人不禁怀疑是否为湖中之仙。

"你醒了？"那女子美丽优雅的声音在静夜中响起，仿似天籁一般。

"你怎么在这里？"焰娘并不遮掩自己赤裸的身体，压下心中的疼痛，若无其事地问。

"等你醒过来啊！"那女子没有回头，张开双臂迎接着从湖上吹来的冷风，一时间鬓发飞扬、衣袂舞动，仿似要御风而去一般。

"为什么不叫醒我？"焰娘闭上眼，无力地问。

"你累了，不是吗？"那女子偏过头，露出一张清雅秀丽的容颜，却是红瑚。她的脸上有着一抹讥笑，"嘻，没想到卿洵那怪物还真勇猛。"

"他不是怪物！"被她的话激怒，焰娘想也不想便替卿洵辩驳，语气中大有"你再说一遍试试看"的意味。

红瑚耸了耸肩，并不与她在这事上争辩不休。在这里守着她，不是因为同为焰娘，而是因为她是成加家族的，她欠成加的，一定会还。

"你都看见了？"见她不再说，焰娘语气变得和缓，"他……他不知道你在吗？"以卿洵的武功，有人在旁窥伺又怎会不知，他难道一点也不介意？

红瑚闻言冷嗤："谁耐烦看！你以为好看吗？"

她是无意中撞见，被卿洵侧过脸来，以平静的目光一扫便赶紧避了开去。直到刚刚转回来，竟发觉焰娘仍躺在原地，卿洵已不知去向。

焰娘默然，心绪飞得很远很远。她并不后悔，也不怨恨，她比许多焰娘都幸运，虽然过程不是很愉快，至少她给得心甘情愿。

"将自己的一生交给一个怪……没心的男人，值得吗？"良久，红瑚清冷地问，一抹恍惚的笑容浮上她清丽的脸。

焰族的女儿都是这样，只要喜欢上一个男人，便会不顾一切，直至粉身碎骨。所以她才要背弃自己的血统，她不甘心自己的命运由别人主宰，她的所作所为都与焰族女子不同，可是……她的脑海中浮起那个满头银发的少年。如果是他，他要主宰她的生命，她会怎样？她欠着他的啊，她……不会的，他一定记不得她了，有谁听过焰族男子曾将焰族女子放在心上？闭上美眸，她觉得胸口有些发闷，不由得深吸一口气，将那蠢蠢欲动、莫名其妙的情绪压下。

焰娘露出一个苦涩至极的笑。一直以来，她都在尽力避免动情用心，可是直到见到卿洵，她才知道焰族女儿身上所流的血是多么火热，血中的情又是多么浓烈，那根本就是无法压制的。为爱而燃烧，是所有焰娘注定的命运，也是焰娘生命的唯一目的，没有人可以逃掉。

"长相思，相思者谁？自从送上马，夜夜愁空帏。晓窥玉镜双蛾眉，怨君却是怜君时。湖水浸秋藕花白，伤心落日鸳鸯飞。为君种取女萝草，寒藤长过青松枝。为君护取珊瑚枕，啼痕灭尽生网丝。人生有情甘白首，何乃不得长相随！潇潇风雨，喔喔鸡鸣。相思者谁？梦寐见之。"

红瑚对着浩渺的湖面低低地吟唱，歌声轻柔婉转，悲苦凄怨，在夜风中飞扬缭绕，久久不散。

焰娘皱了皱眉，捡起一旁自己平日束发的红纱，展开后裹住身体，长发披散，遮住了大半春光。她扶着树站了起来，不耐烦听这种自艾自怜、让人丧失斗志的曲子。

焰族女儿如果想要，便会不顾一切、不择手段地去得到，哪会浪费时间在空自思念上，别开玩笑了！红瑚竟然唱这种歌，果然不能再算是焰娘了。

"不喜欢听？"红瑚突然愉悦地笑了起来，显然十分乐意见到焰娘不开心，"是啊，焰族女儿是不会唱这种歌的。"顿了一顿，方又道，"可我不是焰娘，我是红瑚。"

焰娘被她这么一搅，心情反倒好了些，柔声道："你是什么都和我不相干，我要走了。"语罢，蹒跚地向竹林深处走去。

红瑚不生气，也不理她，径自拿起箫重新吹奏起来，幽咽的箫声伴着明月秋风，自有一种难言的孤傲意味。

焰娘走进林子的那一刻，箫声倏止，耳中传来红瑚清冷傲媚的歌声："美人绝似董妖娆，家住南山第一桥。不肯随人过湖去，月明夜夜自吹箫……"

卿洵一身灰衣，透过微掩的窗子密切注意着对面大宅的动静。他前日得到情报，宋锡元与王天行、董百鹤、祝奚谦趁卿府举办婚礼之际，在滇南的孙家巷秘密会面，商谈了近两个时辰。因其防守严密，商谈内容不详。

昨日这四家公然将各自辖下的卿家生意强行关闭，并将所有与卿家有关的人员逐出，凡是卿家船舶，不得通过他们的水域。这无疑说明四家已达成协议，决定联手公开对付卿家。如果任情况继续发展下去，卿家定会受到前所未有的重击。一得到消息，卿洵并没有同任何人商量，便孤身一人潜至滇南，准备刺杀宋锡元，以儆效尤。

他本非有勇无谋之辈，此时敌人定然早有准备，有恃无恐。他明知此行必危险重重，却依旧一意孤行。孤独寂寞伴随他太久了，久到让他几乎忘却了死亡的痛苦，久到让他想不起活着是否还有其他感觉。净儿的离去，令他恍然忆起，除了杀人和维护卿家的利益之外，他还有选择的权力——选择要或不要，选择生或死。

二更的梆子敲响，一阵冷风吹过，对面宅中灯火明灭不定，不时可见巡夜的人从院中屋顶掠过。一切如常，并无丝毫紧张的气氛。

卿洵收摄心神，仔细检查过身上的装备，确定无一遗漏，方轻轻推开窗子。

这是与宋宅相隔一条街的一栋民房的阁楼，早由卿洵手下秘密买下，成为监视宋家的据点。楼下转租给一对做小生意的夫妇，以作掩饰，至今尚未暴露。

卿洵从阁楼窗中闪出，苍鹰般扑向对面屋顶。他身法迅捷，轻易地躲过了巡逻的护卫，直奔宋宅的主建筑四海阁。早在上一次来见宋锡元的时候，卿洵便已将宋宅的布局探查得清清楚楚，此次寻来，自是驾轻就熟。

四海阁位于宋宅中心地带，是三层木构建筑，飞檐拱壁、古朴雅致而又气势恢宏。周围二十丈内无草无木，是一片由石板铺成的空地。这种设计古怪无比，却也实用无比，根本无人能在被发现前悄无声息地潜进主楼，尤其是在灯火通明、纤毫毕露的情况下。由此可见，宋锡元怕死到何种程度，这种人竟敢公然挑惹卿家，实让人大感意外。

蹲在一株大树上，卿洵屏气凝神，观察着对面的情况。他心中大为惊讶，只见四海阁大门敞开，堂内与堂外一样灯火通明，宋锡元左拥右抱着两个美艳女子，正在屋中饮酒。他面前摆着一张八仙桌，上置丰盛的菜肴，却一点未动，仿似正在等人。

卿洵微一沉吟，跃下大树，悄无声息地落在院子当中。他双手负后，腰背挺得笔直，长发、衣袂在秋风中飞动，虽面无表情，却让人感到冷漠的煞气，恍似魔君降临。

在两女惊恐的尖叫声中，宋锡元欣然道："老夫在此恭候孤煞久矣！请进来喝杯水酒吧。"

卿洵冷冷一哼，昂首缓步向宋锡元走去，目光没有情绪起伏地落在对方身上，仿佛看着一个死人。

宋锡元神情不变，双手一拍，一行八个妙龄少女走了出来，无一不是万中选一的美女。每人均穿着贴身的薄纱衣裙，隐约透出里面艳红色的抹胸褻裤。一时脂香鬓影、乳波臀浪，让人几疑身处梦中。

"闻说卿公子偏爱荡妇媚娃，老夫特意为公子四处觅得这八个绝代尤物，还望公子笑纳。"宋锡元笑眯眯地一挥手，那八名女子立即似蝴蝶般向卿洵迎来。

卿洵闻言，深眸中几不可察地掠过一丝异光。焰娘狂媚的模样清楚地浮现在脑海，令他浑身上下产生一种无法言喻的难过。他生性好洁，当日似野兽般占有那个荡妇，实是为了惩罚折磨自己，如今回想起来，只觉得作呕。

但是这种感觉只是一闪而过，他目光紧攥住宋锡元，脚下的速度始终保持一致，丝毫不露异样。卿洵没有回答宋锡元，他杀人时从不与自己要杀的人啰唆，在他眼中也只有要杀的人，其他人与他毫不相干。

"公子！"莺声呖呖，八个艳女一个个笑颜如花，带着扑鼻的香风向他迎来，丝毫未被他丑陋的容貌、煞神般的来势吓住。

就在众女与他相距近三尺的距离，眼看就要扑进他怀里时，异变突起。

一双纤白秀美、无可挑剔的玉手似绽放的莲花般，破开众女袭向卿洵，直指他膻中、气海两大要穴，其势疾如雷，其姿美如电。如被击中，即便不死，也必会重伤萎地不可。

卿洵深陷的眸子精光一现即逝，不退反进，直接迎向那双罕见的美手。

众女惊叱声起，纷纷避开，银光闪处，每人手中已多出一柄匕首，将卿洵团团围住。

玉手的主人完全显露出来，竟是一个肌肤嫩滑若美玉、透明如冰雪的男人。该男子长得眉清目秀，一对修长明亮的凤眼中透着诡异的邪气，对男对女均有着无比的诱惑力。即使在使出如此毒辣的招式时，他脸上依旧挂着温柔的笑容，给人一种优雅洒脱的感觉，仿似在吟诗赏月，而非取人性命。

雪湖秋！

当看见那双手时，卿洵便知道了来者是谁，此时又怎会让他击中？就在对方双掌距他只剩三寸的生死存亡关头，卿洵一收胸腹，同时往旁迅速横移，立时避开了胸腹大穴。当对方灌满气劲的双手拂在他左胸及左下腹时，一把不知从哪里冒出来的长刀已到了他右手中，由下挑向对方。雪湖秋想不到卿洵竟胆大至不惜用自己的身体来挡他这必杀的一招，骇然之下往后飞退，但已避不开那堪比迅雷击电的飞快一刀。

血光飞溅中，雪湖秋踉跄倒退，右肋已被挑中。因他有真气护体，卿洵又已受伤在前，使出的劲力大减，故雪湖秋只是伤重，却不致死。未待卿洵乘胜追击，娇叱声四起，八女挥动匕首，联手向他发动攻击，以阻他再伤雪湖秋。

卿洵根本不将这些女人放在眼里。一声长啸，长发飞动，他在众女空隙间迅若鬼魅般穿插而过。所经之处，众女纷纷倒地，无人看清他用的是什么手法。

“轮到你了！”卿洵冷声道。他已来至阶前，忽略掉心中突然升起的不妥，紧盯着仓皇后退的宋锡元。

说话的同时，也不见他如何动作，数把窄小轻薄、泛着幽幽蓝光的飞刀已向宋锡元飞去，分袭其全身各大要害。只要中上任一一片，包他可以去西天报到。卿洵随后跟上，毫不理会一旁向他扑来的雪湖秋。

正当宋锡元避无可避之时，一件黑色的披风从旁横切入他与飞刀之间。

只听叮当之声响起，飞刀全被吸向披风，随后披风缓缓落地。一条拐杖夹着呼呼的风声，与雪湖秋一同袭向卿洵。持拐者乃是一黑衣褐发老者，太阳穴高高鼓出，功力显然不浅。

砰的一声，卿洵那把不知从哪里冒出来的刀与拐杖相击，发出清脆的响声。他前行之势一滞，那老者口喷鲜血，向旁跌开。雪湖秋的纤掌已到，卿洵强压下翻腾的气血，双眼精光爆闪，并指成掌，恰恰切在雪湖秋的手腕处。骨折的声音响起，雪湖秋脸色惨白地退了开去。

不妥的感觉更胜，卿洵觉得自己似乎遗漏了一件很重要的事，却无暇细想，只好再次忽略。正当他打算乘胜追击时，一股晕眩蓦然袭向脑海。他笔挺瘦长的身躯不禁微微一晃，心中大凛，知道自己方才在力战雪湖秋时无暇闭住呼吸，已吸进了那群女子身上带有毒性的香味，后又运功与那老者硬生生拼了一记，催发血气，加速了毒性发作。

他虽抱着必死的决心而来，但任务尚未完成，又怎肯甘心？

看出他的不支，宋锡元长笑一声，本来老态龙钟的身躯一挺，立刻长高许多，白发无风自动，显得威风凛凛。原来他一直都在装模作样，瞒过了所有人的眼，真是不简单！此人不除，后患无穷！

数声轻响传进耳中，不用看，卿洵已知自己被团团包围。屋顶四周布满弓箭手，弓弦拉满，箭头正对着他。这一次，即便他未中毒受伤，想全身而退也不是件易事，更何况他已身受重伤。将下意识中想要逃走的念头赶出脑海，他深吸一口气，强压下体内毒素及伤势，只要宋锡元不逃走，他就有把握在毒发前将其毙于掌下。

没有任何先兆，卿洵身子向前疾飙，射向屋内。一旦进屋，避进弓箭手的射击死角，他的胜算将立时大增。一声大喝，宋锡元丝毫不惧，五指箕张，掏向卿洵下阴。本来他这爪应施向对方天灵盖，但因卿洵个子极高，不易施展，他才改变方向，却依然狠辣无比，让人不易躲闪。

卿洵脚尖点地跃起，曲起右膝迎向他这一爪；左脚后发先至，扫向他太阳穴——摆明了拼着废掉一条腿，也要取宋锡元性命。

宋锡元怎会在己方稳操胜券的情况下白白把命送掉，赶紧一个仰翻试图避开他这凌厉的一脚。谁知卿洵竟然凌空改变姿势，似大鸟般扑向他，左手成刀直插他胸口。眼看宋锡元招式使老，已无法闪避，破空声响起，后左右三方均有人扑出，一刀、一枪、一掌、一剑全向卿洵身上招呼，务必要迫他回身自救，以助宋锡元逃过大难。

卿洵毫不理睬，只是身子稍向侧移避开了要害，手上招式丝毫不改。就在刀剑砍上他背脊，长枪刺进他左股，巨掌击在他肩胛时，他的手掌已插入宋锡元身体。

时间仿如凝住一般。

宋锡元睁大双目，不敢置信会是这种结果。他一向自恃武功不差，卿洵虽是武林中有数的几位顶尖高手之一，但在其遭受重创及中毒之后，收拾卿洵虽不说易如反掌，结果却应该是肯定的。更何况他还布了伏兵，以在危急时救自己。他本想乘此机会捡个大便宜，亲手杀了卿洵，届时他在武林中的声望将会与现在不可同日而语。可他千算万算，却算不到卿洵会毫不顾及自身性命，这是他这种重视自己的命胜于一切的人无法想象的。他错了，他一向算无遗策，而这次却错了，只错了这么一次，他就赔上了所有。

一腔血雨喷出，宋锡元死不瞑目地萎顿于地。

收回手掌，卿洵无法控制地向前扑跌。等他踉跄站稳，回过身时，虽脸色惨白，却依旧面无表情。一股血水从他嘴角源源不绝地溢出，滴在他的灰衣上，一圈一圈地晕开。

他就要死了，从此不必再过这种行尸走肉般的生活。想至此，一股发自心底的喜悦缓缓升起，他不禁咧嘴一笑，露出一口在艳红血色映衬下雪白的牙齿。

刚刚跳出的那四人并没乘胜追击，卿洵似煞神般的无畏气势及宋锡元的死将他们震在当场。他们没见过像卿洵这种杀人的方式，被空气中释放出的惨烈气氛威慑住了。当卿洵转过身时，浑身浴血的他便似一具来自地狱的僵尸，全身上下带着阴恻恻的冷意。恐惧不可遏制地直往上冒，那四人本也是江湖上颇有名气的高手，但孤煞的名气实在太大，早已在他们心中形成难以超越的形象，而此时又在他们四人夹击下杀了本身便是高手的宋锡元，更令他们惧意大增、斗志难兴。再加上此时群龙无首，宋锡元唯一的儿子仍在醉风楼花天酒地，谁还愿意卖命？

卿洵笑容乍露，模样更显狰狞，其中一胆小之人突然大叫一声，转身向外跑去，几个起落便消失在夜色之中。另外三人被叫声惊醒，对望一眼，心意相通，蓦然一起出手，各使绝招，袭向卿洵。他们知道如果此时不杀卿洵的话，后半生将再难安寝。

卿洵既不躲闪，也不招架，脑中浮起杨芷净娇美的小脸，眼看着一枪一剑一掌落向自己，他眼前一黑，仰天向后倒下。

就在此时，一条红影倏然从屋顶飘落，同时三枚泛着银光的暗器分击三人。

破空之声令三人赶紧变招回身挡格，来人已至三人跟前，身法之快速，令人咋舌。

娇叱声起，一只美丽纤秀的玉手击在其中一人胸口上，随着肋骨折断的声音响起，白净小巧的雪足点在另一人的后背心上，那人鲜血狂喷，左掌砍在最后一人仓促刺来的枪身处。乘枪尖荡开之际，来人已一肘撞在最后一人的心窝上，那人口中射出一股血箭，踉跄后退。

这一切发生在电光石火的刹那间，三人做梦也想不到会惨败在一个来历不明的人手里，尚未看清来人容貌，一团红影已挟着昏迷的卿洵消失在夜色中。

那些弓箭手哪里去了？

YAN NIANG

第五章　相濡

篝火熊熊。

山洞里很干燥，外面是一望无际的树林。

焰娘紧偎在卿洵胸侧为他取暖，卿洵背对着火堆，丑脸因藏在阴影及散发里，看不真切，因而也不再那么骇人。他那血迹斑斑的衣服仍穿在身上，但背上及左股的伤势已被焰娘处理好，敷上了止血生肌的金创药，用布条包扎了。

焰娘行走江湖多年，对处理外伤颇有些经验。只是卿洵不只外伤严重，还有极重的内伤，她也没办法，只能见一步行一步。

焰娘美眸睁得大大的，盯着眼前那张嘴角依旧带着若有若无微笑的脸，心中隐隐地痛着。为了方便为他处理伤势，她将长发中分后梳，松松地挽在脑后，用木棍代替发簪固定，露出白皙秀长的脖颈。

"我让你发泄了，你为什么还要一意求死？"她以从未有过的温柔语气道，纤手轻轻将他的发拨开，露出整张脸来，"只有死亡才能令你开心吗？"幽幽叹了口气，她的手抚向卿洵的眉，细细勾勒起他的面部轮廓来。

"只有这个时候，你才会乖。你真傻，既然喜欢杨芷净，为什么不将她抢过来？又不是没有机会，何苦不珍惜自己的生命！"树林里很静，除了火焰跳动的声音，便只有焰娘的喁喁细语。

在这初冬之际，虫豸早躲藏得无影无踪。

"我也傻，你模样又丑，脾气又怪，我怎会喜欢上你？"焰娘蹙紧秀眉，报复性地捏了捏卿洵的脸，为自己莫名其妙地喜欢上这个人不满，"唉！今日如果我再来晚些，又或者那些弓箭手中有一两个高手，那么你和我就都不必烦恼受苦了。"

口中虽如此说，她的心却因这个想法而揪紧了。如果他死了，她不敢想自己会怎么样。不管他对她怎样，只要他活着，她就有希望得到他的心，即便希望很渺茫，她也不在乎。

这里离滇南有上百里远，又地处隐秘，焰娘本人即是追踪高手，在隐匿形迹方面自有其独到之处，短期内并无被人找到之虞。

"我身上没钱，人家又要抓你，我没办法给你弄个大夫来。而要回到你家地盘最快也要一日半，还得是坐船。现在水路又被封了，根本行不通。"焰娘向昏迷的卿洵诉说着他们的处境。她一向独来独往，即使遇到再大的危险也能设计逃脱，可是现在带着一个伤重之人，实是为难之极。

"卿洵，你一定要争气啊，我好不容易才将你救到这里，你可别让我功亏一篑呀！"焰娘一边警告地低喃着，一边将头偎进卿洵怀中，聆听着他微弱的心跳。如今的她只能乞求上苍见怜，让卿洵早早醒来，度过这一劫。

那是一双白皙秀美的手，破开重重黑雾，似绽放的莲花，幻化出数种优美的姿态，缓缓地、缓缓地印向他的胸口……

卿洵一惊，冷汗涔涔地睁开眼，正对上焰娘脉脉含情的美眸。他表情不变，视若无睹地将目光移向洞外绵绵的细雨。

是了，在那场打斗中他始终有不妥的感觉，却怎么也想不起是什么，现在他才恍然明白原因：雪湖秋不该那么弱。以雪湖秋的实力，应与自己有一拼之力，而那日的雪湖秋竟然不堪一击，连续两次伤在自己手下。究竟，是什么原因使雪湖秋效力于宋锡元，又是什么原因令其不能完全发挥自己的实力？

焰娘把弄着束在胸前的长发，痴迷地看着因陷入思考而显得更加深沉的卿洵，几乎无法遏制源源不绝涌上的爱意。

自从明白自己的心意后，她一向漂泊无依的心仿似找到了停靠的岸，即便没有得到相应的回报，她依然感觉到一抹涩味很重、无法言喻的甜蜜，这是她十六年来从未有过的感觉。似乎，从出生以来她便在有意无意地追寻着这一刻。这是焰娘的宿命，她恍然明白。

"你觉得怎么样？"她控制不住心中的担忧，还是问了出来，尽管心中早已明白他回答的几率几乎等于零。只是她不放心啊，救他出来已经有五天了，虽然他凭着深厚的内功底子，在第二天中午便清醒过来了，他吸入的散功迷香也消散得七七八八，可是几日下来，除了勉强运功自疗，他连站立也不能。究竟，他的伤……如果这段时间宋家的鹰犬寻来，以她一己之力，恐怕难以应付。因此除了猎食，她还会常常外出打探情况，以策应变。

卿洵仿似没听到她的问话，目光依旧看着飘飞的雨丝，不知在想些什么。

早已习惯他冷漠的态度，焰娘只是无奈地笑笑，起身来至他身旁，探手抓住他脉门，欲要送出内力探查他内伤的复原情况，谁知他却反掌抓住她的手，而后嫌恶地甩掉，仿似碰到的是什么脏东西一般。

"不要碰我！"沙哑的一句话道尽他的心态，除非必要，他不愿和她有任何身体接触。

被他的态度刺伤，焰娘不怒反笑，柔若无骨地靠向卿洵，探手从腋下抱住他，红唇凑至他耳畔，昵声道："侬忘了，奴是侬的女人，侬怎么可以嫌弃人家？"说着，双臂用力，故意压在他的伤口上。

耳际的酥痒令卿洵心烦意乱，尚未偏头躲开焰娘恶作剧似的作弄，一阵剧痛便由背部传至全身。卿洵闷哼一声，细密的汗珠从额上渗出。但他一语不发，连呻吟声也被硬生生吞了下去。

焰娘见他如此，心中升不起丝毫得意，只好不着痕迹地放松力道，收回手，从怀中掏出红色的纱巾，怜惜地为他拭去额上的汗珠，娇媚地道："看你，脾气臭得要死！奴家心疼你，你不领情，偏要找罪受。"她正正经经地和他说话，他不爱听，那她只好将行走江湖的伎俩使出来了。

卿洵心中大恨，如非此际功力全失，他又怎会受这女人的摆布？一旦他功力恢复，他一定会、一定会……他突然忆起自己的誓言，一股无可奈何的无力感涌上心头。究竟他做错了什么，老天要让他遇上她？

"怎么了卿郎，这样看着人家？"焰娘被他诡异的目光盯得怪难受，她是喜欢被他看，可那应该是带着爱慕的眼神，而非一副在算计着什么的样子。她伸出纤手，蒙住卿洵的眼睛："你也喜欢人家的，是不是？"她媚笑道，语毕，倏然住口——如果他也喜欢她，那有多好！

一丝淡淡的忧伤浮上心头，焰娘看着眼前被自己纤手遮住后只剩下鼻子和嘴，模样并不英俊的男人，胸中涌起想哭的冲动。她连对着心爱的人亦不会用真性情、真面目，是否焰族女子真如传说的那样，体内流着淫荡的血？

不！她蓦然放开卿洵，跌坐在地。不是这样的！她们女孩子在这男人主宰的世界中生存，只能这样。可是为什么所有人都瞧不起她们？他们……他们凭什么瞧不起她们？女人的命是由男人决定，在焰族中如此，出了焰族还是如此。为什么？为什么他们不好好待她们，她们做错了什么？

焰娘目光微微狂乱地看着闭上眼对她不理不睬的卿洵，一股无法言喻的绝望迫得她突然跪起身一把抱住卿洵，不顾一切地吻上他的唇。她吻得绝望而无助，在心底的最深处，她知道这个男人是以后主宰她生命中悲喜哀乐的人，而他不在乎她，甚至嫌弃她。

卿洵吃了一惊，睁开眼看到的是焰娘紧闭的双眼及修长的柳眉，那么近，那么清晰，清晰到竟让他产生了一种好看的感觉，以至忘了推开她，也忘了自己根本无力推开她。

卿洵的伤日见好转，焰娘却越来越不开心，因为那意味着他将很快就不再需要她。

这一日，卿洄已能起身走动，功力却依旧不能提聚。焰娘出外寻猎时，他蹒跚着离开了山洞。只要能动，他就不会与那女人在一起多待片刻。他不怕遇上危险，生死，他早已置之度外，可是无奈之下与那个女人相处却是他的耻辱。

天渐渐黑了下来，他不顾伤口的疼痛及双腿的虚软，固执地在树林里走着。天空飘着冷冷的细雨，一股寒意自脚底升起，直窜背脊。他只穿了件灰色单衣，在以前，这样御寒已是绰绰有余，可是如今的他虚弱到无能为力，冷意从背脊漫浸至全身，他控制不住地打起寒战，双腿再无力抬起，只能虚软地靠向身旁的一棵大树，期待着平缓一口气后再赶路。

他早就知道，以他现在的情况，想独自穿越这片林区，实与送死无异。可是他根本不在乎，一个人如果连死都不怕，还有什么不敢做的？

寒意越来越盛，他整个人仿似浸在冰雪中一般，如非凭着过人的意志力，他的牙关只怕早已控制不住打起架来。他再也无法靠着意志力逼迫自己前行，疲累无力的双腿失去控制，他扑通一声跌坐于潮湿的地上。

就这样了吧！他闭上眼软软地倚在树干上，意识随着寒冷的加重而逐渐丧失，心中无喜无惧。生有何欢，死又何惧？对他来说，生死毫无区别，生时形单影只，死亦孑然一身，不过孤独二字。一丝苦涩的笑浮现在他几乎冻僵的嘴角，活了二十六年，他竟连自问也不能：幸福、快活如何作解？

一股熟悉的香风窜进他的鼻腔，拉回他少许流散的神志。下一刻，一双手从他腋下穿过，抱住他的胸膛，将他从地上扯了起来。

他尽管不愿，却也不得不承认，从紧贴他背臀的柔软身子上散发出的温暖，让他觉得很舒服，舒服到令他兴不起反抗的意识，只盼着这种温暖能包围着自己一生一世。

焰娘没有说话，驮着他往来路行去。她真是气极了，当她打到一只山鸡回到山洞，发现卿洄不在时，心中又急又怕，莫名的恐惧紧攫住她，让她差点喘不过气来。如果他有个万一，她不知道自己会做出什么事来。尚幸卿洄重伤在身，走得极缓，她又擅长追踪，很快便找到了他蹒跚的身影。

恼他的任性与固执，虽心疼，她却一直硬着心肠强迫着自己不要出面助他，只是远远地缀着，直至他不支倒地。让他吃点苦头也好，一个人如果连自己都不珍惜自己，别人又为什么要替他紧张？虽是如此想，她最终还是忍不住伸出了手。所以她很生气，却是气自己没用，而不是恼他的无心。

是夜，卿洵感觉到从未有过的寒冷，那种冷，就仿似赤身裸体地躺在冰天雪地中一般，连心也寒透了。就在他以为自己会被活活冻死的时候，一个很暖很暖的娇小身子偎进了他怀中，紧紧地抱住了他。芬芳似花瓣的柔软覆上他的唇，热源般渡过绵绵不绝的真气，让他浑身上下暖洋洋的，仿佛沐浴在煦阳下般，说不出的受用。

一向钢硬似铁的意志力在这一刻竟变得无比脆弱，他可以明显地感觉到那具娇软温热的胴体散发出的致命诱惑。她是谁、是什么样的女人都不再重要，他只知道在她身上他可以获得自己内心深处一直渴求的温暖，在那种温暖的包围下，他将再不用惧怕寂寞的侵蚀。

背股上本已渐渐愈合的伤口再次痛得炙心，可是他一点也不在乎。看着自己的汗水滴在身下那具白皙的身子上，看着那张分不清是焰娘还是净儿的娇颜露出欲哭还笑的神情，一股无法言喻的温柔至心底升起，令他控制不住，爱怜地喊出心中人儿的名字。

净儿？焰娘恼火地从他紧窒的拥抱中挣脱出来，跪在他身侧，恨不得痛揍他一顿，将他打醒。

哼！那个女人哪里好，让他这么念念不忘？真是个大白痴！人家都不要他了，还痴心不改，他以为他是什么，情种啊？呸！

焰娘愤怒而难掩涩意的目光落在卿洵背上，赫然发觉绑着伤口的布条已被血浸透。她吓了一大跳，赶紧为他解开布条查看，却是伤口因他刚才的剧烈动作再次裂开了。不得已，她只能重新为他清理伤口，并涂上金创药。

"活该！"她一边为他包扎一边骂道，"都这副德性了，还想着做那档子事，这叫自找罪受！"她虽是如此骂，手上的动作却轻柔无比，生怕会弄疼他。而对于自己生气的原因，则早在见到他伤口裂开的那一刻便已忘得一干二净。

雨渐止，天边曙光微现。

卿洵醒了过来，只觉神清气爽，难得的精神。但是一股浓烈腥臭的汗味却令他不禁皱紧了眉头。蓦然忆起昨晚烧得糊涂后所发生的残影片段，他心中暗忖，不知是否因此出了一身大汗，反而将所受的寒疾驱了出来。可那与他柔情缠绵、令他失控甚至热烈渴求的会是那个女人？他不信！

他坐起身，环目四顾，山洞中除仍燃烧的火堆外，空荡荡的，并不见那个女人的身影。他微讶，难道她走了？随即抛开，不再想她。她的去留与他毫不相干，他眼下最要紧的是找个水源将身上洗干净，浑身的汗臭实令他无法忍受。

困难地站起身，他脚步虚浮地往洞外走去。他的内伤尚未痊愈，还不能强行提气运功，否则，以他的身手，又岂能被困在这山林之中？他心中懊恼着，人已来到洞外，一股清寒的空气迎面扑来，令他精神为之一振。

"又想跑啊，昨儿还没吃够苦头吗？"焰娘娇腻的声音从一侧传来，其中不乏挪揄嘲讽。

卿洵闻声望去，只见焰娘斜倚在洞口一块大石旁，目光慵懒地看着自己。一头长发松绾成髻，固以木棍，虽朴素，却依旧风韵无限。卿洵没有理会她，微抿薄唇，径自往林中走去。

"喂，喂，你伤口又裂了，你想去哪里？"焰娘轻轻一跃，悄无声息地落在他身后，亦步亦趋地跟着他。

"洗浴。"声音沙哑，卿洵出乎意外地回答了她，心中却在思索昨晚是否只是一场大梦，否则自己怎会产生那种恼人的感觉。

一阵树枝摆动的沙沙声在寂静的林子中响起，却是焰娘因他突然的回应而吓了一跳，猝不及防之下，赤足绊在一突出的树根上，向前跌扑。因怕伤着卿洵，她蛮腰一扭改变了方向，仅以一线之差扑在了身侧的一棵小树上。

"呃……"焰娘在卿洵诧异地望过来之时，迅快地改狼狈趴抱为风骚斜倚，娇媚地扶了扶鬓角，轻咳一声，以掩饰自己的窘迫，道："我是想说，太冷了，你的身子……怕是受不得冰凉的溪水。"

卿洵没有反驳她，洞悉的目光扫过她首次沾上污泥的右足拇趾，暗自忖度着其疼痛程度是否足够阻止她正大光明地看自己洗澡。

叮咚的水声填满天地，初冬难得一见的阳光透过林木的间隙射进来，将随风颤震的树影光晕印在溪水及溪边暗绿的苔藓上。

焰娘坐在滚滚溪流中突出来的一块大石上，拉起裙脚，露出白皙秀美的小腿，将白玉般的赤足濯在清溪里，用冰凉的溪水来纾解脚趾上钻心的疼痛。她一边看着不远处不理会伤口未愈坚持踏入溪水中清洗的卿洵，一边考虑着是否该去弄一双鞋子来穿。

她自小不爱受拘束，特别讨厌穿鞋，所以二哥……怕她受伤，便迫她将轻功练好。否则以长年不穿鞋的人来说，谁的脚能保持得如她这般白皙柔嫩？二哥如果知道她今天会伤到脚，不知会不会后悔当初答应了她可以不穿鞋。思及此，她脸上露出一个顽皮的笑容，想到二哥越生气便笑得越灿烂的神情，感觉他实在是太少年老成了些。二哥，他……他可还好？

一丝忧郁浮上她的眉梢，她的目光从卿洵瘦削却精壮的身体上移开，落在溪水之中。鱼儿无忧无虑地游来游去，人类错综复杂的情绪一点也干扰不到它们，如果有一天她能变成一条小鱼多好，再也没有人类的烦恼。

哗啦的水声将她从变成鱼儿的快乐幻想中拉出来，她循声望去，看见卿洵已从溪水中走了出来，身上穿着洗干净的湿衣服。

焰娘左足一点所坐之石，身子前掠来至他身旁，探手扶住他，微透怜惜地道："很冷哦？"

卿洵差点没白她一眼，口中虽未言语，心中却已不知骂了她多少遍废话，他既不能运功抗寒，又没有干衣可穿，怎会不冷？

两人相互扶持着蹒跚走回山洞，盘膝坐在火边。卿洵一边烤身上的衣服，一边运功疗伤；焰娘则蹙着眉揉捏自己受伤的右足脚趾，口中念念有词："死没良心的！人家脚受伤了，也不问一句，装着没看见啊？看姑娘以后还救不救你！"她怨责卿洵的无心，却不敢念出声来，只怕影响到他疗伤。

唉！自爱上孤煞的那一刻起，便注定了她今后必须委曲求全地生活，她也知道如此，可是已经放不下了。

十日后，卿洵伤势大愈，两人一同离开住了近一个月的山洞。行了半日，才走出绵延的山林，踏足人烟稠密的紫云镇。焰娘这才知道，在这个两大势力交界之处，也有卿家的产业。

一路上人们均对两人报以好奇的目光，只因两人的搭配实在过于突兀：一极美，一极丑；一娇媚甜笑，一木然凶恶。任谁也想不出，这样的两人是怎么走到一块儿的。

承奉酒楼是一座规模中等的二层木构建筑，在卿家的诸多产业中本不值一提，但因其所处位置特殊，在这里的主管却是卿家元老级人物卿八公。那是一个处事圆滑、奸狡如狐的老者，也只有他这种人物，才能在这种边缘地带应付自如，顺带收集情报。

"二少爷，你终于回来了，所有人急得都快疯了！"两人一踏入承奉酒楼，闻讯出来迎接的卿八公已嚷了起来。须发皆白的他红光满面，看起来保养得不错。

卿洵微微一哼，并没说话。急疯了？这老爷子还真会夸张，卿家上上下下随便挑一个人出来，哪一个压不住阵脚？何况除了爹娘及两位兄弟，谁不畏惧他？他们不盼望他永不出现已是好的，又怎会为他的失踪而急疯？这老爷子当他真的什么事也漠不关心吗？

对卿洵的反应，卿八公丝毫不以为意，继续道："我已以飞鸽传信于主人，相信他们很快就可以赶到。二少爷和这位……姑娘……"

"奴家焰娘。"见卿洵没有为自己介绍的意思，焰娘只好主动开口，顺带附上一个娇媚的笑容。

"哦……咳！焰姑娘。"八公不自然地道，卿洵的事他早有所闻，可是他想不通，放着净小姐那么可爱美貌的小丫头不要，二少爷怎么会选了眼前这个看上去像个荡妇的女人？不错，她是长得很美，可是这种女人玩玩可以，娶来作终生相守的伴侣，还是净小姐好。

"二少爷、焰姑娘请。"他逼着自己将轻蔑压下，欲将两人引进后院。

焰娘历尽人世百态，怎会看不出他的心思？可是她丝毫不以为意，依旧笑意盈盈地随在高深莫测的卿洵身后。在她心中，只要卿洵瞧得起她就好，其他人，她根本懒得花精神去理。

"焰娘！"一个粗豪的男声在身后响起，焰娘和八公都一怔，向后看去，却是大堂内一个独自进食的客人。一身华服紧裹着魁梧的身体，满面大胡子，桌子一旁放着一把厚背大刀，看来是个练家子。他那一双略显酒色过度的眼睛正色迷迷地在焰娘身上移动，一副恨不得将她扒光的急色鬼模样，"好久不见，焰娘你是越长越俏啊！"

八公皱起了白眉，心中对焰娘的印象越来越差。

焰娘回首，不安地看了眼卿洵，却见他连头也没回，前行的步伐丝毫未停，仿似什么事也没发生般。由此可知，经过这月余的相处，自己在他心中的地位丝毫没抬升，她甚至怀疑，自己在他心中是否有一点位置可供容身。

她心中气苦，突然格格娇笑起来，摇曳生姿地走向那个大胡子，风情万种地道："陈当家的，依好记性啊，还记得奴家。"这个姓陈的曾与她有过一面之缘，是个好色之徒，别看他五大三粗的，事实上功夫不济得很，人又糊涂。不过，她一点也不敢怠慢，只因自己是靠着这种人才活到现在的。

"姑娘真爱说笑，像姑娘这么标致的人儿，哪个男人在见过之后会忘记？自从上次一别之后，俺可是日日夜夜都想着姑娘。"姓陈的一边说着，一边伸手欲抓焰娘的手。

焰娘一扭身坐在了一旁长凳上，巧妙地闪过他的熊爪。她娇媚地横了他一眼，腻声道："不要一见面就动手动脚的，奴家的男人可在这里。"她目光斜睨向卿洵已有一半隐进门后的瘦长身影。

"男人？"姓陈的哈哈笑了起来，"俺不也是你的男人？你这小骚蹄子，少在大爷面前装成良家妇女。开个价，多少银子你肯陪大爷一晚？"这姓陈的装文雅还不到一刻，便原形毕露了。

焰娘心中厌恶，表面上却不动声色，嗲声道："陈当家的，看你说的，你和我还用得着谈钱吗？嗯……这样吧，奴家现在有事，你把你的房间告诉奴，奴家待会儿就来陪你。"

"还要等……"姓陈的想要发脾气，却被焰娘一把按住肩，柔声道，"你有点耐心好不好？有哪个男人像你这般猴急的！"

姓陈的闻言软化，伸手抓住焰娘柔软的小手用力捏了捏，道："俺住天字丁号房，小乖乖可要快点来！"

"奴家知道了。"焰娘抽出自己的手，临走时还不忘抛个媚眼给他。看到他一副筋骨酥软的讨厌样子，她心中暗自琢磨着怎样才能将他搜刮一空，又让他有苦说不出。哼！这男人，自己不去招惹他已是他家山积福，他却不识好歹地来挑弄自己，真是活得不耐烦了！

两人的话一字不漏地落进已走入后院的卿洵及八公耳中，八公的脸色很难看，卿洵却木无表情。只有他自己心中清楚，他曾与那刚刚说出不知廉耻的话的女人几次三番发生亲密的关系，她的肮脏令他作呕。

焰娘来到两人身旁，接触到卿八公嫌恶的目光，她视若无睹，径自抓住卿洵的大手，感到他条件反射似的想要甩开，而后又强行忍住。焰娘耸了耸肩，什么也没说。

是夜，姓陈的被迁怒于他的焰娘好生羞辱了一番，连那柄做样子用的大刀也被焰娘搜走丢进了后院池塘中。但事发后他却不敢声张，反对外面宣称焰娘是如何如何的淫媚骚浪，好像他真吃到口了一样。对于男人而言，面子往往比事实更重要。焰娘就是利用他们这个弱点生存了下来，虽然名声坏得不能再坏，但幸运的是并没受到真正的糟践。

次日，未等到任何人的到来，卿洵执意乘船南返，焰娘自是寸步不离地随着。他们从卿八公的口中获悉，在卿洵养伤的这段时间，卿溯一怒之下铲平了宋家，其他几个与宋家有关联并曾密谋对付卿家的家族也受到了不小的打击，令朝野震惊。但朝廷只是发了一道诏书，询问事情原因，卿九言送上奏折回复，此事便不了了之了。

卿洵回到竟阳，除了身旁有焰娘跟出跟进，生活与之前无异，仿似杨芷净的出嫁对他毫无影响。而焰娘的存在，却对他着着实实造成了困扰，他常常要假借外出以躲避她的纠缠。可是焰娘的追踪术之高实出乎他的预料，他少得可怜的好胜心竟被激了起来。于是，两人之间的追逐较劲便拉开了帷幕。

YAN NIANG

第六章　追

　　芳龄双十还是二八，对于焰娘来说，根本没太大影响。焰族女子是不易老的，如果脸上浮起岁月的纹路，红颜姝丽变成鸡皮鹤发，对于她们未尝不是件幸福的事。可是自古至今，没有一个焰娘可以等到那一天。焰族女儿的情太过炽烈，以至于早早便焚毁了自己。

　　而她偏偏不信、偏偏执迷不悟，无视他的轻蔑与厌弃，不顾一切地追随于他的身旁，毫不遮掩自己火热的情，只等着他接受的那一天。终有那么一天的，她相信。

　　四年，不长。只要在他身边，千年万年都不长。他去哪里，她就跟到哪里；无论他走到什么地方，她都可以找到他。因为他曾亲口承认，她是他的女人。

　　红颜孤煞，这是江湖上同道给取的称呼。她很喜欢这样把她和他摆在一起，至少在众人眼中，他们也是一对。

　　雪纷纷扬扬地落在石板街上，街旁重叠的瓦房上很快就薄薄地积了一层。这里偏处南方，并不易见到雪，今年的天气似乎比往年偏寒了许多。

　　焰娘坐在屋内，透过窗看着院落内赤膊立于雪中与下属过招的卿洵。她的脸上首次出现与卿洵相同的表情——木然。

杨芷净死了。一朵素洁的白梅在寒雪中翩然飘飞，化为无垢世界的一抹馨香，在人心中缭绕不散。红颜不易老，即便拥有所有人的疼爱呵护，即便心中有万般的不情愿，芳踪却依然无法多留片刻。

昨天下午得到杨芷净毒发身亡的消息，卿洵只是怔了怔，脸上并没有出现多余的神情，接下来，他要人陪他过招。十二个手下轮流上场，皆为卿府中的精锐且是江湖上顶尖的高手，直到今天此时，一天一夜，被抬下了八个，打斗仍在进行着。他不喊停，没人敢停。

焰娘一直坐在那里，什么也没说，什么也没做，只是坐在那里。看着卿洵张扬的长发狂飞，精瘦的臂膀胸膛在雪天中冒着亮晶晶的汗珠，对手由十二个变为十个、九个、六个……直到现在的四个。一声惨号传来，哦，不，现在是三个。

没有看那个颓然倒地的大汉被飞快地抬下去救治，焰娘的目光定定地锁住卿洵浅棕色的依旧没有感情的眸子上，评估着他的发泄起了多大作用。她在等，等……

四年没有杨芷净的消息，谁也料不到首次得知关于她的事，竟是她的死亡。而最让人难以接受的是，杨芷净早在两年前便已中了奇毒，却从没有人告诉过卿洵。

卿夫人是冷血的，焰娘眸中闪过愤怒的火光。几年下来，焰娘已知道卿夫人是知道卿洵狂恋着杨芷净的，而她竟要迫卿洵做出最伤人的决定。最卑鄙的是，这几年她一直不允许任何人向卿洵透露杨芷净的消息，因为她很清楚自己儿子的性格，他绝不会主动去探听有关自己心上人的一切。既然如此，她为什么不继续瞒下去，让卿洵以为杨芷净好好地活在人间？她为什么要这么折磨自己的儿子？

一声暴喝，紧随着沉闷的气流撞击声，以卿洵为中心，地上积雪以狂猛的雪浪之势向四周激溅。一声重重的闷哼，三道血箭射出，三个魁伟的身影向三个不同的方向跌飞。

就在此时，一条红影自窗中扑出，截住卿洵如影随形般袭向正被抬下的重伤护卫的身影。

该她了！

自那次差点被卿洵掐死之后，她就再也没与他交过手。她不知道自己这次会不会死于他的手中，可是她知道自己必须出手，必须竭尽全力制服他，以免他力竭而亡。卿洵已经疯了，他根本不知道自己在做什么。在这江南小镇的卿家联络点，除了自己，再没人有希望将卿洵唤醒。从昨天下午起，她便在等待着这一刻，等待着可以将卿洵制服的机会。

雪花飞扬，焰娘施展开打小便被逼苦练的掠风身法，像一团燃烧的火焰般将卿洵包围住，速度之快，让人连人影也摸不到。难怪几年下来，卿洵始终无法摆脱她。

卿洵双眼一闭，本来凌厉快捷的攻势一转，变得沉稳缓慢，每一步踏在地上都发出扑扑的响声。以慢打快，他所使招式平凡无奇，却每一招都封锁住了焰娘的后路，令她步步受制，身法再难似之前那般行云流水。

她心中不禁佩服，即使在这种情况下，卿洵仍旧可以理智地选择有效的战术，说明他并不像自己认为的那样伤心得什么都不知道，这便好办了。

一声娇叱，焰娘在无路可退之际，蓦然飘身而起，足尖连环踢向卿洵胸口各处大穴。知道他必能闪过，故而下脚毫不留情。

卿洵步步后退，突然一声闷哼，已握住焰娘袭向他胸口膻中穴的玉足，正待运功震断她的腿骨，焰娘另一足已飞至，直踢他的臂弯。他只略微一恍神，焰娘的脚已搁在他的肘弯上，双手似蛇般缠上了他的脖子，娇躯紧贴上他的胸膛。这下倒像是卿洵单手握住她的一只脚将她抱起一般。由此可知，卿洵力战一天一夜，反应体力已大不如前，否则怎会让焰娘有机可乘？

卿洵怔在当场，周围的下属也为这出人意料的一幕愕然不已。

"卿郎！"焰娘轻柔地唤道，嘤咛一声吻上他的唇，抱住他颈部的纤手则不着痕迹地为他按压着肩颈部紧绷的肌肉，同时指尖输出一道道柔和的内力，想令他为抵抗痛苦而绷紧的情绪缓和下来。

卿洵眸中闪过一丝茫然，随后便似发了狂般回应着她，无止境的痛苦通过唇舌相交，源源不绝地流进她的心扉，被她分担。

雪越下越大，从细细的雪粒变成了成片的雪花，远近房舍被笼罩在空茫的雪中，再不真切。

人生如幻亦如梦，譬如朝露去匆匆。

卿洵茫然地看着焰娘不堪自己强烈需索而累极沉睡过去的疲惫小脸，那上面竟然浮现出难得一见的苍白与无邪。在力战一天一夜之后，又在她身上耗尽了精力，他的身体虽已虚乏至不能动弹，头脑却依旧清醒无比。

杨芷净的死讯似一把尖锐的锥子，无处不在地钻着他的心。自她嫁给傅昕臣之后，他便刻意地避开有关她的一切，谁知竟因此连她最后一面也见不上。

他好悔！悔不该当初将她拱手让与傅昕臣，悔不该一时大意放过马为，更悔的是，竟因救眼前这个女人而得罪马为，以致酿成如今的惨剧——是他害了净儿。

从怀中掏出那枚一刻不离的珍珠耳坠，卿洵眼前又浮现起小师妹那娇痴灵动的影像。她一向都是青春焕发、生气勃勃的，怎么可能愿意安静地躺下，永远都不动不语，她怎么受得了？

"净儿！"他闭上眼，轻唤，所有的痛苦、所有的怜惜都被关在了心里，释放不出来。

净儿走了，他对这个世界唯一的留恋也跟着消失，活着还有什么意义呢？净儿一个小女娃，娇娇怯怯的，怎么忍受得了下面的阴冷？她爱动爱闹的性格，又怎么受得了一个人的孤单寂寞？从小到大，都是他陪着她走过来的，现在他也该跟她一起，保护她不受厉鬼欺侮！

思及此，他觉得胸中的痛苦一扫而尽。想到很快就要见到自己日思夜想的人儿，脸上不禁露出一丝笑意。他翻身坐了起来，下床穿好衣服，走出房门，自始至终没看焰娘一眼，当然也没发觉焰娘已因他的动作醒来，悄然远远跟在他身后。

出了大门，卿洵顺石板街北行，不消片刻走出镇子，来到已结薄冰的紫山湖畔。他站在挂满冰坠的垂柳之下，面北而立。

极目望去，在纷扬的雪中，冰凌光耀的大湖便似处在一个虚幻不实的梦中，湖中银装素裹的山峦小岛影影绰绰，似幻似真。湖畔垂柳冰挂，一切都是那么纯净美好。

三十年来，卿洵第一次用心赏景，也是第一次对这个尘世产生感觉。人是不是只有在死亡面前才会记起自己是活着的，才会对生产生依恋。

可是这些都无关紧要了。卿洵唇畔浮起一个缥缈的笑容，凝聚起残余的功力，一掌拍向自己的头顶。

净儿，你别怕，师兄来陪你了！

一声冷哼，气劲相交中，清脆的骨折声响起。卿洵森然看向跟跄跌坐于地、单手捧臂、一脸苍白的焰娘，对她的阻挠大为不满。

"做什么？"冷漠地问道，他的眼中射出杀机，凡阻挡他的人都得死。

焰娘痛得几欲晕厥，闻言深吸一口气，强扯出一个与额上所冒冷汗完全不符的娇美笑容："你要做什么……"哦，天！她的手骨怕是折了，"……你发过誓……不能抛弃我……"

卿洵闻言，嘴角微微抽搐。就是这个该死的誓言，让他失去了净儿，被这不知廉耻的女人纠缠了四年，而今她竟还想以此来要挟他，简直是活得不耐烦了！

他眸中掠过一丝诡异，蓦然俯身一把抓住焰娘受伤的手臂，微一用力将她从地上扯起。看到她额角浸出一颗颗黄豆大的汗珠和紧咬下唇强忍疼痛的表情，一丝莫名的快意由心底升起："告诉你，我从没将你放在心上过。除了净儿，别的女人在我心中只是猫狗畜生，包括你！"她恶心的纠缠令他痛苦而不能解脱，现在，他终于报复回来了。他就要死了，可以什么都不用在乎了。

"可是你曾无数次地要我！"焰娘难掩心痛地惊叫，不敢置信自己耗了四年的时间，在他心中竟会如此不堪。

　　"那又如何？"卿洵凑近她，几乎触到她的鼻尖，"我根本不在乎我要的是什么，就如不在乎我杀的是什么一样。"他沙哑的声音在风雪中沉沉响起，令人心底不自禁地寒透。

　　焰娘被他的冷酷刺伤，怔了一会儿，方缓缓闭上眼睛，将酸涩的感觉逼回。她不明白他怎么可以同时拥有痴情和无情这两种极端的感情，他究竟是不是人？可是她早已经爱上了，就算他不是人，她又能怎么办？

　　"你喜欢就好。"她听见自己的声音这么说，还听到咯咯的笑声。那是她吗？一个有爱的女人，还是一个无心的女人？她已经管不了那么多了，她只知道，一定要阻止他自尽："可是……杨芷净喜欢的是傅昕臣……她不会喜欢你去陪她，就像……你不想要……我……"她知道他不会和自己一样死缠烂打，即便他再爱一个人也不会。他表面上好像什么也不在乎，但事实上有极重的自尊，重到令他学不会为自己争取。她不同，她是真的什么也不在乎，为了爱，她可以出卖一切——焰族女儿就是这样的微贱。

　　"不用你管！"卿洵被戳到痛处，蓦地一把挥开焰娘，满眼恨意地看向踉跄后退的她，"你懂什么！你不过是一个人尽可夫的荡妇，凭什么谈论情爱？"

　　手上的剧痛比不过心口的痛，焰娘冷汗涔涔，痛得连话也说不出，只觉眼前发黑、身子摇摇欲坠。他的残忍是她从未想象过的，可是一切都是她自找的，还能说些什么呢？如果她可以选择，她宁可不懂爱。如他所说的那般，去当一个浪迹风尘、不屑情爱的女人，也胜过受如此万蚁噬心的痛苦。但是上天注定的一切，谁能改变？她不想当焰娘，不想孤身一人飘荡江湖，不想爱上一个心有所属的男人，不想死乞白赖没有尊严地去请人施舍一点爱……可是一切都由不得她，这颗心、这个身子早就不属于她了，她还能怎么样？焰族女子，是否爱对人根本不重要，因为从没有人得到过回报。将心拿给男人践踏，是她们的本能，是她们自己贱，怪不了别人。

　　自讽的冷笑自被咬出血丝的双唇逸出，焰娘奋力睁开眼，昂然回视卿洵轻蔑不齿的眼神，深吸一口气道："我是贱，可是我敢爱敢恨、敢努力去争取，你却不敢，你只是个懦夫！你以为你死了杨芷净就会回到你身边吗？做梦！杨芷净爱的是傅昕臣，她要的也只会是傅昕臣。是男人的话，要让就让到底，让傅昕臣去陪她！"

"你……"卿洵双手紧握，垂在身体两侧，努力压制着想将她一掌击毙的欲望。可是她的话却打进他的心底，令他死志全消。是，净儿自始至终要的都是傅昕臣，不是他！他凭什么去陪她？转过身，他面向湖面，看向遥远的北方。

"净儿，师兄答应你，一定将傅昕臣送到你身边！"低哑地，他压抑住刀割般的酸涩痛楚，立下令他备受折磨的誓言。他还是如孤魂野鬼般在这个世上苟延残喘吧，无论到哪里，他都是多余的，活着死去又有什么区别？

听到他的话，焰娘轻轻松了口气，唇畔浮起一抹欣慰的浅笑，身子一软，摔倒在地。

他在折磨她，她又何尝不是在折磨他呢？

醒过来时，焰娘发现自己已躺在床上，手臂已被接好，用两块小板夹住搁在胸前。

他始终不会无情到弃她于不顾。思及此，她脸上不禁露出甜甜的笑。她是很容易满足的，只要他对她表现出一点点善意，她就会忘记所有的不开心，重新充满了勇气。

"焰姑娘，喝药了。"一身灰衣劲装的大汉端着热气腾腾的药碗走进来，正好看见她醒转，大喜叫道。

对焰娘，他由最初的看不起到现在的崇拜，只因她竟敢三番五次不怕死地去招惹他们最恐惧的二少爷。昨日如不是她，不知还要有多少兄弟重伤在二少爷的"毒掌"之下。一想到此，他就对她感激涕零，同时庆幸自己可以健全地站在这里。

"卿郎呢？"接过药碗放在一旁几上，焰娘问。

"二少爷……呃，二少爷……"那大汉支吾着，不知如何以对。二少爷昨晚将焰姑娘抱回来后便离开了，谁也不知道他去了哪里。

"走了，是不？"焰娘明了地道，解了他的围。卿洵如果不走，她还会奇怪呢！

"是，是。"大汉不解焰娘为何一点也不生气，女人的心思，尤其是美丽女人的心思，真是难懂啊！"焰姑娘，快趁热喝吧，小的先下去了。"

"嗯，谢谢。"焰娘颔首。端起药来，她不再看那大汉，径自琢磨着何时起程去追卿洵。那家伙行事古怪得很，她不在他身边，不知他又会做出什么伤害自己的事来，那她不是亏大了！

决定只给他半个月清静，焰娘在小镇内安心养伤，不急不躁，直到十天后才出发直奔青城。之前她得到消息，傅昕臣在该地出现，一夜之间杀了快剑马为，并挑了洛马会总坛。要找卿洵，只要找到傅昕臣就行了。

傅昕臣也疯了，他发起疯来比卿洵还要令人恐怖。卿洵还算清醒，尚听得进人话，傅昕臣却是什么也不管，竟然甘冒天下之大不韪，杀了洛马会连同帮主在内的一百二十七人，惹来白道侠义之士的追杀。只是他武功强横，竟无人奈何得了他。不过现在卿洵加入了追杀他的行列，当又是一番新局面。

杨芷净的魅力当真大，竟令两个顶尖的男人为她发狂，不枉她来这世间一遭。焰娘不解的是，以傅昕臣的身份，何须亲自动手？更奇怪的是，龙源在出了这么大的事后，竟一点动静也没有，难道他们真能做到眼睁睁地看他们的主人被人追杀？

摇了摇头，她将这些莫名其妙的东西抛出脑海。傅昕臣的死活与她毫不相干，可是卿洵却是万万不可有事的。她一定要阻止两人碰面，否则谁死谁活还不一定呢！

一声长嘶，马儿人立而起，前蹄上扬，后足踏地，停了下来。焰娘从马背上飘然落地，用未受伤的右手牵着马儿，缓缓从大开的城门走入青城，顺着宽阔的大街徐步而行。

卿家在青城有很多产业，银庄、酒楼、赌场、布坊、珠宝行等总计十余类，在这里也置有房产。以她的估计，那里应该有卿洵专属的静竹院。毕竟跟了他这么几年，她早摸清了他的怪癖。

信步来到城西贵族住宅区，焰娘的目光漫不经心地扫过一幢幢朱漆红瓦的大宅，最后停在一座门旁立有两座威武的大石狮、门匾上刻着"卿府"金字的华宅前。

她浅浅一笑，想到很快就要见到卿洵，心就禁不住雀跃。她走上前，轻轻叩了叩门环。片刻后，门被打开，现出一身穿酱紫色长袍的大汉来。他见到焰娘，怔了一怔，随即恭声道："焰姑娘，请进。"

焰娘并不讶异那人会认识她，只怕凡是卿家的人早就都知道她了。以卿家快捷的联络通讯手法，不要说她跟了卿洵四年，就算只是一天，也恐怕会无人不知。

"我要见卿洵。"她径直道明来意。

"是，焰姑娘请随小的来。"那人谦恭地道。对于卿洵的女人，就算出身如何不好，卿家下人在表面上也不敢有丝毫不尊敬。

焰娘牵马而入，但很快便有人上来为她将马牵到马厩去，引路之人中途换了个管家模样的中年男人，个子瘦削颀长，比竟阳卿宅的管家看上去要顺眼得多。

青城的卿宅丝毫不逊于竟阳卿宅，楼阁亭台重重，华丽非常。她弄不懂这些人修这么多房子做什么，又住不了，简直是没事找事。

七拐八绕，半炷香工夫，两人来到一清幽的院落外，月洞门上题有"绿荫深处"字样。

"姑娘请进。"那管家自始至终目不斜视，此刻方才开口，目光依旧没落在焰娘身上，语毕转身即去。

这里不是静竹轩。焰娘微讶，想要开口喊住那人，却见他已消失。挑了挑柳眉，她无所谓地走进月洞门。既然来了，总要看看他们弄什么玄虚，她才不信卿洵会住在静竹院以外的地方。不知里面会是谁在等她？

院内百花凋零、树木秃枝，只剩下几株长年不落叶的松树仍昂然挺立在冷风中。什么"绿荫深处"，简直是乱扯！焰娘好心情地站在院内欣赏着没什么好欣赏的景色，并不急着进入那紧闭的屋内。终于，有人沉不住气了。门吱呀一声打开，一个梳双辫的绿袄丫鬟走出来，来到焰娘跟前。她眼中飞快地掠过一丝轻蔑，开口时语气却极恭敬，声音又脆，让人听着很舒服："焰姑娘，主母请你进房。"

原来是卿夫人到了！焰娘妩媚一笑，并不答话，步态轻盈地走向主屋。

卿夫人坐在面向大门的酸枝木椅内，花白的头发中分披散至腰，与卿洵装扮相似。此刻她那张与卿洵不相上下的丑脸上透着莫测高深的表情，不知又在打什么主意。

这是焰娘第二次看到她，但是她的强腕手段在焰娘心中留下了极深的印象。如果不是她，焰娘和卿洵可能早已形同路人，而不是眼下这般情怨纠缠，不能脱身，真不知是该感谢她还是该痛恨她。但是有一点相当肯定，那就是对卿洵，她有着一定的控制力。

"焰娘见过卿夫人。"娇声呖呖，她屈膝盈盈一礼。

"不必多礼，焰姑娘请坐。"卿夫人淡淡道，沙哑的声音中自有一股令人无法抗拒的威严。

焰娘道谢落座，却并不多言。

"我知道姑娘喜欢洵儿，"卿夫人也不拐弯抹角，开门见山地道，"但是以你的出身，是没有资格嫁入我们卿家的。何况洵儿根本不会喜欢你，只是碍于誓言不能说话。你走吧，不要再缠着他，他很痛苦。"

微微沉默，焰娘突然爆出一串银铃般的笑声，俏脸似异花初绽，明艳非常："夫人错了，焰娘和卿郎的事，是当初夫人迫着卿郎应允下来的。这时才来计较焰娘的出身来历，不嫌太晚？"顿了一顿，看见卿夫人脸色一沉，她不以为意地继续道，"焰娘既已是卿郎的人，就更无谁缠谁的说法。夫人也是过来人，既知奴家真心待卿郎，您又如何忍心拆散我们？对不起，恕焰娘失陪。"说罢，起身欲走。

"站住！"啪的一声，卿夫人巨手拍在几岸上，厉声喝道，"好个尖牙利嘴的丫头！你就不怕本主取你性命？哼！以我卿家之势力，杀个把人还算不得什么。"

"是吗？"焰娘没有回身，娇媚地问，美眸中却掠过愤怒的神色，"想取就取吧！焰娘的命本不值钱，您老又何须纤尊降贵与奴家废话？"

"你……"卿夫人语塞，随即大笑出声，"好，好！老娘倒要看你这丫头有何本事让洵儿接纳你！"

"不劳您费心。"焰娘温柔地道，回身敛衽一礼，向门外退去。

"洵儿不在此处，他昨日已动身赶往北天牧场。"突然，卿夫人扬声道，丑脸上竟浮起一个愉悦的微笑。她本不喜欢焰娘，可是这几年来焰娘为卿洵所做的一切，她都知道得一清二楚，心中早已不计较焰娘的身份，默认了她为自己的儿媳，方才不过是做最后的测试罢了。

焰娘顺利过关。

"多谢夫人！"焰娘的声音遥遥传来，人已去得远了。

傅昕臣又在北天牧场掀起了一场腥风血雨，不知他什么时候才肯停止屠杀。

第七章　意中人

　　自上次得到傅昕臣出现在边塞一带的消息之后，卿洵循踪而来，傅昕臣却突然消失得无影无踪，到如今已有四个月。这四个月，卿洵几乎翻遍边塞内外每一寸土地，却连一丝线索也没找到。自从他发誓要让傅昕臣为杨芷净陪葬后，五年来傅昕臣从没有在他的探查范围内失踪过如此长的时间。傅昕臣究竟去了哪里，是否已进入黄沙漫漫的大漠？

　　卿洵漫步在这偏远小镇的石板街上，对于街上热闹的皮货、药材交易视若无睹。这是关外一个位于苍莽的原始森林边际的小镇，对于在这里找到傅昕臣他不抱丝毫希望，只是为了躲避焰娘才碰巧来此，顺便看看也无关紧要。

　　这些年他一刻也没忘记过对杨芷净的承诺，一刻也没停止过对忽隐忽现的傅昕臣的追逐。可是，即使凭着他超绝的追踪术，直到现在依旧连傅昕臣的影子也没抓着。除了傅昕臣具有一种令人不解的可与周围环境相融且不留任何痕迹的奇特能力外，躲避焰娘的纠缠是阻挠他行动的最主要原因。对于焰娘，他既厌恶却又不能拒绝，唯有尽量避开。不过他是个极有耐力的人，追逐了这么久，却毫不气馁。

　　哇的一声，一个小孩号啕大哭起来，卿洵的目光落在自己前面几步远处一个跌倒的扎着羊角辫的小娃娃身上。没有思索，他前跨一步，弯腰准备扶起小孩，谁知小孩反被他吓得微微后缩，哭得更大声了。

"你要做什么？"一个女人尖叫着冲了过来，一把将小娃抱进怀里，畏惧却充满敌意地瞪着他。

卿洵平静地看了她一眼，直起身来，在周围充满敌意的人群围拢之前走了过去。早已习惯这种场面，他已将心练得麻木到可不受任何外界的佐害。可是，他想起焰娘，那女人为何不怕他？恰恰相反，他敏锐的判断力告诉他，那女人喜欢他，虽然他毫不在意，甚至是不屑。

一道青影闪过他的视野，他心口微跳，赶紧收敛心神，跟进前面那家镇上唯一的酒肆。

酒肆中一张桌前坐了三个普通的皮货药材商人，另一张桌却坐着一个身着青布衣袍的魁伟壮年汉子。他正在自斟自饮，动作优雅潇洒，带着一股不属于这个地方的贵气，吸引得邻座的商人频频望过来。他却浑然不觉，好似在自己家中一般。

"既然来了，就一起喝一杯吧。"那青衣男人唇畔含着淡淡的微笑，带着一股让人说不出来的优雅平和，专注地倒酒、饮酒，看也没看卿洵一眼，但是没有人会怀疑这句话不是对着他说的。

卿洵缓步而入，目光一刻也没离开那个两鬓斑白的男人。两人只见过一次面，而且相隔已有九年之久，可是任他记忆如何不好，傅昕臣也不该是眼前这个样子。曾经的他意气风发，孤傲直逼帝王；曾经的他噬血如狂，杀人如麻胜似幽冥鬼使。可是现在的他，竟平和悠闲得好像一个隐者。隐者！以龙源主之尊，如非亲眼所见，卿洵说什么也不会相信傅昕臣会在一个乡间陋店内悠闲地饮着粗制劣造的酒，身上不带丝毫矜贵傲气。

坐到傅昕臣对面，卿洵已将他打量得毫发不漏。按年龄来说，傅昕臣不过三十三岁出头，比卿洵尚小上两岁，正值壮年，他却已两鬓如霜。这对武功高至他们这一级数的人来说，可说是绝无仅有。他为何会如此？

卿洵想不明白，也不愿费神去想。伸手阻止了傅昕臣为自己倒酒，他不带丝毫感情地道："我答应过净儿，一定要让你去陪她。"他不在乎任何人的生死，除了净儿。

傅昕臣听到杨芷净之名，脸上浮起温柔的笑，却一言不发，目光落向门外。奴儿为什么还没来？这丫头做事总是磨磨蹭蹭的。

"我会将你的尸体送回龙源，和净儿同葬。"卿洵闭了闭眼，迫使自己说出言不由衷的话。

傅昕臣依旧无语，浅笑着聆听别人谈论自己的后事，似乎那些都与他无关。

"你还有什么可说的？"卿洵问，喑哑的声音中带着绝对的无情。对于傅昕臣，他有着绝对的敬佩，如非因为杨芷净，以他的判断力及为人，定不会主动招惹这号人。可是既然招惹上了，他就绝不会后悔退缩。

无视他强硬的气势，傅昕臣为自己将酒杯斟满，然后一饮而尽，仿似这世间再没有比喝酒更重要的事。

对于傅昕臣的满不在乎，卿洵毫不动气，丑脸上一片漠然。无论如何，他只做他该做的："我会将你和净儿葬在一起。"再一次，他说出令自己痛彻心扉的话。重复说同一件事，本不是他的作风，现在他却不得不靠此来加强杀傅昕臣的决心，只因现在的傅昕臣让他兴不起丝毫的杀意。但是答应净儿的事，他一定要做到。

傅昕臣摇了摇空壶，哂然一笑，叫道："店家，给我装一壶带走。"小二接过空壶之后，他的目光首次落在卿洵脸上，温和而没有敌意："净儿不会感激你的。"他悠悠轻吟。没有人比他更了解净儿的善良，包括她的师兄卿洵。

卿洵浅棕色的眸子闪过一丝黯然。是啊，他从来就不懂净儿。小时候，净儿喜欢小野兔，他就费尽心思捉了一只白色小兔给她，结果小兔死了，反而惹得她哭了三天三夜，一个月都不理他；又有一次，净儿无意中说她喜欢玫瑰，他就搜遍江南，将整个卿宅变成了玫瑰的海洋，却不想净儿竟大发脾气，好像是因花刺扎了她的手……类似的事不胜枚举，总之，无论他怎么做，净儿都会不高兴，可是……

"净儿好寂寞。"就如他一样。所以就算净儿会责备，他也要让傅昕臣去陪她，尽管这样做会让他心痛如绞。有谁会亲手将情敌送到自己心爱的人面前？他，卿洵，就是这样一个大大的傻瓜！

"我的命，你做不了主。"傅昕臣温和地道，深邃无际的眸子中透露出几许沧桑、几许无奈，却无人能测知他的心意。

"我会尽力。"卿洵垂目，语气坚决无比，他的尽力包括舍弃自己的生命。

傅昕臣傲然一笑，没有作任何回答，可是意思再明白不过——如果他不想给，没有人能要得了他的命。

两人的对峙奇异之极：一个冷静肃然，一个谈笑自若，空气中浮动着剑拔弩张的气流。加上两人与众不同的奇伟长相，吓得另一桌的客人噤口不语，小二拿着打好的酒，也不敢上前。

就在此时，细碎的脚步声响起，一个作山民装扮的女子走进店中，缓缓向二人这张桌子走来。

卿洵看见傅昕臣眉宇之间笼上一层无奈，方才的傲气消失无踪，心中尚在疑惑之时，那女子已从后面张臂将傅昕臣抱住，一双黑若点漆的眸子则戒备地盯着他，丝毫没被他的丑陋吓着。

卿洵神色微变："你背叛净儿！"指责、愤怒、痛心，只是淡淡的一句话，打小喜怒不形于色，让他很难被人理解。所以，就算他费尽心思，净儿也不明白他的心意。

"我没有！"傅昕臣闻言神色骤变，冷然回道。任何人都不可以侮辱他对净儿的感情。

"那她怎么说？"卿洵的声音依旧没有波动，棕眸中却掠过一丝杀意。他不允许有人伤害净儿，对于威胁到净儿的人，他一个也不会放过。

察觉到他的意图，傅昕臣俊脸一沉："不相干，她只是救过我。"直到现在，他首次透露出不耐及怒意，显然对卿洵的忍耐已到极限。

79

　　卿洵敏锐地注意到那布衣女子在听闻此言时神情一僵，缓缓松开了抱住傅昕臣的手，一抹凄然的笑浮上姣颜，美极、艳极，却也苦极。莫名地，他怔然出神。一般的伤，他竟然感觉到她的情、她的痛、她的孤单及害怕，就如当年的他一般。

　　"傅昕臣心中只有净姑娘。"她娇柔却木然的声音在卿洵耳畔遥遥响起，令他忆起那个明月之夜一个少女对月悄述心事的情景，他的梦也正是在那一刻破碎。

　　落花流水，这世界太多为情所苦的儿女，眼前的女子尤为不幸，爱的是一个不能爱的人。傅昕臣只能属于净儿，没有人能觊觎。虽然同病相怜，他仍不会心软。

　　"哎哟哟！卿郎啊，你这死没良心的，也不等等奴家！"焰娘娇嗲腻人的声音在门外陡然响起，打破了三人间的闷局。

　　卿洵闻声色变，想要避开已是不及，焰娘彩蝶般飞了进来，身形一闪，已坐入他怀中。

　　卿洵脸色变得更加阴沉。他没想到这女人追踪之术越来越高明，无论自己如何隐踪匿迹，她追到自己所花的时间却越来越短。再过一段时间，恐怕自己真要和她形影不离了。

　　"总有一天，我会让你再也无法开口说话！"狠冷的语调，道尽他的痛恨与不齿。忍耐到达极限的时候，他不知道自己会不会不顾一切地将她杀了，然后再自杀。

　　"侬要怎么做呢？"焰娘一点也不害怕，反而放浪地笑了起来，"如果是这样，奴倒乐意得很呢！"她说着，已一把勾住他的脖子，吻上他的唇，丝毫不理会旁边是否有人。她吻得大胆而狂放，不让他有逃离的机会。

　　卿洵本来的冷静自若因她的热情而逐渐瓦解，气息变得粗重起来。

　　这许多年来，类似的场面不断地上演，两人仿佛已习惯了这种追逐的生活。不同的是，焰娘越来越风骚妩媚，而卿洵的自制力则越来越薄弱。

　　焰娘的手已探进卿洵的衣襟，展开手法轻揉慢捻，硬要挑起他的情欲；

卿洵则努力控制着快要脱缰的欲望，不让自己被身体的反应奴役，两人谁也没注意到傅昕臣已拉着那女子离开。

邻桌的人及小二瞪大眼睛，不敢置信地看着这火辣辣的一幕，只差没流下口水来。

卿洵终于弃守，一把扯掉焰娘金色的腰带，大手探进薄纱之内抚触她的肌肤，由被动变为主动。每次的结果都是这样，可是他始终不愿认命。

惊叹的声音在身侧响起，卿洵连考虑也不必，一把扯开自己的长袍，包住焰娘几乎完全裸露的身子。眼神离开她丰润甜美的唇，微侧脸，透过下垂的长发，阴冷地看了邻桌不知死活地想看好戏的人一眼，沙哑地吐出一个字："滚！"

焰娘慵懒地偎在他怀里，俏脸嫣红地看着客人及小二吓得屁滚尿流地逃出小店，那小二竟还不忘拉上店门。她不禁扑哧笑出声来，昵声道："瞧你把人吓得！要不是奴家胆子大，谁来陪你啊！"

卿洵木然道："我不需要人陪。"口中如此说着，深陷的眸子却在阴暗的光线中闪着灼热的光芒，紧盯焰娘娇美的笑颜。他一挥手扫掉桌上的酒杯，将焰娘放在桌上。

焰娘勾着他的脖子缓缓躺下，目光中是从来没有过的认真，语气也是从来没有过的温柔："不要人陪，你不害怕寂寞吗？你温柔些……"

"寂寞？"卿洵冷哼，一把掀开火红的纱，覆上雪白的胴体，"你懂什么是寂寞……"在他心中，焰娘四处招蜂引蝶，身旁男人无数，这种女人，根本就不配谈寂寞。

"我不懂吗？"焰娘细细地呻吟出声，弓起身抱住卿洵的背，滑落的长发轻轻摆动，藏在卿洵阴影里的小脸上浮着不易察觉的落寞，"可……可是我很寂寞啊……"她细微的呢喃被卿洵逐渐浓浊的喘息声掩盖。他从来不知道她在想什么，也从不想知道。

木屋外的街道上热闹依旧，小二百无聊赖地蹲在门边等待着。

天空是深秋特有的灰白色，瑟瑟的秋风刮得枯叶到处飞扬。再过不了多久就会下雪了，这里的雪季很长，一般要持续到来年的二三月份，只希望那两位客人不要长住就好了。

循着一条时隐时现的小径，焰娘施展轻功，飞快地在林中穿行。这是她第一次主动撇下卿洵，只为了却一桩心事。

晌午的时候，她在进入店中的那一刹那便将周围的每一个人都看得清清楚楚。何况女人最是留意女人，那么美丽的一个女子，她如果视而不见，那她不是瞎子便是傻瓜了。那女人穿着与美丽妩媚丝毫搭不上边的粗布衣裤，可偏偏焰娘在她身上看到了别的女人即使精心打扮也赶不上的娇媚艳色。这令焰娘不由得自惭形秽到产生危机感，如果卿洵对那女子动心，自己岂不是很惨？这并非不可能，毕竟连身为女子的自己在看见她的那一瞬间也控制不住怦然心跳，何况身为男人的卿洵？因此，她必须在卿洵打歪主意之前将那女子解决掉。太美好的事物，总是不宜出现在这世上的。

天渐渐黑了下来。

前面隐隐透来火光，她放缓速度，尽量不带起破空之声。到达火光透出的地方，却是一棵极大的枯树树洞。洞中地上生着一个火堆，傅昕臣与那女子分坐火堆两旁，两人都在闭目养神。要在傅昕臣的眼皮下杀人脱身，必不容易，但既然来了，自然要试一试。

她眉梢眼角浮起撩人的笑意，一弯腰，钻进洞内。与此同时，傅昕臣睁开眼看向她。

"有事？"傅昕臣见是她，俊目微眯，眸中射出凌厉的光芒，神色之间不善之极。

"没事就不能来了吗？这是你的家啊？"焰娘毫不买账，款摆生姿地走到那闻声睁开眼后瞪着一双可将人魂魄吸走的美目看着自己的女孩身旁，一屁股坐下，顺带将她一把揽入怀中。纤手滑过她嫩滑的脸蛋，焰娘啧啧赞道："小妹妹好漂亮！"乖乖，远看已经够让人自惭形秽了，哪知近看更不得了！她是人不是啊？

"放开她！"

傅昕臣不悦的呵斥声将焰娘被眼前美色震惊的有些愣怔的神思拉了回来。讶异着怀中人儿的乖顺，她却不忘白傅昕臣一眼，轻拍酥胸，装出一副被吓坏的样子，娇声道："哟，好凶！妹妹，姐姐好怕呢！"口中如此说着，她却丝毫没有放开女孩的意思，显然将傅昕臣的话当成了耳边风。开玩笑，人都到手了，虽然美得让她有些无法下手，但是放开……当她是白痴啊！

谁知，"傅昕臣，你别凶她！我……我很喜欢她，让她抱着没关系。"女孩的声音仿若天籁，说不出的动听，也说不出的认真。焰娘傻了眼，一阵酸意涌上，她眼眶微涩，却笑得比花还娇。

十三年了，没有人认真给过她喜欢，也没人对她说过相同的话，没想到第一次的赠予却来自眼前这个她打算除去的女孩。她想告诉自己：她不在乎，她真的不在乎！这么多年没有别人的喜欢她也都过来了，这个女孩淡淡的两句话算得什么？可是，可是她好开心！她没法控制住自己的心不为女孩的话而雀跃。终于，在这个世上，除了二哥还有人喜欢她，真好！

向傅昕臣抛了个媚眼，焰娘难掩喜悦地笑弯了眼："妹妹，姐姐问你，你可有意中人了？"虽然开心，她却不忘此行目的，只是她永不会让女孩知道，女孩无意的几句话救了她自己一条性命。

"意中人？"女孩偏头不解，浑然不觉自己刚刚走了一趟鬼门关。

"不懂？"焰娘秀眉挑了起来。这可奇了！在这世上，加上和尚尼姑，不懂这三个字的，怕也只有这女孩了。难不成她是不好意思？好像又不是。那她究竟是打哪儿蹦出来的？

女孩摇了摇头，求助地看向傅昕臣。谁知傅昕臣只是微微摇头，含笑不语。

将两人无声的交流看在眼里，焰娘心中已明白了七八分。既然傅昕臣不教这女孩儿最基本的常识，那她来教总可以了吧？

　　"意中人就是你很喜欢、很喜欢的一个人，喜欢到不想与他有一刻分离、一心只愿与他永永远远在一起。"就像她对卿洵，她脸上浮起甜蜜的笑。看到女孩眼中的迷茫散去，她知道女孩有些明白了。顿了一顿，她突然忆起，忙补充道："不分男女。"浪荡江湖这么多年，焰娘早看遍了人情世故，她知道在这世上，一颗真挚的心的难求及珍贵，其他的什么道德礼教、人伦常规全是屁话，不过是约束人感情的枷锁罢了。

　　谁知话音刚落，破空之声突响，她想闪已来不及。只觉发髻一颤，似有东西插在上面。她伸手取下，赫然是一根枯枝。她脸色微白，媚眼瞟向傅昕臣，只见他虽然依旧唇畔含笑，眸中却已盛满冷意，显然对她的补充不满至极。

　　只这么一手，她便知道，如果傅昕臣要杀她，虽非易如反掌，但她一定躲不过。只是若要杀她，她也必会令他付出惨重的代价。她的眼中射出挑衅的光芒。

　　两人寂然对峙中，女孩娇柔的声音突然响起："如果和他在一起，就忍不住想抱着他、亲近他，就像你今早上一样，是不是？"

　　焰娘大乐，知道女孩快被点醒了。不理傅昕臣警告的眼神，她连声附和："是啊，就是这样……"

　　"闭嘴！"傅昕臣终于忍无可忍，冷喝声中，一掌隔空击向焰娘。

　　树洞狭小，焰娘无处可躲，只有举掌硬挡那迎面扑来的带有大量火星的劲流。一声闷哼，除了有些气血翻涌外，倒是安然无恙，她心中知道他是手下留情。虽是如此，她却无所畏惧。她们焰族人为达目的什么都可出卖，包括生命，何况眼下只是有惊无险。

　　"怎么了？"女孩茫然无措地扶住她，美丽的眸子中露出惊惶，"傅昕臣，我……我又说错话了吗？"显然她以为是自己惹怒了傅昕臣，看来两人的关系并不像焰娘所想的那样融洽。

　　傅昕臣并没解释，只是将手伸向女孩，声音稍柔："奴儿，过来。"

　　似乎没有料到他的温柔，女孩脸上闪过惊喜，但她看到焰娘时，又有些犹豫："你有没有事?"

即使在这种情况下,她依然没有弃焰娘于不顾,事实上两人只是萍水相逢。

奴儿!焰娘心中一暖,知道自己永远也不会忘记眼前这个美丽却不解世事的女孩。这样的纯洁,一生或许只能见到这么一次,但她已十分感激上天的厚待,让她遇上。

眼角余光瞄到傅昕臣逐渐难看的表情,她心中一动,浮起一个猜测:傅昕臣不喜欢眼前的女孩被人碰触,不论男女。

要证实这个猜测,很容易!她眸中闪过一丝狡黠,伸手拍了拍奴儿的手,道:"没事……"

果不其然,未待她说完,傅昕臣已神色严峻地重复命令:"奴儿,过来!"看来他是动了真怒,如果奴儿再不过去,下场恐怕不会太好看。

虽是如此猜想,焰娘却已能确定这个叫奴儿的女孩在傅昕臣心中有着不一般的分量。

这一回奴儿不再犹豫,膝行几步绕过火堆,抓住傅昕臣伸出的手,扑进他怀里。傅昕臣也接得理所当然,显然两人都已十分习惯这样的亲昵。

"我的意中人就是傅昕臣!"在傅昕臣怀中,奴儿娇痴地说出她自以为理所当然的话,一点害羞扭捏也没有。对于她来说,喜欢就是喜欢,没什么好遮掩的。听到她的心语,傅昕臣一点反应也没有,仿如她的话与他毫无关系一般。奇怪的是奴儿也并不在意,继续和焰娘说话,"你的意中人就是今早上那个人吧?"这么明显的事,即使她再不解世情,也可看出。

一说到卿洵,焰娘立即眉开眼笑,点了点头,道:"是啊!行了,我得走了,不然我的意中人又要跑得无影无踪了。"得到想要的结果,她不打算多留,免得妨碍人家培养感情。语毕,人已闪出树洞。行了一小段距离,她突然想起一事,忙提高声音道,"我叫焰娘。"

难得投缘,总要让这个天真女孩记住自己叫什么才好。这样一个女孩,也难怪傅昕臣会动心,只是恐怕她的情路不会太顺畅。傅昕臣和卿洵同样死心眼，否则也不会在亡妻之后神志失常，四处挑惹是非长达五年之久。只怕是他爱上奴儿却不愿承认，自欺欺人。

奴儿纯真善良没有心眼，只怕会吃些苦头，自己得想个什么法子帮帮她才好……

唉！自己这边都没法子解决了，还为别人担忧。人家起码还有些意思，自己耗了九年却毫无进展，算怎么一回事嘛！她越想越觉气闷，脚下速度立时成倍加快。

卿洵没有追着傅昕臣而去，而是花钱将小店包了下来，准备长住。他知道傅昕臣不会逃，以后要找他简直易如反掌。追踪了这许多年，他一直没有丝毫怀疑自己这样做是否正确，但是直到真正见到了傅昕臣，他才发觉竟一点杀意也兴不起。尤其是在听到那个女孩黯然神伤地承认傅昕臣的心中自始至终只有净儿时，他几乎想要打消杀傅昕臣的念头，掉头就走。但是，答应过净儿的事，他怎能失信？他对一个荡妇都能严守承诺，何况对净儿。

对于傅昕臣这种级数的高手，心中没有杀意，想要取他的性命，简直是比登天还难。自己既然花费了五年的工夫来追杀傅昕臣，自然不能功亏一篑。为今之计，只有等待，等待净儿的忌辰。于那一天杀傅昕臣，他将无所顾忌，无所不用其极。

躺在小店后间的大通铺上，卿洵闭目等待着焰娘的归来。这一次他不打算再逃，与其浪费精力去做无用的事，还不如将所有的心神都放在如何对付傅昕臣上，他再没多一个五年可以拿来浪费了。

床上的被套床单都是新换的，虽然破旧，却很干净，还散发出淡淡的药草香味。这些都是卿洵嘱小二收拾的，否则以他的洁癖程度，怎肯躺在这种地方，倒不如在山野之间露宿，还干净些。不过这几年来他的这个毛病已因焰娘的加入改变了太多，以前的他即使在出任务时也不会住客栈，要么在野外度过，要么找到自己家的产业，那里会有他专用的房间。

门吱呀一声被推开，他连眼皮也没跳动一下。黑暗中一阵香风迎面扑来，一个软绵绵的身子扑进他怀里。他没躲，也没回抱，只是默默地看着屋顶，看着屋顶外那无尽远处，看着那已经有些模糊的娇俏小脸。

"你总是这样！"焰娘轻掩小嘴打了个呵欠，抱怨道，"抱着人家，想别的女人。"见他没反应，她继续道，"没听人说过吗，要趁还能珍惜的时候珍惜自己所拥有的，不要等到失去的时候，才后悔莫及。"

卿洵闻言不仅有些想笑。这女人脸皮还真厚，自始至终，他就不曾认为她属于自己，那个誓言只是被逼出来的。如果她肯主动退出他的生活，他不额手称庆已是对得起她了，还后悔莫及？别做梦了！

怀里传来匀细的呼吸声，几日来为了追卿洵，焰娘一直没好好地睡过一觉，这时一沾床，便睡了过去。

卿洵首次没乘她睡熟了点她穴道跑掉，而是将她轻轻地移至身旁，与她相依而眠。她之于他，已不知应该算什么了。

YAN NIANG

第八章　骗

　　第三日下起雪来，巴掌大的雪片迷蒙了视野，封锁了山道。卿洵并无丝毫焦急，很早的时候他就学会了忍耐。他有狼一般的耐力，静候最佳时刻出击，而非暴躁焦急，以至功败垂成。他不能进山，傅昕臣自然也不能出来。

　　小店中有现成的木柴及米粮干菜，足够两人吃上个把月的。对于卿洵、焰娘这类高手来说，平日两三天不吃不喝也无大碍，只是既然在这里住了下来，倒也没必要如此亏待自己，一日一两餐，对于终日无所事事的两人并不算是麻烦。只是张罗饭菜的却非焰娘，而是卿洵。多年来时分时聚的相处，卿洵对于焰娘的厨艺已深有领教，以他的不挑食程度也无法忍受，自然不敢再让她糟蹋食材。

　　焰娘乐得享受卿洵难得的"体贴"。因为用心，再加上时间，焰娘几乎快摸透卿洵这个在外人甚至父母兄弟眼中阴沉难解的"怪物"——他的洁癖是对人而非物，他不喜欢人是因为人们拒绝给他表达善意的机会；他重承诺且对情执着，虽然一意孤行得不可理喻、冷酷残狠得令人胆寒，但孤单寂寞的他却让她加倍心疼。越了解他，她便越陷得深，以至现在的无法自拔。她是用尽整个身心在爱着他啊，他可感觉到了？

　　咚咚的敲门声打断了焰娘的深情痴望，她起身去开门。

一旁佯装盘膝打坐的卿洵立觉浑身一轻。她的心思他早已明白，但是那又如何？先不说他早就心有所属，只说她的出身——一个人尽可夫的荡妇，他怎么会将心放在她身上？而最最让他难过的是，对于她的身体，他既嫌恶却又渴望莫名。往往在碰过她之后，他便要立即彻彻底底地清洗一番，将她的味道完全洗去，否则他会浑身难受、坐立难安。这样的女人，他怎会动心？

"焰……焰姑娘，这……这是野……野鸡……"门外传来一个男人发抖的声音，不知是因为太冷还是太紧张。卿洵张目望去，却只看见焰娘窈窕的背影及飘飞的雪花。

"奴知道这是鸡。"焰娘含笑娇媚的声音传进卿洵耳中，令他胸口升起一股闷气，"大哥，有事吗？"她明知故问，丝毫没有让来人进屋的意思。事实上，也没人敢进来。这些日子常发生这种事，镇上男人都想接近她、偷偷看她，却又害怕卿洵；女人心中不满生气，却也只能忍着，只因有卿洵镇着，谁也不敢乱来。她们不知道的是，卿洵根本不会管焰娘死活。

"我、我……送给你。"男人将捆住的鸡往她面前的地上一放，连递到她手里的勇气也没有，转身就往雪里冲去。

焰娘不禁娇笑出声，腻声道："多谢大哥！"声音远远传出去，落进那人耳中，喜得他不禁手舞足蹈，只差没引吭高歌了。

焰娘弯身拾起鸡，关上门时不禁幽幽叹了口气。这些男人心里想什么，她难道不明白吗？可是即使是这种想法，在卿洵身上也是不可能的，一直以来都是她主动亲近他，甚至强迫他。可她毕竟还是个女人，还有起码的自尊心，她不知道自己还能坚持到什么时候。她只是一直心无旁骛地追逐着他那颗几乎遥不可见的心，不敢停下来好好想想。

回过身，正对上卿洵冰冷的目光，焰娘心中一跳，不知他想到了什么，眼神这么吓人。她脸上忙浮起媚笑，将鸡丢在角落里。那只鸡扑腾着拍了两下翅膀，动了一动便安静了下来。

"怎么了，卿郎？"焰娘袅娜地来到卿洵身前，坐进他怀里，吐气如兰地贴近他的唇。却见他头微仰，避了开去，目光中透出让焰娘羞惭的不屑，却什么也不说。

焰娘闭上美目，将其中的难堪隐去，俏脸上依旧挂着颠倒众生的媚笑。香舌轻吐，舔上卿洵颈上那明显突出的喉结。

卿洵身子一僵，恼火地一把推开她，沙哑冷漠地道："找别的男人满足你！"他痛恨她动不动就挑逗他，让他知道自己可以操纵别人的性命，却无法控制自身的情欲。他恼恨被人摆布！

焰娘摔倒在地，脸上的笑容隐去。他竟然叫她去找别的男人！他可以嫌她、不要她，却不该这样糟践她！一丝冷笑浮上唇畔，焰娘缓缓爬起来，附在他耳畔，悄然道："如你所愿！"她说罢，在他颊上轻轻一吻，转身向门外走去。一阵狂风卷着大大的雪片由打开的门刮进屋内，然后一切又恢复原状，那抹红影已消失在迷蒙的雪中。

良久，卿洵的目光落在那扇紧闭的门上，不禁有些愣怔：她终于走了。

可是他连思索那莫名使自己变得有些烦躁的原因的时间都还没有，门便再次被推开，焰娘俏生生地站在门口，笑吟吟地看着他，狂风吹得她颊畔的发丝狂乱地飞舞。

"这样的大雪天，侬叫奴家到哪里去找男人？"她娇腻地道，转身关上门，而后袅娜地来到卿洵身旁，坐在一旁的木凳上，纤手支颐，目光落在燃烧的炭火上，怔怔地出神。

方才她一气之下冲进雪中，被冷风寒雪一激，整个人立时清醒过来，这才知道自己竟在和那个不开口则已、开口便刻薄恶毒的大木头生气，胸中的满腔怒火与委屈立时消了个干干净净。要走的话，早在九年前她便该走了，又怎会耗到现在！和卿洵赌气……唔，不值得！想到此，她白了一旁自她进来后目光便一直没有离开过她的卿洵一眼。看到他面无表情地回视自己，却不再有开始的轻蔑及冰冷，她心情不禁大好，拾起一根木棍，一边拨弄火，一边轻轻地哼起焰族小调《月色兰v》来。

听到她轻柔婉转的哼声，卿洵脸色不禁渐渐柔和。虽然不想，他却不得不承认，在看见焰娘回转的那一刻，他在心底缓缓松了口气。至于原因，他不敢细想。

焰娘和卿洵在小店中住了整整四个月，待到雪停，已是来年二月。因住在镇上，只要有钱，饮食并不成问题。这四个月里，卿洵依旧不大搭理焰娘，常常由着她一个人自言自语、自哼自唱。只有在焰娘迫他的时候，他才勉强有点反应。两人似乎都已习惯了这种生活方式。

这几日雪下得小了，户外墙角、石板间隙隐隐可以看见几点嫩绿色的影子，卿洵开始常常出门。焰娘知道他这是准备要去杀傅昕臣了。五年来，他一刻也没忘记过这件事。

可是，傅昕臣身为龙源之主，岂是易与的？何况，即便他杀得了傅昕臣，又怎逃得过龙源众高手的报复？要知龙源可不比宋家，聚集的不是朝廷中威名赫赫的权臣，便是江湖中数一数二的高手，无论谁跺一跺脚，都可令地皮震动三分。卿洵独自一人，怎能与之抗衡？

焰娘心中如是担心着，这一日卿洵回转，正在门外掸着披风上的细雪，她如常走过去为他解下披风，像一个温柔体贴的妻子。

"卿郎，我们去找一个风景秀丽的地方住下来吧。不要再过这种我追你逃的日子了，好不好？"焰娘突然开口，脸上依旧浮着娇媚的笑，眼神中却透露出渴望，"你喜欢哪里？江南，或者是塞外大草原？如果你还没想好的话，没关系，我可以陪你慢慢找……"

卿洵淡然看了她一眼，向屋内走去。虽未说话，拒绝的意思已表现得很明白，他和她永远不可能。

焰娘虽明知他会有如此反应，却依旧难掩心中的失落。跟在他身后，她思索着怎样才能打消他刺杀傅昕臣的念头。

"杨芷净死了很久了，你醒醒吧，卿洵！"焰娘决定下猛药，他再执迷不悟，她真没辙了，"傅昕臣现在与奴儿过得好好的，你干吗非要去拆散人家？那个小姑娘可没得罪你！"多年来，在他面前，她一直闭口不提杨芷净，可她现在实在是看不下去他这么折磨自己了，就算他会生气，她也管不了那么多了。

出乎意料地，卿洵连回头看她一眼也没有，仿似没有听到她的话一般。

连和她说话都嫌烦？焰娘不禁有些气馁，颓然坐到凳子上。她从没碰到过如卿洵般难缠的人，跟了他九年，却依然无法让他多说几句话。他这人也真行，打定主意不理一个人时，无论那人与他相处多久，也绝不会有任何进展。还好他的身体够诚实，否则自己和他说不得还会形同陌路之人呢！

"好吧，我们来打个商量。"焰娘思索良久，现今或许只有一个办法可打消他的念头。她虽万般不舍，但为了他，她什么都愿意放弃。

"只要你放过傅昕臣和奴儿，"没等他回应，她已接着说了下去，眉梢眼角尽是掩不住的笑意，谁也不知道她得费好大的力气压下心中的痛楚苦涩才能说出下面的几个字，"我就离开你。"

乍闻此语，卿洵全身几不可察地一震，转过身来时，棕眸中是淡淡的嘲讽："凭你？不配！"他胸中翻搅着怒气，不知是因她要离去，还是因她为了救傅昕臣而甘愿离去。他没有思索，口中却已吐出伤人的话。

"你……"焰娘只觉一口气堵在喉口，让她说不出话来。突然，她格格娇笑起来，笑得花枝乱颤，笑得频频喘息。卿洵冷眼看着，沉默地等待她开口。

谁知焰娘却不再说话，笑声渐止，她起身走出门去，长发未束，在细雪中轻轻飞扬。

有那么一瞬间，卿洵恍惚觉得眼前的不是一个烟视媚行的女人，而是一团在雪地里燃烧的火焰，而那双晶莹剔透的赤足，干净得不染丝毫纤尘。

一声长啸，卿洵飞掠过广阔的旷野，向对面山脚下竹林旁的木屋疾驰而去。平原上去年枯萎的野草夹杂着新绿的芽儿，顶着未化净的积雪，在仍带着丝丝寒意的春风中瑟瑟颤抖。

掠过原野中央的时候，他脑海中蓦然想起，几天前焰娘穿着一件不知从哪儿弄来的素白衣裙出现在他面前，微带忸怩地问他好不好看。他没回答，目光却无法从她身上移开。从没见过她那样的神情、那样的打扮，如非片刻后她故态复萌，他还以为自己见到的是另一个人。

当时她说了些话，让他至今仍隐隐不安，似乎会有什么他并不乐意见到的事发生："我想你喜欢的女人是这样的，所以……你可要记住我现在的样子啊，别忘了！我以后是再不会做这种打扮的……"她的话语及行为太过莫名其妙，让他额际不禁隐隐作痛。

今天早上出门时，她仍慵懒地睡着。见他要走，只是猫一般地睁了睁眼，然后打了个呵欠，便又睡了过去。想是昨晚她热情得过了分，才会如此累吧？

接近木屋，却一丝动静也没听到。卿洵心中微凛，赶紧收摄心神，将精气神迅速提升至巅峰状态，以应对任何可能的变化。这一次与往昔不同，他要应付的是威震武林、武功神秘莫测的龙源主，任何一点失误，都会令他赔上性命。

踏上台阶，他脚步丝毫没停，用掌风将门迫开，人紧随而入。出乎意料地，没有攻击，更没有傅昕臣，木屋中炭火边的草垫上只跪着一个容貌绝美的玄衣女郎。

见他进来，她只是淡然一笑，继续编织着手中的花篮。却是那日与傅昕臣在一起的女孩，数月不见，她似乎长大了许多。

卿洵棕眸中浮起诡异的光芒，紧盯眼前在忙碌中仍显得十分恬静的人儿："傅昕臣呢？"他的声音中带着一丝不易察觉的杀意。

眼前的女孩让他产生了前所未有的危机感，很明显地，她是净儿的劲敌。

将垂落眼前的发丝撩回耳后，叶奴儿明眸回转，一丝光彩在其中闪过："他走了，去找净姑娘。"她浅浅的笑容中带着诚挚的祝福，让人不解她的心思。

卿洵微怔，讶然看着眼前这个似是一张白纸、却无人可看得透的绝美的女郎。第一次，他被一个女人的反应迷惑：她不是喜欢傅昕臣吗？

"你有什么心愿？"尽管如此，他还是要杀她，为了净儿。他看得出傅昕臣对她的不一般，就算现在傅昕臣离开了她，也难保有一天不会改变心意，再回来找她。他决不允许那种情况发生，而要杀她，此时是最好的机会。

"心愿啊？"叶奴儿蹙眉偏头想了想，然后微笑，"叶奴儿一生注定要孤单一人，也没什么可求的。"她说得云淡风轻，闻者却不禁为她语中的凄凉心酸。

"难道你不想和傅昕臣在一起？"不知是因她超越一切的美丽，还是那让人不解的恬淡，从不管别人想法的卿洵此刻忍不住问了一个自己都觉得多余的问题。就算她想，他也不同意啊！但他偏偏就想知道她是怎么想的。这样与众不同、令他也忍不住要多看几眼的女子，他还是首次遇上。

叶奴儿闻言，清清浅浅地笑了，目光落向门外旷野，浑身上下透出一股优雅宁谧的味道："傅昕臣好喜欢净姑娘，只有和她在一起才会开心。"她的眸中浮起向往，仿佛在说着一个美丽的故事，而非自己用尽一切去爱的人。

卿洵差点就被她的说辞及语态打动，但多年训练出来的冷硬心肠毕竟不是假的，很快他便收摄心神，杀她的意念更为强烈。她既然可以令自己倾服，自也可令傅昕臣心动。自己才和她相处不过短短一刻，而傅昕臣与她却已熟识。这样的女子，傅昕臣怎会舍得抛下？

"对不起！"低沉地，卿洵第一次在杀人之前道歉。叶奴儿诧异地看向他时，他长发无风自动，神色恢复木然，似煞神降临，早蓄积好功力的一掌飞快拍出。既然他不得不杀她，那就让她死得没有痛苦吧，这是他唯一能为她做的。

"卿洵！"

一声惊呼，卿洵只觉眼前白影一闪，手掌已碰到一个软绵绵的躯体。他立知不妙，却已无法收手。一股腥热的液体喷到他脸上，白影飞跌开去，接着是重物落地的声音。

"女人！"顾不得杀叶奴儿，卿洵神色大变，紧随那如落叶般飘落的身影急掠而上。他一把抱起地上奄奄一息的人儿，一向冷酷木然的双眸中射出不能置信的光芒，夹杂着一丝复杂难名的情绪。她不是乖乖留在小店中了吗？

"为什么要这么做？"沙哑的声音中波动着连他自己也无法明白的暗潮，冲击着那钢铁般坚硬的心防。

焰娘秀眉紧蹙，一时之间竟回不过气来应他。这一次是真的完了，可是她却一点后悔的感觉也没有。为什么会这样？

"焰娘！"叶奴儿扑在她的另一侧，清澈的眸子中满溢担忧及不解，"你为什么要打她？"她责备地望向卿洵，绝美的小脸上首次出现生气的表情。这个男人真坏，焰娘怎会喜欢上他？

焰娘的双唇沾染着鲜艳的血渍，嘴角还在源源不绝地溢出鲜血，一双媚眼无力地半合着。叶奴儿眼圈一红，控制不住落下泪来："你好狠心……她就算不该喜欢你……你也不必……"语至此，她已泣不成声，小心翼翼地为焰娘拭去嘴角的鲜血，却再也说不出话来。

"闭嘴！"卿洵暴躁地喝住叶奴儿的胡言乱语，咬牙切齿地道，"我要杀的人是你，不是她，是她自己多事！"这个女人是不是疯了，竟然用自己的身体来挡他全力出击的一掌。她以为她的身子是铁铸的啊？活该！可是，为什么他会觉得五脏六腑都在抽痛？受伤的人并不是他啊！

"洵……"缓过气，焰娘硬扯出一个妩媚的笑，但眸中的痛楚却瞒不过任何人。他在生气，她知道，可是……

"你放过奴儿吧……傅昕臣就……和你一样……除了……呵……除了杨芷净……不会再喜欢别的人……她……不过和……和我一样而已……"

她阻拦了他的行动，他肯定很生气，可是他很快就不会生气了，因为他终于可以摆脱掉她，一个人自由自在地，想找谁就去找谁。她一向装作不明白，始终不肯放手，但这一刻，却迫得她不得不看清事实。该是她放手的时候了，只是在放手前，她要确定他和奴儿都不会有事。

"你别说话，我带你去找大夫。"焰娘从来没有过的认真和虚弱令卿洵心底升起一股莫名的巨大恐惧，一时之间脑海中一片空白，只知将内力源源不绝地输入她体中，一边就要抱起她往外走。救她！他唯一的念头就是救她，却不知在这荒山野岭中，到哪里去找大夫。

"别……这里……百里之内没有人烟。"焰娘吃力地制止他，不想将唯一的一刻浪费掉，"我……不行了，你可不可以……可不可以……"她的声音越来越小。

卿洵赶紧将耳俯至她唇边："什么？"

"吻我……我想……呵……"焰娘一时接不上气，困难地喘息了好一会儿，方才接道，"我想你吻我……呵……一下下就好……"美丽的眼中有着似是不敢祈求的绝望，其中又隐隐流动着一丝若有若无的渴望。

他的心向来冷硬，但自有其深情的一面，就是冲着这点，她豁出了自己所有的情。

卿洵怔住，深邃莫测的棕眸中透露出内心的矛盾及激烈交战。他一向不将她放在心上，为何此刻却为了她一个小小的要求而难以择择。他应该不予丝毫考虑地甩袖自去，而不是像现下这样无法放手。放开她！他告诉自己，只要转过身去，从此他就可以获得自由！可是心却因这个想法揪紧。自由，似乎不再那么具有吸引力。皱起眉，他清楚地感觉到心中一贯的坚持在逐渐倾斜，濒临崩塌的边缘。

他的犹豫迟疑令焰娘绝望地闭上了眼睛，一滴泪从右眼角浸出，缓缓滚落额际。

不该奢望的啊！九年了，她为什么还看不清楚，还要去乞求那永不可能为她展现的温柔？心已经麻木了，为什么五脏六腑还在痛，痛得她几乎快要喘不过气来？呵，就这样死了也好，再没有牵挂，如果爱人会爱到让人连心也找不到，那么来世……呵，来世她再也不做人，再也不要七情六欲！

那一滴泪似火焰般炙疼了卿洵的心。她从来不流泪，不管他怎么对她、不管她受到多大的委屈，她从没流过一滴泪，可是现在她却不再坚持。他的心中突然产生了莫名的恐慌，为她的放弃——放弃一切，或者放弃……他！

抱住她的手不自禁收紧，她，只是要个吻而已！

焰娘濒临涣散的神志因感觉到唇上温温的熟悉气息而逐渐聚拢，她奋力睁开眼，那近在咫尺的脸令她诧异之余露出一个满足的笑颜。他对她并非全然无情的，足矣，这一生！来世，她一定要做他的心上人！

提起体内残余的真气，焰娘吃力地迫自己恢复常态："侬终于上当了，卿郎！"他是有情之人，她不要他有任何的难过，也不要他亲眼看到她死后的狼狈。她宁可他永远厌她、弃她。

卿洵闻言脸色一变，不待分辨，已一把推开她。他没想到她竟然无聊到开这种玩笑，立起身来。恼她的奸狡，更恼自己过激的反应，他额上青筋暴起，双眼几欲喷出火来。看到仍躺在地上、姿势极为撩人的焰娘脸上浮着得意的笑，他本来快要爆发的脾气被突然升起的厌恶浇灭。这种女人，不值得他动气！

"没见过你这么下贱狡诈的女人！"他鄙视地冷斥，一个字、一个字，似冰珠般从牙缝里迸出来，仿佛想将她的那颗污秽的心冻僵。

焰娘身子几不可察地一颤，强抑着剧烈的心痛，露出一个风情万种、骚媚入骨的荡笑，嗲意黏人地道："还是侬了解人家！侬不知道，奴家方才可是铆足了劲诱侬上钩，就怕侬这大木头不解风情，让人白费心思呢！还好侬始终是喜欢奴家的，不枉奴家对侬的一番心意。"口中如此说着，她却知道自己快支持不住了，卿洵再不走，她可能真要白费心思了。

卿洵深吸一口气，努力控制住自己蠢蠢欲动、想伸向她雪白粉颈的双手，嘴角上扬，衬着脸上的血迹，形成一个狰狞骇人的微笑，语气又恢复了日常的木然："不要再让我见到你，除非你想勾引阎王！"语毕，不再看她一眼，转身离去。她总是有办法撩拨他的情绪，以后，他再不会给她这种机会！

在檐下，他碰到不知何时躲到外面的叶奴儿，面无表情地扫了她一眼，心中浮起焰娘的话，转念间已越过她，步入荒凉的旷野中。

卿洵一走，焰娘立时不支地倒伏于地。她长发散落，嘴角溢出的血缓缓滴落在地板上。这一切都要解脱了吧……

"为什么要骗他，为什么？"耳边传来叶奴儿痛心的责问，那声音遥远得仿佛来自另一个世界。她的头被人抬起，放入一个很软的怀中。

是谁？她奋力睁开眼，看到一张沾满泪水的美丽脸庞。奴儿！她在哭，是为了自己吗？一丝浅笑浮上唇畔，那双已不再光彩照人的美眸再次缓缓闭上。这一世，还是有人关心她的，她还想要什么呢？

她终于知道，自己永远也学不来为了生存便什么都不在乎。曾经，她以为自己做到了，现在她才明白，为了心爱的人，为了真正在乎自己的人，甚至仅为一句真诚的话、一个友善的眼神，她都愿意用生命去交换。

焰族女儿的命一向不值钱，她又何曾例外？尚幸还有人会为她落泪，她还有什么不满足的！

喂焰娘服下一颗司徒行遗留下来的治伤药，叶奴儿将她移到自己的床上，轻轻为她盖好被子。看着她苍白安详的脸，叶奴儿心中升起一股浓浓的恐惧。焰娘不想活下去了，说不上为什么，她就是知道。如果焰娘不想活，没有人能救得了她。

"焰娘。"叶奴儿轻轻地唤道，纤手将她散在脸上的长发小心拂开。焰娘的痛，她感同身受，只是怎能因此而放弃生存的权利？"卿洵不要你，傅昕臣不要我，那又有……又有什么关系？在没见着他们之前，我们不也活得好好的，现在只是又回到那段日子而已……"嘴上虽如此说，叶奴儿却知道，再也不一样了，心都不在了，怎会一样？

叶奴儿赶紧停住，让脑中保持空白。她害怕想起傅昕臣离开后的那段日子，那种痛苦胜过以前所受折磨的千倍万倍，她没有信心再承受一次。

"焰娘，焰娘……"隔了半晌，叶奴儿压下胸口蠢蠢欲动的痛楚，喃喃细语，"外面的花都开了，到处都是，你和我一起去采好不好？奴儿一个人……很孤单……"她难过地将头枕在焰娘脸旁，从侧面看着焰娘美丽的面部轮廓，感觉她几不可闻的呼吸，怔怔地垂下泪来。

焰娘是除傅昕臣外她唯一喜欢并愿意亲近的人，可是……

"活着很好啊，焰娘。我喜欢坐在溪边看白白的云朵，碧蓝的天空被落日染成各种各样的颜色，听风儿吹过竹林的声音……"那声音……那声音就好像是傅昕臣奏出来的一样，让她常常在深夜的时候产生他仍在身边的错觉。

"焰娘，你喜欢什么？你告诉我，等你好了，我陪你去做。"叶奴儿轻柔地问，仿佛认定焰娘听得见她的话一般。她真的很孤独，傅昕臣走后，她便再没同人说过如此多的话。

"……可是，只有活着，你才能去做，是不是？"而且，只要活着，就还有见到卿洵的希望，不是吗？她怎能放弃？

"活着很好啊……"叶奴儿再次低喃，泪水却已模糊了双眼，以至没看见那紧闭的双眼在如扇子般长而翘的睫毛颤动之后缓缓睁开了。

"我从没感觉到活着有多好！"几不可闻的叹息发自茫然看着屋顶的焰娘，她本该安安静静地就这样去了，从此不再烦恼痛苦，可是耳畔不断传来的低泣及细语却令她徘徊难决。

奴儿一个人……很孤单……简简单单的一句话，却让她蓦然回头。

这一世只有奴儿真心待她，她又怎忍弃奴儿于不顾？可是奴儿后面的话对她是一点说服力也没有。

活了二十五年，她从没有一天快乐过。活着又有什么好？生命不过是一种负担而已，她历遍世间冷暖，又怎会不知？

活着真的很好吗？除了奴儿，谁会希望她活着？

YAN NIANG

第九章 龙源

"不——"卿洵一声低吼，从梦中惊醒，冷汗涔涔地看着屋顶，胸口急剧地起伏着。待情绪稍为平稳，方掀开被子下床，来到窗前。

窗外仍在哗啦啦地下着雨，走廊上的风灯在风雨中明灭不定，昏黄的灯光透过雨幕直射进来，给他冰冷的心带来一丝温暖。

方才他又梦到焰娘被自己打得口喷鲜血、萎顿倒地的情景。虽然事后知道焰娘演戏的成分居多，可是当时产生的一股难以名状的巨大恐惧直到现在仍紧紧攫着他，令他不能释怀。

离开山谷已有三个月，焰娘却一直没跟上来。

这一路上，他并没有故意隐匿形迹，按以往的经验，早在第三日他投店的时候，她就应该出现了，可是直到他到达原沙城卿府别业时，她依旧不见踪影。三个月不见踪影，这在以前是不可能出现的情况。究竟出了什么事？是她的追踪术大不如前，还是路上碰到了什么阻碍？或者是那一掌……

他不敢再想下去。她不来最好，他不是一直都希望她从自己的生命中消失掉吗？思及此，他只觉心中一悸，如果她真的从此消失，不见踪影……

一股巨大的失落感似阴影般无法控制地罩住了他，令他无处可逃。或许是两人相处得太久，已养成了习惯，习惯了她时时跟着、追着、缠着自己，当她不再这么做的时候，他竟会觉得浑身不自在。等再久些就好了，习惯是可以改变的。

她……她不是喜欢自己的吗？虽然尽力说服自己，卿洵还是控制不住想起了焰娘执着深情的眼神。她难道放弃了？忆起那一滴泪、那放弃一切的表情，他只觉胸口憋得慌，不得不大大地吸了口气，以缓解那种令人窒息的感觉。会不会，她真的、真的……

"我想你喜欢的女人是这样的，所以……你可要记住我现在的样子啊，别忘了！我以后是再不会做这种打扮的……"

砰！他一拳打在窗棂上，浅色的眸子在黑夜中射出不知是愤恨、恼怒还是受伤的慑人光芒。原来她早已决定离开自己，原来……原来她一直在戏弄着自己，所以连道别也不必，她从来就不是真心的。自己真是糊涂，这种水性杨花的女人哪里来的真心，自己不睡觉想她做什么！

压住心底受伤的感觉，他转身躺回床上，却睡意全无。说了不想她，但她的音容笑貌、娇嗔痴语却不受控制地冒上心头。他警告自己，他的心中只有净儿一人，想借着想念杨芷净来消除她的影像。可是一点用也没有，她的影子就像她的人一样霸道难缠，丝毫不肯放松对他心灵的钳制。最终，卿洵宣告放弃，任由自己的思绪被她完全占据，无眠至天明。

一早，卿洵便动身再次前往叶奴儿所居之小谷。他不知道自己要去那里做什么，但是他知道自己非去不可，否则以后都会心神不定。

一路行去，并不见焰娘踪迹，看来这次她是决心彻彻底底地从自己生命中消失了。

卿洵不理会心中莫名其妙的感觉，专心赶路。

七日后，他抵达小镇。

镇上人见他去而复返，均惧怕地远远避了开去。小店换了个老人看守，见他到来，殷勤地奉上一碗茶，道："卿相公，叶姑娘前次来镇上，嘱老汉如果见着你，便带个口信给你。"

叶姑娘？那个女人。卿洵心中微动，询问地看向老人，却没说话。

　　"叶姑娘说她有事要出去一段日子，卿公子要找她可能不大容易，但她绝对不是去寻傅昕臣，请卿公子不要去找傅昕臣的麻烦。如果她知道傅昕臣有什么好歹，她一定不会同你善罢甘休的。"

　　老人笑呵呵地讲完威胁的话，老态龙钟地转身走开去做自己的活，一点也不在乎这些话的实质意义，只是觉得一向少言娇弱的叶姑娘竟然会说出这么一番话来，实在有趣。也不想想，她娇怯怯的一个美貌姑娘，连镇上的男人都应付不了，怎么能同眼前这个长得凶恶的卿公子算账？呵，走得好，走得好啊！

　　卿洵不屑地轻撇了嘴角，压下想向老人打听焰娘的冲动，起身离去。施展轻功，只花了半天工夫，他便来到了小谷。

　　时值晌午，太阳照在谷内，野花遍地、鸟声啾啾，却无人声。小木屋孤零零地卧在山脚下，门窗紧闭，仿似主人外出未归。

　　推开门，屋内清清冷冷，的确无人。略一犹豫，他走向那道位于木梯下的木门，伸手推开。里面是一间卧室，很简陋，一床两椅及一个储物的大柜，除此之外，别无他物。

　　他一震，目光落在床上。床上的被褥叠得整整齐齐，被上放着一叠洗干净的衣服。他大步走上去，一把抓起最上面的那件火红色的纱衣。一抹艳红飘落地上，他俯身拾起，却是一条丝巾。她的衣服……

　　他的手控制不住地微微颤抖着，目光落在下面几件一模一样的红色纱衣上，最下面露出的白色刺痛了他的眼。他深吸一口气，似乎费尽了所有的力气才将那素白色的衣裙从上面压着的重重轻纱下抽出来——这是她那日穿在身上的衣服。为什么，为什么她的衣服全在这儿？

　　"不——"卿洵哑声低喃，只觉一阵昏眩袭来，跌坐在床沿上，目光怔怔地看着手上火红与雪白相衬、显得十分艳丽的衣服，脑中一片空白。

　　良久，他略略回过神来，蓦然一跃而起，飞快地搜查了其他几个房间，却一无所获，而后又往屋外搜寻。在木屋的侧面，他发现了两座坟墓。两座坟虽未立碑，但其上新老杂草丛生，显然已有时日，不是新坟。他缓缓舒了口气，后又寻遍屋后竹林及谷内各处，依旧一无所获，绷紧的神经方稍稍松弛。

天色已晚，他决定暂居谷中，等待主人归来。至于为何要这样做，他却想也不去想。有时候，不想，就可以不用承认自己不愿承认的事实。

等了一个月，卿洵才离开小谷。

一切都没变，孤煞没有变，依旧无情无欲、无喜无怒、人人闻之色变；江湖也没变，还是你争我夺、尔虞我诈。唯一不同的是孤煞身边缺了个红颜、江湖上少了个焰娘，那么的微不足道，以至无人发觉。

焰娘坐在躺椅里，身上盖着毯子，目光落在窗外斜飞的细雨中。院子里的花木都冒出了嫩绿的新芽，不知不觉又到了二月。

一年来，奴儿为了救她，带着她这个废人走遍了大江南北，受尽苦楚。如非不忍心丢下奴儿孤苦伶仃一个人，她倒宁愿死了的好，省得窝囊到连吃喝拉撒都要人服侍。

这里是江湖中神秘莫测的龙源，她和奴儿进来得有些莫名其妙。几日来，除了衣食有人照管外，并没人告诉她们被请进来的缘由。若说这是傅昕臣的主意，那他为何一直不露面？对奴儿，他是否依旧难以抉择？

一丝疲倦涌上，焰娘打了个呵欠，昏昏沉沉地睡了过去。自受伤后她便是这样，想事情不能太久，否则便极易疲乏。这倒为她省去了不少痛苦，除了行动不便，她比以前快乐百倍，不时教教奴儿读书认字，既单纯又不伤脑筋，也不伤心。

再次醒过来，已是傍晚时分。奴儿一人闷闷地坐在椅内，不知在想些什么，一会儿蹙眉叹息、一会儿又笑意盈盈，与近来的沉寂优雅大不相同。今日中午她被请了去见一个人，是傅昕臣吗，否则怎会产生如此大的影响？

"奴儿！"焰娘轻唤，因受伤，她连大声点说话也不成了。

叶奴儿恍若未闻，依旧沉浸在自己的思绪内。

轻轻叹了口气，焰娘闭上眼，深深地吸了口气，突然一阵猛咳。

叶奴儿惊了一跳，回过神来，紧张地跳到焰娘跟前，一边为她抚背顺气，一边焦急地问：“你怎么了？有没有事？”

焰娘缓缓平复下来，感觉胸口微痛，知道自己过于用力了。她毫不在乎地微微一笑，道：“你想得出神，我不这样，怎能唤醒你。究竟发生了什么事？”

见她没事，叶奴儿坐回椅内，脸上愁绪微现，却又难掩雀跃的娇憨。她咬了咬下唇，尽力语气平静地道：“我……我要和傅昕臣成亲了。原来……原来他也在这儿。”她并不知傅昕臣是这里的主人，只道那个似有难言之隐、对自己又极好的叶瀹才是。

“什么？”焰娘不敢置信地瞪着一脸茫然的叶奴儿。怎么仅短短半日不见，她就要成亲了呢？“傅昕臣竟会同意？”

“是……是他主动提的。”叶奴儿讷讷地道。她虽然有些想不通，但还是欢喜地答应了。反正……反正她不会后悔就是。

“什么？”焰娘再次惊呼，声音有气无力，但足以引起叶奴儿的不安。

“我知道他有一些些喜欢我，”轻轻地，叶奴儿说出她的顾虑，“可是没想到……他最喜欢的是净姑娘，我怕……我和他成亲后，他会永远都不开心，净姑娘也不会开心。不知他们之间出了什么问题……”

“傻瓜！”焰娘皱眉嗔道，因提不起劲，骂人的声音便似呻吟，“傅昕臣如果不是喜欢极了你，他是绝对不会娶你的，就是叫人拿着剑搁在他脖子上也不成！他们这种男人……哼！另外，杨芷净已死了五六年了，你不知道吗？”这笨丫头怎么什么都不知道？亏她喜欢了傅昕臣这么久！

“啊？”叶奴儿轻呼出声，“净姑娘死了？”她除了喜欢傅昕臣，什么也不知道。傅昕臣从不和她说杨芷净的事，她也不在意。她只知道傅昕臣一直不开心，她只能隐隐猜到与杨芷净有关，没想到会是……她的心不禁隐隐发疼，为傅昕臣所受的痛楚。以后，她再不会让他伤心了！

“你那是什么表情？”焰娘对杨芷净无甚好感，虽然杨芷净于她也算有救命之恩，可是她这许多年所受之苦也是拜杨芷净所赐。当她看到叶奴儿脸上露出难过的表情时，很不以为然，奴儿的善良有时还真让人觉得无力。

"哼！那个女人，死了还带走两颗男人的心！现在好了，其中一颗总算解脱了出来。奴儿，恭喜你！"后面的话焰娘说得诚心，眼眶却不禁发涩，自己是没有那福分了。

"焰娘，叶瀹说为你找了大夫，你会很快好起来的！"为了不让焰娘想起卿洵难过，叶奴儿心虚地说着连自己也不相信的话。经过长达一年的求医后，她已不敢抱太大希望。

"奴儿，你会说谎了哦！"焰娘失笑，她的小心思自己还不明白？"你当我怕死吗？"

由着叶奴儿救她，是想借此为奴儿觅得一个好归宿。现在心愿已了，她还有什么可害怕的？

"你……你舍得下卿洵吗？"叶奴儿心酸，她怎能如此不在意生命，活着即便再辛苦，但是还有希望，不是吗？

乍闻卿洵，焰娘潇洒不羁的笑容僵住，幽幽叹了口气："他是说得出做得到的，我以后是再也不可能见到他了。"那日他被自己气走时所说的话还犹在耳边，她怎能不当一回事！何况现在自己如同废人，舍不下又能怎样，难道还要拿他被逼迫发下的誓言穷追猛打吗？他一心一意地只想爱一个人，自己为什么非要纠缠不舍？还能不放下吗？

叶奴儿黯然，因为懂焰娘的心思，所以无话可说。

"几次想进龙源看看，结果差点连小命都丢了，还是不得其门而入。咳咳……"焰娘笑着转开话题，不想让她担心，"没想到这回这么容易就进来了，命运真是捉弄人啊……"

大夫？焰娘嘲讽地一笑。卿洵的功夫是假的吗？尽管自己有真气护体，不至死于当场，却免不了经脉俱断，能看、能听、能说已是不易，谁还有那个本事，能将自己断裂的经脉接回？费什么心！不如一刀结果了自己，她还会感激对方，省得把自己治得死去活来的，多折磨人！

门上响起一声轻叩，打断了焰娘的沉思，心中猜测着谁人如此有礼，眼中已映入一个她做梦也没有想到的人。

那是一个让人见上一眼便永不会忘记及错认的男人：及腰的银发、慑人的银眸、可媲美神祇的气度，以及那永远温和、让人舒心的笑，只有一个人可以拥有——明昭成加！

焰娘呆住，怔怔地看着他，不能思考。

"焰娘？"声如清风，温润多情，"在下白隐，也是龙源的一分子。"泛着银光的眸子落在焰娘脸上，不着痕迹地打量着她，似乎想从她身上找到点什么。

"你……"焰娘说不下去，唯有闭上眼，掩饰住其中无法控制的激动及泪光。

他是龙源的一分子？他……他为什么要背弃焰族？要知道，焰族的男子是不可以在焰族以外的地方落地生根的。他承认自己是龙源的人，那不是背叛族人是什么？他……他……

一声难抑的低泣从焰娘唇间逸出，吓得她赶紧咬住下唇，以免造次。

"姑娘？"白隐狐疑地走近，微微伏身。在看见焰娘眉梢处一道不是很明显的疤痕时，他笑容微凝，"小五？"

温柔而不确定的轻唤，令焰娘再也控制不住，泪水从紧闭的眼缝中流出，顺颊而下。她感到一双手温柔地捧住自己的脸，轻轻掰开她紧咬的齿，而后又小心翼翼地为她拭去脸上的泪水。一种不知是喜是悲的复杂情绪涌上心头，令她首次在人前低低啜泣起来。

"小五，为什么哭？"白隐轻柔地将焰娘揽进怀中，声音徐缓如前，没有丝毫情感波动，仿似两人从未分开过一般，只有那因确定认知而更显灿烂的微笑泄露了他的心情。

焰娘伏在他怀里，哽咽着说不出话来。向来，只有在他面前，她才能表现出最真实的自我。好久了，她戴了好久的面具，今日终于解了下来。

抱着她坐进椅内，白隐细心地为她将长发撩在耳后，笑语："我的小五长大了，变得好漂亮！焰族女子哪一个能及得上你？"

焰娘被他夸张的语气逗笑，首次睁开眼，泪眼蒙眬地看向这个一向不懂生气为何物的男人，道："红瑚……"不知为何，她想起了那个孤高清冷的女子。

"嗯？"白隐微惑，对这个名字没有印象，也无心深究，扯开话题，"怎么伤成这样？"小五的功夫是自己教的，除非她这些年荒废了，否则谁有那个本事可伤她至此？

"二哥，你还是那么爱笑！"焰娘扯开话题，不想谈起这事。

"告诉我！"白隐不容她逃避，温和但强硬地命令道，心中已升起不好的预感。

"二哥，求你，他……他不是有意的……"焰娘苦恼地哀求。她这兄长，脾性一点也没变，看似温和无害，却固执得让人头痛。

"他？"白隐嘴角依旧含笑，眼神中却已透出凝重的神色。看小五如此维护那人，可想而知那人在她心中的地位。他也知道焰族女儿的性子，难道说小五也遇到了同样的情况？那样的话就糟了。

"是……是……二哥，你怎么出来了？"焰娘有口难言，忽然想起自己最开始的疑问，正好可替她解围。

白隐不再逼她，脸上透出回忆的神色："那日我从青原回来，四处找不到你，母亲告诉我，你已在三日前被送出了龙峪峡。我当时大发脾气，砸了很多东西，便也离开了那里。哼！他们不守信用，我又何必管他们死活？出来后，我一直在找你，可是茫茫人海，要找你一个小女孩又谈何容易？这期间我也救了不少焰娘，却无一人认识你。我一度以为你……你……还好上苍保佑，总算让我们兄妹相见了！"

他轻描淡写、寥寥几句便说完了这些年的经历，焰娘却知道这其中所经历的艰难困苦不是常人所能想象的，心中不由得一阵难过。她从没想过，一向恬淡温雅的二哥竟会为她离族。

"二哥，你……"她的眼泪再次流下，似乎多年来积下的泪水要在这一次流干似的。

"乖，不哭了！"白隐安慰地抚着她瘦削的肩，轻声细语地哄着她，仿似她仍是那个不知世事的小娃娃，"有二哥陪着你，以后再没人敢欺侮我的小五了！"

"说话可要算数，二哥，小五是再不要和二哥分开了！"焰娘含笑说着违心的话。她自知命不久矣，却不忍让白隐跟着难过。

这一刻，她知道，无论焰族的规矩如何冷漠严苛，也无法禁锢人的感情。二哥一向温文尔雅，不想他所做之事竟大胆得胜过任何号称勇武的焰族男子。

白隐的银眸中泛着洞悉一切的光芒，并不点破焰娘的言不由衷。他了然地一笑，将话题转开："告诉我，是谁有那个福气赢得了我们小五的芳心？"他不爱动怒，并不代表他不追究。

焰娘知道推托不了，何况即便自己不说，他也可从奴儿、傅昕臣那里探知。她无奈地轻轻叹了口气，照实道："二哥，我……我……和他已经没有瓜葛了，他……唉！他是卿洵。"提起这个名字，她的心里一阵酸楚。顿了一顿，她又道，"你别去找他，他不是有意的。"她知道，凭明昭成加的智慧，一定能推测出是卿洵伤了自己，怕他去找卿洵麻烦，故有此说。

白隐闻言，笑容不变，却让人有着莫测高深的感觉："既然小五的心在他身上，二哥又怎会惹乖小五伤心？何况，孤煞又岂是好惹的？"

原来竟是卿洵，没想到近几年江湖上一直传言的孤煞身旁的红颜竟是小五，世事真是巧合得离谱！

"你和他究竟是什么一回事？他到底喜不喜欢你、知不知道你伤成了这样？"要知道，任何一个有担当的男人都不会在自己的女人重伤之后弃之不顾的，孤煞如果真是那样的男人，也不值得小五付出所有感情了。

"他……不知道。"焰娘缓缓闭上眼，觉得好累好累。见到久别的二哥的喜悦开心以及谈起卿洵的揪心疼痛，令她感到精疲力竭，她好想就这么在白隐怀中睡过去，什么也不想。"在他心中……只有杨芷净……"如蚊蚋般的轻喃声中，她的意识逐渐模糊。

将焰娘放上床，白隐修长的手指怜惜地抚过她在睡梦中依旧紧蹙的秀眉。他心疼她的憔悴，嘴角却依旧是散不去的浅笑。即便恼怒卿洵的无情，他的心还是无法泛起丝毫波澜。自十七岁那年发过脾气之后，他的情绪便再没起过太大波动，似乎，已看透一切。

小五虽经脉俱断，但他身为焰族医皇，又岂会束手无策？探查过她的伤势，他有信心令她恢复如同常人。或许会武功全失，不过，那又有什么关系？有他在，谁能欺侮他的小五！

只是……他的笑微露无奈，银眸落在焰娘忧郁的小脸上。世事总是难以预期的，尤其是人心。

豫江春满园湘雅阁内，卿洵一身白衣，闲坐品茗，一双让人琢磨不透情绪的浅棕色眸子一瞬未瞬地看着对面秀发中分长垂的抚琴女子。

那是一个很美丽的女人，纤长的眉、娇媚的眼，有着足够魅惑男人的本钱，而她也很善于利用这一点。但是独独对他，江湖中威名赫赫的卿洵，她只存有尊敬和感激，不会将他当作一般男人对待。

琴声止，余韵袅袅。

她——春满园的首席红阿姑娇子抬起头来，略带娇羞地迎视卿洵毫不避讳的目光，对他丑陋的容貌无丝毫看不起和惧意。相处得久了，反觉得他浑身上下散发出一股独特的男性魅力，令她控制不住地倾心。她自己知道，如果卿洵开口要她，她就会毫不犹豫地给他。可是几个月来，他只是这么看着自己，极少说话。不像其他男人，想尽法子讨好她，只为一亲芳泽。

"卿公子，妾身今日请公子来，实是有事请教。"娇子盈盈起身，在卿洵侧旁椅内坐下。她一直为卿洵不肯表态犯愁，昨日忽得一计，冀望能借此一探他的真心。

"何事？"卿洵啜了口茶，淡然问。

他不知自己是怎么了，一向不爱多管闲事，那日却出手从一群贼手中救了她；从不踏足烟花之地，这几月却因她的邀请屡次造访春满园——究竟自己在想些什么，只为着那纤长的眉、娇媚的眼吗？

"妾……"娇子欲言又止，俏脸在卿洵灼热的目光注视下已泛粉。她顿了一顿，方继续道，"前日赵家公子想为妾赎身，迎娶妾身为正室。妾不知是否该应了他，所以想到请公子来，向公子讨个主意。如果公子说不好，奴家……奴家便推了他。"语罢娇羞不已。此一番话，几乎已明确表白了她的心意，只看卿洵是否解得风情了。

她一向任性妄为，想怎样便怎样，怎会征询他的意见？终不是她！

卿洵暗叹一口气，失落地垂下眼，一年来一直缠绕心间的孤寂越趋浓厚。她不再纠缠他之后，他才赫然发现，她跟随他的这几年，他从不寂寞。但是眼前这个女人不是她，虽有相似的媚眼，却有不同的风情。不是她，所以无论她对他如何好，他依旧寂寞；不是她，他自然不用理会她的婚嫁。

隔壁房中传来笙歌丝竹之声，欢声笑语中，有人在婉转歌唱。

被噬心的孤寂缠绕，卿洵皱眉闭眼，仰靠向椅背，脑海中的红衣丽人显得越加清晰。这么久了，为什么他还忘不了？他痛恨地握紧拳，为"忘"字心痛得几乎无法呼吸。她可以忘记他，为什么他不能？他不能……

"卿公子……"他的反应令娇子欣喜，颇有些心急地想听他亲口说出她梦寐以求的话。

卿洵恍若未闻。

娇嫩柔媚的女声自隔壁隐隐传来，所唱曲子的旋律与中原音律大不相同，但却好听无比。卿洵浑身一震，蓦然睁大了眼睛，凝神听去。

"……月儿悬在龙天山，色如流水似冰璇。我家小女初十二，艳从月，香自兰，可怜命如月色兰。情是火，恋是焰，纷纷眇眇蝶儿散。"

同样的曲子，在那个大雪纷飞的小店内，他不止一次听那个红衣女子唱起。

"卿公子！"他的反应令娇子略略不安，先前的喜悦渐散，代之而起的是等待答案的焦虑。

"奴家焰娘，各位大爷莫要忘了……"唱歌的女声隐约响起，在卿洵耳中却恍若炸雷。

焰娘！

没有注意到娇子期待的眼神，卿洵突然站起，风一般狂卷出门。

娇子吓了一跳，还以为自己的试探惹怒了他。她心中一慌，赶紧追了出去，只希望他不要因此不理自己才好。不想追出门后，竟看见卿洵一把推开隔壁的门，呆怔在门口。

娇子大惑，悄然来至他身后，透过缝隙望进门内。

只见门内有三男四女，都因卿洵突兀的行为怔愣当场，尤其是那四个女人。见到卿洵，她们脸上均露出恐惧的神色，没有人说一句话。

缓缓地，卿洵的目光从四个女子身上一一扫过，最后落在立于中央、一身桃红色衣裙的美丽女人身上："你叫焰娘？"他声音沙哑地开口问道。

"是。"女人虽然心中害怕，美目中却流露出倔强的光芒。

不是！卿洵痛楚地闭上眼，原本已提到喉口的心因她的确定而急剧降落，落至黑暗无光的炼狱中。不是她！手握紧又松开，松开又握紧，他深吸一口气，压下身体内蠢蠢欲动的情绪，强令自己木然无觉。蓦然转身离开，就像他来时那么突然，毫不理会身后娇子的呼唤。

娇子失落地站在原地，看着他背影消失的地方，绝望地知道自己毫无希望，他的心早已被另一个女人占满。一直以来，她都以为他对自己有意，因为他总爱目不转睛地看着她。她以为他没说，只是他不善表达罢了。直到这一刻，她才恍然明白，这几个月来，他看着的不是自己，而是在她身上寻找着另一个女人的影子。

目光落向屋内那三个长得油头粉面看来像是大户人家的公子，他们自卿洵出现后便一直噤若寒蝉，直至他离去，才稍稍恢复初始的风流倜傥。想来，对于卿洵他们不仅知道，而且还很畏惧。

不屑地撇撇红唇，娇子转身回了自己的房间。就算卿洵不要她，她也不会将自己的终身托付给这类中看不中用的纨绔子弟。

YAN NIANG

第十章　永世

长相思，相思者谁？自从送上马，夜夜愁空帏。晓窥玉镜双蛾眉，怨君却是怜君时。湖水浸秋藕花白，伤心落日鸳鸯飞。为君种取女萝草，寒藤长过青松枝。为君护取珊瑚枕，啼痕灭尽生网丝。人生有情甘白首，何乃不得长相随。潇潇风雨，喔喔鸡鸣。相思者谁？梦寐见之。

焰娘坐在古藤架起的秋千上，悠悠地荡着，荡着，似水的目光越过重重楼宇，落在天际变幻不定的晚霞上，纤长的眉笼着一股浅浅却拂之不去的愁绪。

红瑚柔婉凄怨的歌声似魔咒般紧攫住她的心，挥之不去。十年前听到这首歌时，她还大大不屑，不想却已刻在心底深处，隔了这么久，依然宛在耳边般清晰。

"又在想他？"白隐的声音从一侧传来，似二月的风，清冷却不刺骨，轻轻拂去她满怀的愁绪。

焰娘偏头而笑，看向这个从一生下来便戴着光环、不知忧愁为何物、除了笑不会有别的表情的俊美男人，却没回答。

"如果连笑都带着忧郁，那还不如不笑！"白隐走上前，抓住秋千，俯首看着她，俊美的脸上挂着温柔的笑，泛着银光的眸子里却透露出不悦，显然很不满焰娘的敷衍。

焰娘闻言，不禁轻轻叹了口气，偎进白隐怀中："二哥，奴儿与傅昕臣明天成亲，他……他可能会来。"

"你在担心什么？"抬起她的脸，白隐问，"你不是说过，你和他已经没有瓜葛了吗？既然他不将你放在心上，你又何苦如此折磨自己？"

"我……我……没有办法不想他。"焰娘眼眶微红，蓦然立起身，走到一株开得正盛的石榴树下，垂首轻轻饮泣起来。自从见到白隐之后，她便变得脆弱易哭，与以前坚强的焰娘完全不同。

无奈地一笑，白隐步态优雅地来至她身后，双手按上她的肩，安慰道："为什么又哭？二哥又没叫你不想他。乖！不要哭了，你看！"他伸手摘下一朵似火焰般绽放的石榴花，递到焰娘眼前，"我的小五应该和石榴花一样热情奔放，尽情享受生命，而不是现在这样多愁善感、眼泪始终干不了。"

接过石榴花，焰娘拭干眼泪，定定地看着那似血似火的颜色，怔怔地出了神。多年前，那红纱飘飞、无拘无束、除了生存什么也不放在心上的女孩到哪儿去了？自从那一夜见到那个丑陋冷情的男人之后，她便开始逐渐迷失了自己，直到现在，连她都快不认识自己了。难道说爱一个人，真的会丢失自己吗？

将石榴花插在鬓边，焰娘转过身，对着白隐露出一个比花还娇的笑颜。她双手背负，轻盈地转了个圈，裙裾飞扬之间道："小五可比石榴花美丽百倍！"见到白隐之后，她开始逐渐找回了在卿洵身边丧失殆尽的自信心。

既然她决定要活下来，自然要活得像个人，而非行尸走肉。

"小心！你的身子还弱得很呢！"白隐大悦，却不忘伸手扶住她。

"没事。唔……穿鞋真难受！"焰娘抱怨地踢了踢穿着鹅黄缎面鞋子的脚，非常不满意那种被拘束的感觉。

"活该！谁叫你不珍惜自己！"白隐毫不同情地以指节轻叩她光洁的额，"还有，我警告你，不准偷偷脱鞋！"

"哦，知道了。"焰娘皱鼻，无奈地应了。心中一动，记起一事来，

"二哥，你认识阿古塔家的女儿吗？"记得红瑚曾向自己问起过明昭成加，想必两人相识。

白隐微微思索，之后摇了摇头。一头银发在阳光下波动着耀眼的光芒，令焰娘再次产生了"他是否是天神下凡"的想法。从小她就像崇拜神祇一样崇拜着他，直到现在，她依旧有这种感觉。

"怎么想起问这个？"白隐随口问道，扶着焰娘往屋内走去。她身子初愈，不宜站立过久。

"人家记得你呢！"焰娘怨责地怪白隐的无心。人家女孩儿将他放在心上，他却连人也记不起，真是枉费人家一片心思！

白隐淡淡而笑，丝毫不以为疚，温声道："多年来，我救人无数，哪能记得那么多？她是不是阿古塔家的女儿，我根本理会不了。你也清楚，我救人，是从不问对方姓名来历的。"

这倒是！焰娘在心底为红瑚叹息。她这二哥与她想的丝毫不差，就是个下凡来解救世人的天神，永不会动男女私情，只可惜了那个孤傲女郎的一片痴心。

"那你以后别忘了，这世上还有个'不肯随人过湖去，月明夜夜自吹箫'的美丽阿古塔姑娘！"她认真地建议。世上最可悲的事，莫过于自己倾心相恋的人却不知有自己的存在。她做不了什么，只能让明昭成加记住有红瑚这么一个人。

"不肯随人过湖去，月明夜夜自吹箫……"白隐低声重复，带笑的眸子中掠过欣赏的亮光。好个孤高清冷的女子！只凭这一句诗，他几乎可在脑海中勾画出她的音容笑貌。

"我要去看看奴儿，她从没见人成过亲，现在一定不知所措了！"焰娘转开话题，心中惦记着叶奴儿，其他的事都成了次要的。

"一起去吧，我去和傅主聊几句。你切记勿要太累，过一会儿我来接你。"

"知道了……"

"一拜天地——"鼓乐喧天声中，一对新人开始行跪拜大礼。

大厅中虽坐满了人，却不嘈杂喧闹，只因参加婚礼之人均非常人，其中又以立于新人之旁不远处一峨冠博带的中年男人最为醒目。不只因为他笔挺魁伟、高人一等的身材及充满奇异魅力的古拙长相，还有那似悲、似喜又似憾悔的表情。

焰娘坐在白隐身旁，目光却专注地观察着那个男人的表情，心中忆起奴儿昨夜同她说过的话：

"他是我爹爹，我……叫叶青鸿。

"二十几年来，我记得的事并不多，但是记忆中竟然有他……我坐在他怀里，他用胡子扎我的脸，我笑着躲着，喊着爹爹求饶……

"……他为什么不要我……

"他现在对我这么好又是为了什么？我明天就要成为傅昕臣的妻子了，以后……以后……"

看来，奴儿的认知一点没错，叶瀹除了与她有相似的五官，他现在的表情已足以说明一切。想必他一定很遗憾自己不能坐在高堂的位置受新人参拜，这可能会成为他终身的憾事。

焰娘无声地叹了口气。

"二拜高堂——"司仪高喊。叶瀹脸上闪过一丝激动，却强忍住了，什么也没做。

焰娘再次在心中叹了口气。

"且慢！"一个沙哑的声音突然闯了进来，打断了正欲下拜的新人。

焰娘僵住。他还是来了，还是念念不忘为他的师妹来强行分开一对真心相爱的人！他还是那么死心眼！

大厅内登时一片寂静。声音传来处，卿洵一身灰衣，神色阴鸷地立于门外。

久违了！焰娘只觉得眼眶微涩，目光落在那令她魂断神伤的男人身上，再也不能挪开。

一只温暖的大手握住了她的，她没看，却知道那是白隐。他在担心她，她的嘴角浮起一抹淡笑。她没事！她真的没事了！

"卿公子如果是来观礼的，请于客席坐下。待我主行完大礼，再来与公子叙旧。"

龙源主事之一关一之的声音传进焰娘耳中，她不禁在心中冷笑：他会来观礼？就是太阳打西边出来也不可能！

果然，卿洵理也未理关一之，一双厉眸直射傅昕臣，木然道："你背叛净儿！我会杀了她！"后面一句他是看着叶奴儿说的。

一年多来，他没找傅昕臣与叶奴儿的麻烦，除了因为知道傅昕臣确实一直待在梅园陪伴净儿外，还有就是那个女人的求情。如非她，他早把叶奴儿杀了，也就不会有今天了。

而她，则如她自己所说，彻彻底底地从自己面前消失了。一股无法言喻的剧痛自心底升起，就像这一年来每当想起她的时候一样。他赶紧深吸一口气，将那种痛楚强行压下。今天之后，或许他就不会再痛了。

"傅某对你屡次忍让……"

傅昕臣的话，焰娘没有听进去，她只觉得眼前发黑，在恢复过来后，一股想狂笑的冲动差点疯狂她。他心中始终念念不忘他的净儿，她跟了他九年，却得不到他的一丝关注。他进来这么久、自己看了他这么久，他却毫无所觉。可笑啊可笑！可笑自己痴心一片，也可笑他的专情固执，不过都是枉然，如东逝之水，去而无痕，连一丝波纹也激不起。

"卑鄙！"

白隐温和的声音在她耳边响起，她清醒过来，不禁失笑。她这个二哥，连斥责的话也可以说得这么好听，他是怎么做到的？

她尚未来得及细想，白隐已飘然离座，一拳直袭仍立于厅外的卿洵。

那边叶瀹、关一之也各展绝技，与卿洵交起手来。

这三人之中，无论哪一人，都有与卿洵一拼之力，何况三人联手！虽知他们无杀卿洵之意，可是如果卿洵被他们活捉，以他的烂脾气，不自我了断才怪！她现在武功尽失，已无力帮他；就算她有能力帮他，这一次她也绝不会助他破坏奴儿的幸福。

压下心中的关切，她站起身向大门外缓缓走去。不忍见到他被擒的狼狈，害怕自己会控制不住开口为他求情，她只有强忍心痛，眼不见为净。她会在外面等着，等着他。

一双大手蓦然扶住她，她仰首对着从战圈中撤退的银发男人浅浅一笑："我没那么娇弱。"他总是不放心她。

"爹爹，不要打了！"

叶奴儿的声音突然传进焰娘耳中，她露出会意及祝福的微笑。奴儿终于解开了心结，她一直都知道，奴儿是个善良宽容的女孩儿，果然不错。

叶瀹雄躯一震，突然静止不动。与此同时，傅昕臣喝阻关一之的声音也传了过来。

奇了，傅昕臣好大的度量！焰娘虽心中讥笑，却也着实松了一口气。他没事，那就最好！

银发男人蓦然退出战圈，卿洵立觉所受压力大减。心中微惑，他的目光已透过叶瀹与关一之看见一个人。他登时如受雷击，整个人僵在当场，不能动弹。

叶瀹的退开、关一之近在咫尺的攻击，他全然不觉，一双棕眸紧攫住那身穿水蓝色长裙的女子，连眼也不敢眨一下。

是她吗？是那个他再也放不下的女人吗？

她的纤瘦、她的憔悴，还有她虚浮的下盘，都在告诉他，她不会武，提醒着他的错认。可是那纤长的眉、娇媚的眼，以及那动人心弦的笑，除了她，还有谁可以拥有？

焰儿？

焰儿！

无法言喻的激动似巨浪般冲击着他早已腐朽的心墙，令他无法自持。只是——她甜美温柔的笑刺痛了他的眼，那亲密依偎的身影毁灭了他傲人的自制力。

"放开她！"他哑声怒喝，双眼几欲喷出火来。她是他的，谁也不准碰她！

那明媚的眸子终于望向他，正当他为此而心跳加速时，她又淡然自若地移往身旁的男人，仿佛方才看到的只是一个无关紧要的人。

那样的漠然，像一把利刃猛插进他的胸口，痛得他几乎喘不过气来。可是他的目光依旧无法自她身上挪开。

银发男人在他几欲置人于死地的目光下，依旧笑得悠然，那是一种旁若无人的笑，让人很容易想到，即便世界毁灭，他仍可笑得如此自在。当他低首看向那蓝衣女郎时，笑容中加入了爱怜，声音中也充满了疼惜："你还要和他牵扯不清吗？"他问。

卿洵一颤，明白了他的话意：她的选择……

那蓝衣女郎回了那男人一个千娇百媚的笑，柔声道："我的心思你是最了解的了，还用我说？走吧！"

她没看卿洵，转过头，对叶奴儿道："奴儿……"

她的选择！卿洵痛苦地闭上眼，周围的一切全被隔绝到了心外。

恍然中，他忆起两人怨爱难分的纠缠，一度他厌弃的生活，在她离开后的这段日子却变成最难舍的回忆。一遍又一遍地重温两人相处的每一个细节，终于，他懂了自己的心。

没有寻她，不是不想，而是没有勇气——他害怕会得到他最不愿面对的消息。不寻她，他就还可以自以为是地认定她是为了叶奴儿离开他的，而不是——那一掌他下手丝毫没有容情。

是的，他没有想错：她不仅好好的，而且还找了别的男人！

卿洵蓦然睁开眼，嫉妒的火焰在他棕色的眸中熊熊燃烧着，似乎想将一切化为灰烬。

看到她与那银发男子打算离开的背影，他心中痛怒交集，蓦然一声悲啸，凝聚全身功力的一拳破空直袭银发男人，势欲将他击毙。

她休想！自从他发誓的那一刻起，她就成了他的女人，一生一世！而现在他决定不止这一辈子，还有下一辈子、下下辈子……永生永世，他都要定了她，她逃不了！

银发男人丝毫不敢小觑他这含怒而发的一拳，忙放开焰娘，举掌相迎。

卿洵嘴角勾起一抹冷弧，阴郁地望进一旁茫然失措的明眸中，森冷地道："跟我去吧！"语毕，已拦腰勾住蓝衣女郎的纤腰，在银发男人反应过来前，向后疾退。

卿洵打定主意要逃，有谁能拦得住？

在平静的江面上，一艘华美的楼船缓慢地顺流而下。焰娘坐在椅内，目光淡漠地落向窗外不断向后逝去的翠绿河岸，心思百转千回。

他既然不要她，又擒她来做什么？本来自己已决定放弃，他……他又何苦再来撩拨她的心，让她心中再次升起渴望！他难道不知道，现在的她已无力追逐于他的身后，摆脱她，这是他最好的机会。

他究竟想做什么？焰娘疲惫地闭上眼，为卿洵反常的行径头痛不已。

舱门被推开的声音响起，没听见脚步声，她却知道有人来到了她身后。不用回头，凭敏锐的感觉她也知道是谁。她料不到的是，下一刻她已被打横抱起，向床那边走去。

她吓了一跳，目光自然而然地落在已换上一身白袍的卿洵脸上。那张脸不再有初时的怒意，恢复成了以往的木然，但他的浅棕色眸子却紧紧盯着她的眼，令她不能移开目光。

"喂，你告诉我，捉我来有何目的？"收拾起消极的心情，焰娘顺势搂住他粗壮的脖子，故态复萌地撒起娇来。

他最厌恶的就是这一套，也许会立刻将自己丢在地上。很怀念啊！很怀念他轻蔑的表情，那至少证明他眼中还看得到自己。

没有回应她，卿洵将她轻轻放在床上，正要伸直腰，却发觉她的手揽着自己的脖子没有放开的意思。他木然地回视她，等待下文。

"你不回答，休想人家放开！"焰娘笑语嫣嫣地道。以前她都是这样逼迫这闷葫芦说话的，没想到还会有这种机会。

一抹若有若无的笑意浮上卿洵的嘴角，他蓦然抱起焰娘，一个转身，自己坐在了床沿上，焰娘则被他搁在了腿上。

呵！焰娘着实吃了一惊，忍不住收回手揉了揉眼睛。是她眼花了，还是她在做梦？她可以想出千万种可能性，却想不到卿洵会有这种反应。

他……是不是生病了？纤手一伸，按在了卿洵的额上。

卿洵看着她，突然紧拥住她大笑出声。声音虽然嘶哑难听，却极尽欢娱快活，仿似碰上了世上最令人开心的事一般。

紧挨着他的身子，感觉到他胸膛从未有过的振荡，焰娘突然觉得头有些发晕。一定是她的病还未好，而且还有了加重的倾向。

笑声渐止，卿洵突然伸手为焰娘脱掉鞋袜，在她狐疑的眼神中，用他蒲扇般的大手轻轻握住她晶莹剔透的玉足，爱怜地摩挲着："我还是喜欢你不穿鞋的样子！"

焰娘从没见过这么反常的卿洵，被他吓住，心中不禁害怕，只当他是在捉弄自己——现在的她，可经不住折腾。

"你是你，我是我，我穿不穿鞋，可与你毫不相干！"笑眯眯地，焰娘一边筑起厚厚的心墙以防被伤，一边挣扎着想从卿洵怀中挣脱。虽然留恋，她却知不宜久留。

卿洵脸色一变，双手用力，将她紧箍在怀中，令她动弹不得："你是我的女人，怎么不相干？"

沙哑的声音仿似警告，焰娘却敏锐地察觉到其中令人心碎的痛楚，不禁微微蹙起了秀眉。他……可是当真？

"那是卿夫人逼的，你……你从来不是心甘情愿的。"低低地，焰娘忍着心中伤疤被撕裂的剧痛，说出了九年来两人心中都明白的事实。以前她心中总是存着希望，于是从来都闭口不提；可是现在她已是废人一个，哪里还敢奢望什么!

"你送我回去吧,我发誓,以后再不纠缠你。"终于,她决定不再戴面具,秀美的小脸上一片惨白,一股寒意涌上心头,她禁不住微微颤抖起来。

在他怀中,她从来没觉得温暖过,可是真要离开,才赫然发觉,没有他的怀抱,竟是如此的寒意逼人。可是,她从来没得选择。

"休想!"卿洵闭上眼,痛苦地低吼道,手上的力道令焰娘几乎喘不过气来,"我不放!永远也不……"他不善表达,即使到了这一刻,依旧无法确切地表达出自己的心意,只知道用那双强劲的手臂紧紧地抓着,抓着自己不想失去的一切。

"永远……"焰娘茫然,这两个字她从不敢想,可是如今却从他口中吐出。"我不走,你不要用那么大力,我快喘不过气来了!"他是否把自己当成了另外一个女人?他的失常让她不得不如此怀疑。

卿洵的手臂微微放松,看着她的目光竟变得很是温柔,就连那一向丑陋骇人的脸部轮廓也因此而变得柔和。

焰娘心中不禁怦然,她恍然知道,就算他将她当成了另外一个女人,她也甘愿在他这样的柔情下陪他一生。可是他又怎会将她长期错认,一切不过都是梦罢了!

她绝望地伸手勾住卿洵的脖子,吻上他的唇。与以前不同的是,卿洵立即给予了她热烈的回应,完全不复以往的木然。

"焰儿……"喘息的间隙,卿洵沙哑地呼唤出这一年来在他脑海中盘旋不去的名字。从来没珍惜在意过,却不想已搁在了心中至深处。

"什么?"焰娘惊愕地后仰,怀疑自己是否听错——他唤的是何人?

"焰儿!"卿洵口中喃喃地重复着,不舍地吻上她仍紧蹙的眉。这里不该有折痕,在这张脸上,他习惯看到笑容,"焰儿……"

他喊的是焰儿!在那次被迫的选择中,他喊的也是焰儿。难道……

焰娘不敢想下去,这一切是她渴望却从不敢冀望的,只怕……只怕还是梦吧?

"卿洵，我是焰娘……那个……你最讨厌的……唔！"焰娘鼓起勇气，颤抖着声音想要确定，却不想被卿洵用唇轻轻吻去了最后的两个字。

她瞪大眼睛，不敢相信眼前的卿洵是自己所认识的那个人。

"不要说……对不起！"自责的语调，任谁也想不到会出现在卿洵身上。

可这一刻——不，在知道失去焰娘的那一刻起，即便心中不承认，他已经在自责痛悔了。

"别……"焰娘伸手捂住卿洵痛苦的歉疚，呆呆地与他深情温柔的目光对视半晌，突然一下子抱住他的脖子，痛哭失声。她终于明白了，她的所有深情都有了回报。不需要太多的语言，只从他看自己的眼神，她就可以肯定这一点。可是焰族女子的情……

尾声　春来

　　春天的湖水绿得沁心，一阵东风拂过，泛起层层水纹，然后一切又归于平静。湖畔竹林中，长发束在脑后、白衣飘飘的纤秀女郎手持玉箫，面湖而立，一双澄澈冷然的眸子凝定在浩渺的湖面上，不知在想些什么。

　　"美人绝似董妖娆，家住南山第一桥。不肯随人过湖去，月明夜夜自吹箫。"良久，她低声吟唱出这首她钟爱的诗，一丝莫名的凄楚浮上眉间。

　　就在此时，她耳中传来欢快娇腻的笑声，接着是一道沙哑的说话声："来，焰儿，把鞋穿上！"男人的声音中有宠溺、有无奈以及一丝心疼。

　　"不要，不要，我讨厌鞋！"娇媚的女声透露出厌烦，但是那女人显然懂得怎么博取男人的怜爱，"卿郎，你不要和二哥一样，总盯着人家穿鞋嘛！"

　　"可是……"男人显然很矛盾。

　　"没什么可是！我知道你怕我脚受伤，唔，大不了你抱人家好了！"女人轻轻一笑，语气中充满撒娇及挑逗的味道。

　　沉寂片晌，男人低哑地应道："好！"接着，是脚步远去的声音。

　　焰娘成加，终于找到自己的幸福了吗？女郎露出一个清冷的笑容。

　　自古以来，焰族女子的感情从来没有得到过回报。一个个花样年华的美貌女子便似一只只扑火的飞蛾，又似一堆堆自焚的火焰，在自己炽烈的感情中化为灰烬。焰娘成加何其有幸，虽功力全失，却终于找到了焰族女儿们梦寐以求的爱。

可是，为了爱而失去自己，值得吗?

多年来，她一直在不停地思索着这个问题。尽管她一直在努力脱离焰娘这个身份的束缚，可是体内流淌的血又有谁能否认呢? 她成功地控制了自己的身体和感情，但是未来的路……

"我以火焰之神的血液诅咒，焰族女人永生永世都为娼、为妓，为自己心爱的人所唾弃……"

古老邪恶的诅咒犹在夜空中飘荡，女郎美丽的脸上却浮起不屑的笑。

焰娘，祝福你!

(《焰娘》全文完)

残奴

YAN NIANG

楔子　残容

月色沁凉如水，从敞开的窗无声地淌进奢华富丽的宫室。秋夜的风捎来夜红铃醉人的芳香，拂得纱帐如雾岚般飞扬。

鼾声如雷，将这本应令人心神安宁的静谧破坏殆尽。

女人披着薄衣，掀帐而起，对床上酣睡的男人并未多看一眼，似乎他的存在与她毫无关系。

来到窗边梳妆台前坐下，就着满室的清辉，她看向铜镜中模糊不明的人影。即使是这样的不清晰，依然难掩镜中人的绝色姿容。只因朦胧，反更增神秘的美感。

纤长秀美至无可挑剔的柔荑缓缓抬起，温柔地抚过镜中人的五官，最后停留在那张吹弹得破的脸蛋上。月光突然在镜中闪烁起来，却是两行清泪顺着脸颊而下，反射了月光。

是这样的脸……是这样的脸……

每个男人都想要这张脸，都想要这张脸的主人。

蒙眬泪光中，浮起强烈的恨意，回忆起几年来经历的屈辱，恶心的感觉浮上来。她赶紧用手捂住唇，将干呕的声音逼回，以免惊醒床上的男人。

稍稍平复，一丝讥笑浮上她美丽的唇，纤手漫不经心地拨弄着梳妆台上一把镶有宝石和玛瑙的精致匕首——这是床上的男人给她的呢!

轻轻的笑意从她的唇中溢出,她温柔地拔出匕首,看着它在月光下反射出夺目的光彩。真是一把利器!也许,以后不会再有人想要她了。

极力压制的惨哼声在房中响起,却被如雷的鼾声掩盖。匕首银晃晃的刃面上,一缕鲜血从上面滑过,滴落在地。

这一年,娇艳的玉火焱尚未开放,便已经谢了。

YAN NIANG

第一章　为奴

　　她抱着那个男人给她的一罐羊奶，远远绕过牧民的营帐，往那个孤零零地立在马尔河下游、略显破旧的毡帐走去。

　　她穿着洗得泛白的灰布长袍，虽打满补丁，却很洁净。头脸被宽大的满是补丁的披巾围得严实，她紧抱着怀中的土陶罐，看上去瘦削羸弱、步子虚乏，似乎随时会被草原的大风吹走。

　　烈日在头顶灼烧，照着宽大的河面，泛出银子般亮晃晃的光芒。不远处传来放牧牛羊的奇柯族牧民高亢嘹亮的歌声。繁星般点缀在草场上的野花散发出的香味与牛羊等牲畜的臊气夹杂在一起，随风飘荡。

　　天高云阔，一切是那样的安详宁和，高照的太阳却让她的头一阵阵晕眩。虽避开了部落族民轻蔑的眼光和指点，但始终逃不过眼尖、灵活的小孩子的追逐。有五六个十岁左右的小孩一直缀在她的后面，用干牛粪和泥沙掷她，嘴中叫着侮辱她的话语。

　　她仿若不觉，只是紧护着怀中的羊奶，唯一露在披巾外的双眼微微闪烁着希望的光芒。

　　有了这罐羊奶，阿婆也许会好。

　　经过一个头戴艳丽小帽、赶着大群牛羊马匹的牧人近处时，那牧人突然跑向一头牛后，弯腰不嫌腌臜地抓起一把热乎乎的牛粪向她掷来，口里还叽叽咕咕地说着什么。尚幸距离较远，牛粪又稀，并不易掷中。

在离破帐不远的地方，身后的小孩都散了去。

还离着一段距离，已可听见咳嗽喘息的声音，她加快了脚步。

掀开帐门，一个头发花白蓬乱、脸容凶恶丑陋的老人正趴着身子吃力地要去拿水罐。她赶紧跑上前扶住老人，让她躺回去，自己则将带回的羊奶倒进碗中，端到老人面前。

"阿婆，这是新鲜的羊奶，你喝点吧！"她一张口，声音温柔轻软，竟然好听之极，仿佛上等的丝缎一般。

"羊奶……"老人缓缓回过气来，声音如她的容貌一样，沙哑得凶恶，"哪里来的？"即便是这么几个字，也费了她好一番力气。

女人没有回答，只是弯腰扶起老人，将碗沿放到了那四周布满岁月刻痕的唇边。

老人一震，本来昏蒙的眼突然恢复清明，吃力地抬手抓住女人的手腕，浑身气得都在颤抖，连声音也是："你又去……找那个放羊汉子……你又去找他……你……是怎么答应我的……"

老人语气中的责难让女人别过了头："我没有办法。"这是她唯一的解释。

"……我宁可……死，也……不要……不要吃你用……身体换来的……"老人一把推开女人，一碗羊奶立时洒了大半，而她自己却因一口气没接上，两眼一翻，晕了过去。

女人赶紧放下手中的碗，扶老人躺下。

"阿婆……阿婆……"她轻唤，虽然尽力让自己冷静，声音却已哽咽。

好半响，老人才回过气，轻轻叹了口气，颤巍巍伸出手拉下女人的披巾："阿萝……"她呜呜咽咽地哭了起来。

披巾下面是张让人一见难忘的脸，丑陋得无法形容其惊人之处，很是可怕。两道长疤仿佛噩梦一样附在上面，让人遗忘了主人原来的容貌，却不禁猜想这疤后惊心动魄的故事。

"……不要糟蹋自己……不要再……糟蹋自己……"老人哭得很伤心，她知道自己快要死了，她担心自己死后阿萝一个人该怎么办。自从一年前她在河边捡到阿萝，就把她当成自己女儿一样看。她孤苦了一辈子，没想到临老得了一个伴。虽然阿萝的样子比她还吓人，虽然阿萝不爱说话，但阿萝有一双温驯善良的眼睛，更重要的是，她孤单得太久了。

静静地跪在一边的阿萝眼中也滚出了晶莹的泪珠。

她何曾想糟蹋自己，但她没有办法。她想过去河中捞鱼，却差点被河水卷走；她曾在外面耗了一夜，却抓不住半只猎物；她甚至去乞讨，却没人肯施舍一点东西给她。牧民们本来就视她和阿婆为怪物，谁肯帮助她们？以前阿婆身体好时还可以帮人算命或驱邪赶魔挣点钱度日，现在除了挖点野菜、采点野菇，她什么也弄不到。除了去找那个较为和善的放羊汉子，她实在没办法弄到可让阿婆病好起来的食物。

她不想，她真的不想……

阿婆的哭声转为喘息，她喘得很急，没有办法再说下去。

阿萝茫然地抱住阿婆瘦骨嶙峋的身体，仿佛石化了一般。可怕的无力感在狭小的帐篷内弥漫，吞噬着人抗拒命运的意志。

恍惚中，她记起很久很久以前，有一个人曾这样对她说过：离了这张脸，你什么也不是！

火焰渐渐将阿婆苍老干枯的身体吞噬，火焰是不挑剔的，无论妍媸，它都会给离开这个世界的人一个最美最绚烂的结局。

火焰熊熊燃烧着，风呼啸着环绕着火堆，助长着火势。

阿萝早已抹去悲伤的眼泪，灰褐的瞳眸温柔地看着火焰，眼中浮着的是羡慕的光芒。这样的分离，她或许寂寞，对阿婆却是最好的归宿。在这样的人世，丑陋和美丽一样，若没有权势的庇荫，同样不能存在，若硬要存在，只会是苦难。

马嘶声远远传来，夹杂着混乱的叫喊声。

她回头，在远处帐幕相连的地方，数处火光冲天而起，浓烟在清朗的天空映衬下显得格外醒目。

这个牧民部落完了！轻叹口气，她收回目光。草原上每天都在发生这样的事，弱肉强食，她早就麻木了。

马蹄踏在草地上的声音传进她耳中，一匹马在向她这处飞驰而来。她没有回头看，她根本不放在心上。曾经她会恐惧，但现在她一无所有，她还怕什么？

刹那间，强风刮过，比人还高的黑色骏马与她擦身而过，而后一个回旋，堪堪停在她的面前。那马通体油亮，不见一根杂毛，一双清亮的眼睛居高临下地睥睨着她，温热的呼吸喷到了她被披巾遮住的脸上。

这么近？

马儿威胁地露出白森森的牙，阿萝不禁后退了两步，这才将目光挪到马儿的主人身上。

竟是他！阿萝不禁再退了一步。

那男人像座巨塔般高居马上，体形虽然粗壮，身体比例却均匀完美，长发披肩，年纪不过三十。面部轮廓清晰突出、英伟古朴，浑身散发出迫人的霸气。

竟然是地尔图人莫赫部的领袖子查赫德莫赫！一年前她与他有过一面之缘，因着那一面印象实在深刻，她至今仍记忆犹新。

"一双小鹿的眼睛。"粗犷却略嫌冷漠的声音从他的唇中吐出，下一刻，银光一闪，阿萝的头巾已被挑开。她受惊后退，却没看清对方用的是什么。

显然受惊的非她一人。子查赫德虽见惯风浪，但阿萝残毁的脸仍让他小吃了一惊，尽管他很快便恢复了冷静和镇定。

"可惜！"他摇头叹息，为这样一双眼长在这样一张脸上惋惜不已。很明显，他没有认出阿萝。

将目光从阿萝身上移开，他看了眼还在燃烧的阿婆尸体，又游目四顾了一番，便策骑而返，对阿萝并不再多看一眼。

直到他消逝在视线中，阿萝提在喉口的心才放下，双脚虚乏得几乎无法站立，手心早已汗湿——真担心他会认出她来！

看来她高估了自己以前的影响力。当初他就对她不屑一顾，当所有男人都在为她神魂颠倒的时候，唯有他会为了她怠慢他的族王而冷颜相向。

蓦然察觉自己竟因他开始回忆起过往，她不禁一惊，忙收敛心神，将不该有的心念排出脑海。

阿婆临死前要她去一个地方，那是位于大草原西北边界的扎尔特依山，是草原各族共同尊奉的圣山。据说那山上面有一个湖，一个可以洗尽人间一切罪孽污秽的湖。

阿婆并不知道她以前的事，却仿佛知道她的心事。

是的，她是应该去一趟圣山。尽管路途遥远且途中会有戈壁荒滩，尽管她可能会在途中被狼群撕碎，她也不在乎。她早就应该去了。

行尸走肉的人生与死何异，倒不如拼尽最后一口气，为自己争取一下。当初她没有选择自我了断，也是因为对生命还存有些微的希望。尽管经过这一年的屈辱，连这一点微小的希望也快熄灭了，但它终究还没有熄灭不是吗？

她只想当一个普普通通的牧羊女子，她不相信老天连这么小的愿望也不肯成全。

火焰渐渐熄灭，阿萝跪伏在火堆前。

一年来生活虽然艰辛，却有阿婆真心地照顾，如今连这唯一的依靠也没有了。她又感到了遇见阿婆以前的茫然无依，今后她恐怕再不会遇见像阿婆这样待她的人了。

无法言喻的哀伤充斥在心中，她却再也哭不出来。

"阿萝。"粗哑的男人声音在她身后响起，将这处的宁静打破。

她身子一僵，缓缓站起身来，将披巾重新围住自己的脸，这才回过头。

是那个愿意给她羊奶的男人，奇柯族中最下等的放羊汉子，瘦削、肮脏，心却还好，叫……赫鲁，还是……

她一向不会去记要过她身子的男人的名字。

男人脏蓬蓬的发须和脸上沾着血迹，身上也是，不安地垂在身旁的手上还在滴血。衣服被划破了，尽管他的衣服早就很破了，还是可以看得出来。

"受伤了？"阿萝的声音和眼神一样温柔。她不恨眼前的男人，她谁也不恨。若真要恨，她也只能恨上天为什么要让她来到这个被无止境的欲望充塞的人世，恨上天为什么要给她那样的身份。

男人点了点头，又赶紧摇头："没有什么……他们只要我的羊……"顿了一顿，他才又道，"阿萝，巫兰婆死了，你……怎么办？"不知为什么，在阿萝平和温柔的注视下，他总会不自觉地自惭形秽，尽管事实上阿萝在这里的地位比他还低贱。

阿萝没有回答，目光落向远处绿草与碧天相接的地方，心神早去到了一个不知名的地方，好久才回过神。看到男人因为自己的沉默而显得局促不安的神情，她不禁在心底轻轻叹了口气。

"你的羊没了，你那主人恐怕不会饶你。"她轻轻地道，一丝悲凉自心底升起。物伤其类，似乎只有处在相同境遇中的人才能够体谅彼此。她是一个一无所有的人，而他也是。难得他还想着她。

男人听到她的话，似乎直到此刻才想到自己的遭遇。他先是露出苦涩的表情，而后突然大笑起来，浑浊的眼中闪烁着泪光："没有了……哈……什么也没有了……他们想怎样便怎样吧！哈哈……"

不忍看他因痛苦恐惧而失常的样子，阿萝转过头。似乎不幸的人总是不幸，而幸运的人总是幸运，这世间或许本就没有公平。

重新跪下，她在已冷却的灰烬中寻找阿婆的骨灰，然后将之装入早就搁在一旁的土罐中。

"啊——"男人突然发了疯般地狂叫，双手使力地挥舞着，仿佛要将所经历的一切像噩梦一般挥开，"该死的地尔图人，你们为什么不把我也杀了？"他大声地嗥叫着，像受伤的狼，沙哑的声音中却含着哽咽。

阿萝仿佛什么也没听到，只是专心地捧着阿婆的骨灰。他们这样地位的人，除了对着苍天发泄，还能做什么？这是一个弱肉强食的世界，不能适应，便只能被淘汰。她如此，他也如此。

如雷般的马蹄声再次响起，踏破大草原虚假的宁静，阿萝惊惶回头。

"啊——这群天杀的地尔图人，他们又来了！"男人惊觉地大叫，蓦然撒腿就跑。

阿萝却只是站在那里，人腿永远跑不过马腿，尤其是在这无遮掩的广阔原野。

她本不该怕，可是自从知道他们是地尔图人莫赫部后，她却会不自禁地怕。她怕那个子查赫德，很早以前她就怕他，自见过他那一面之后，她就常常做与他有关的噩梦，让她半夜惊醒。

一声惨叫将她从恐惧中唤醒，她看清是数匹马并骑而来，马上是清一色散发披肩的彪形大汉。其中一人单手举着空弓，正对放羊汉子逃跑的方向，牛筋弦仍在颤动。其中并不见子查赫德。

阿萝突然不再恐惧，木然地抬头看天。

草原上依旧吹着风，风中夹着野花的芳香和牲畜的臊气，天澄澈得像一面巨大无比的镜子，却照不出地上的血腥杀戮和死亡。它只是蓝得那么干净，干净得无情，人世的你争我夺、悲欢离合，它都不沾染一星半点。

天空中乌云密布，转眼电闪雷鸣，一场暴雨兜头淋了下来。这雨来得突然，又是在平原旷野之上，根本避无可避，无论是地尔图战士还是奇柯俘虏，抑或牛马羊群，均唯有生受。

雨过，天即转晴，炎阳照烤着大地，水雾蒸腾。空气中充塞着湿热的水气，湿透的衣服穿在身上，既难看又难受。

当下，子查赫德传令就地暂歇，却并不让手下战士换掉湿衣，唯准俘虏脱衣晾晒。而牛马等牲畜并不知人类的争夺，径自悠然自得地吃着草。

即使到了这种时候，阿萝依然被排拒于众人之外，独自蜷缩于一处。她并不敢如其他女人一样拉下头上的披巾，更不敢脱衣晾晒，只将湿透紧贴在身上的衣服拉扯离身，就着身子绞出水来。

他们所停之处是马尔河的分支白木河的河岸，一边是一望无际的莽原，一边是起伏不平、长着密林的丘陵地带。经过雨水的冲刷，无论是草浪还是树木都变得清新怡人，在阳光的照射下反射着珍珠般的水泽。

地尔图战士不过二三百人，但个个精悍勇武，有足够的力量控制相等人数的俘虏。

一阵风从河面吹过来，即使太阳当空，阿萝仍禁不住打了个寒战，目光不由自主地在前面那群地尔图大汉中搜寻，最后落在立于河边的一人一马身上。

子查赫德浑身都已湿透，长发滴着水，但他毫不理会，反而一边饮马，一边用干布为马儿擦拭，脸上有着与他坚硬如岩的容貌不相搭配的柔和神情。

原来在美丽的女人和马之间，他对后者更有心些。

阿萝收回目光，心中似乎明白了点什么。

她以为男人都是爱美色和权势的，除了这两件，什么也不会让他们放在心上。战争，这世上有太多的战争和流血是因为男人的欲望而挑起的，却常常让女人背负了千古的骂名。

因为看透，所以心冷；因为绝望，所以逃离。她从来不知道，在没有权力和美人的映衬下，一个男人竟会有如此纯粹的温柔，对象却是一匹马。

她想得痴了，并没发现子查赫德对她的注视产生了感应，即使她已收回目光，但那双灼然的黑眸依然准确地捕捉到她所在的位置，一眼便认出她来。子查赫德皱了皱眉，不再理会。

初成俘虏的牧民紧张恐惧地挤在一起，地尔图战士闲散地打理马匹，用听不懂的地尔图语聊天，潮水般的马蹄声隐隐从远处传来，吸引了所有人的注意力，众人均回首向声音传来的方向瞧去。

一片乌云似的铁骑出现在远处绿草如茵的旷野上，正黑压压地向这边席卷过来。

一声大喝，子查赫德翻身上马，所有地尔图人也纷纷跳上马背准备应战。奇柯牧民们个个噤若寒蝉，不管来的是哪方的人，对他们都不会有好处。

子查赫德用地尔图语下达了一长串命令，然后带着手下的战士奔到队伍的后面，只留下几十个人驱赶着俘虏和牲口往前方起伏的山林走去。在这种时候，没有人敢反抗，那将意味着一场绝不留情的屠杀。

快进入山林的时候，厮杀声响起。阿萝忍不住回头，看见两方人马已交战在了一起。来的人约有千余，一色的斜领左衽武士服，卷袖露臂、腰环甲带，个个杀气腾腾。为首一人身穿银色铠甲、头戴闪亮的银盔，把大部分面容遮住，只露出眉眼和口，形容古怪。

地尔图人抵挡不住对方巨浪般的冲击，频频后退。

一条狭窄不平的小路从丘陵间穿过，阿萝随着众人跌跌撞撞地往前跑去，再也看不见外面的战争。

那些是奇柯族的战士。草原上的民族因为生存，要争夺水草丰茂的地带，所以武风盛行，人人悍勇无比，奇柯人也是如此。在这场奇柯人数占绝对优势的战斗中，地尔图人恐怕要吃大亏。

说不上为哪边担心，阿萝有些茫然。

没走片刻，前面出现了一个两山夹峙的小谷，两边长满了茂盛的草木，入口虽然狭窄，其内却宽阔无比，可容上千人。众人惊惊惶惶地退进了谷中。而这时，在奇柯人穷追不舍的情况下，子查赫德也率领着地尔图战士快马加鞭先一步败逃进谷中，和驱赶人畜的战士从山谷另一头奔了出去，将所俘获的人畜全部丢弃。

除了多年前曾在焰族手下吃过一次败仗，地尔图人从未有过其他败绩，这次看来又会有新纪录了。而奇柯人在草原上的声望恐怕也将会因这次战役而大大上升。

众牧民还没反应过来，更没想到已重获自由，奇柯战士已泉涌而入，向地尔图人衔尾追去。

如雷的马蹄声从身边经过，阿萝不由自主地同其他牧民一样蒙住耳朵、闭上眼睛，蜷蹲在地。

周围静了下来，落针可闻，仿佛在刹那之间，所有的战士和马匹都凭空消失了一般。

阿萝惊异地睁开了眼。

没有人消失，只是都停了下来。四周马匹林立，骑士高坐其上，手中虽依然握着马刀，却没人敢动一下，个个僵硬如石地看着两侧山丘。

不知什么时候，两边山丘上冒出了密密麻麻的地尔图战士，人人手执满弓羽箭，对着谷内，奇柯骑队被拦腰截断，位于谷外的人显然已被控制住，否则不会一点声音也没有。

一声长笑，子查赫德昂然出现在山顶，一个魁伟的虬髯汉子与他并肩而立，粗犷的脸上有着淡淡的笑意。

原来如此！阿萝恍然明白。看来地尔图人早有准备，整件事恐怕都是一个圈套。

"请青丽娜小姐说话！"子查赫德朗声道，说的是草原的通用语言摩兰语。

没有人回答他，只见那银铠人手一扬，所有奇柯人立时以闪电般的速度还刀入鞘，同时取下弓箭。他们快，早有准备的地尔图人更快，顷刻之间箭如雨下，专取奇柯人胯下坐骑。

惊呼声连连，在马儿的悲鸣声中，奇柯战士跟着翻跌的马匹往地上摔去。反应慢的跟着马一起倒地，反应快的即便侥幸跃离马鞍，显得狼狈不堪。

银铠人显然比其他人好不到哪儿去，勉强站稳，手中的箭却不能再射出去。

阿萝惨白了脸，看着一匹匹原本鲜活的马儿在自己面前倒下，血腥味在空气中弥漫，忍不住胸中翻搅，控制不住地一阵干呕。

她不喜欢战争，她恨透了这些拿生命当草芥的战争！

"怎么样，青丽娜小姐，降是不降？"子查赫德的声音再次传了下来。

阿萝勉强抬眼看去，只见子查赫德像一棵不惧任何风雨的大树一样屹立在山顶，脸上的柔和消失无踪，取而代之的是面对战争的冷酷和自若。他站在那里，双手垂在身体两侧，自信从容的神态让人产生一种永远也不能将他击倒的可怕感觉。

一串如清泉般的娇笑传来，那银铠人抬手取下头盔，栗色的长发飞扬，一张可令天上太阳黯然失色的美丽容颜显露在众人面前。那一刹那，所有人都为之屏息。

"没想到威震大漠的莫赫大人也对小女子如此感兴趣，竟不惜劳师动众前来犯我辖域。"她排众而出，挺直纤细的腰肢，昂然与山顶上的子查赫德对视。玫瑰花瓣一样娇艳的柔唇上扬，露出一丝骄傲的笑容，银色的铠甲在偏西的日照下闪闪生辉，更增她夺人魂魄的魅力。

在陷进包围的那一刹那她已明白，整件事是一个精心策划的圈套。无论是袭击抢掠牧民部落，还是由子查赫德亲自带领的人数不多的地尔图劫掠者，都是一个诱饵，一个不愁她不上钩的诱饵。别人是有备而来，她是猝然应对，兼之情报来源有误，把握机会大胜地尔图人、生擒子查赫德的强烈欲望，让她犯下了令己方全军覆没的过失。

即使到了这一刻，她也不会轻易认输。她的美丽冠绝草原大漠，她有理由相信，这个精心设下的局为的只是得到她。所以，她还有谈判的资本。

真是这样吗？阿萝疑惑地看向神色冷淡的子查赫德，印象中他似乎并不是那样的人。

没有解释，子查赫德朴拙雄奇的脸上看不出任何情绪波动："在下只是来请小姐屈尊到我们莫赫住一段日子，没有别的意思。"他说得轻描淡写，让人无法揣测他的意图。

青丽娜再次娇笑起来，对方的态度让她肯定了自己的想法。

"要请我去也可以，"她止住笑，不笑时的她高傲得像一只冷漠却美丽得让人自惭形秽的孔雀，"但我有一个条件，你必须答应。否则我宁可自刎于此，也不会让你们称心如意。"她说得坚定而果决，没有任何商量的余地。

"请说。"子查赫德面容如古岩般坚硬，丝毫不显露自己内心的想法。

青丽娜突然露出一个妩媚至极的笑，差点吸走所有盯着她的男人的魂魄。但子查赫德的眼神依然清冷无波，由此可知，他是一个意志极其坚毅的人。

青丽娜那两泓如清泉般澄澈、如月亮般明亮的美眸微眯，扬臂，手中马鞭向子查赫德轻轻却坚定地一点："我要住在你的帐中，除了留下一人服侍我，其他人全部放了。"

这样的要求出乎所有人的意料之外，艳羡的目光都投向子查赫德。想必就算没有她开始的申明，也没有男人能拒绝这种艳福。

果然，子查赫德毫不犹豫地点头答应了。

当下，在青丽娜的带领下，所有奇柯战士都弃了兵器，被分批遣送走。为表诚意，青丽娜脱下了铠甲交给地尔图战士。身上仅着白色武士服的她减少了一份英气，却更增女性的柔媚。

一场本应血流成河的战争，在青丽娜明智的决定下被及时化解。阿萝和其他人一样站了起来，仰头看向被带到子查赫德身边的美丽女人，心中油然起敬。在大草原上，兼具美丽、智慧和英勇于一身的女子并不在少数，但像这样顾全大局的却是凤毛麟角。这样的女子，这样的女子……该能让他心动了吧？

想至此，她不禁将目光挪向青丽娜的旁边，却不期撞上一双智慧熠熠的深邃黑瞳，脑子刹那间一片空白。她惊惶垂首，心跳已经失序。

子查赫德不在意地继续扫视谷中诸人，刚才短暂的眼神相交并没对他造成任何影响。

太阳已位于苍莽的林海边缘，灼人的光芒熄敛，瑰丽的色彩染红了半边天，吹在身上的风开始转寒。

"那个女人为什么一直戴着披巾？"青丽娜在牧民中寻找合适的人选陪伴自己，然后奇怪地发现一个始终蒙着面的女子孤零零地立于人群边缘，显得怪异而突兀。

子查赫德不必看也知道她指的是谁，淡淡道："她的脸被毁了。"他有过目不忘的本领，可是那个女人却让他产生似曾相识却怎么也想不出在哪儿见过的古怪感觉。更让他奇怪的是，是谁将这样的女人也捉了来？

听到他的回答，青丽娜修长入鬓的眉轻轻一扬，唇边浮起一丝算计的浅笑。

她没有阿萝想的那么伟大，她只是在顺应形势在玩一个游戏。她青丽娜自上战场以来从未有过败绩，但子查赫德却打破了她这项纪录，所以，她也要让他尝尝败得一无所有的感觉。

第二章　前尘

晶莹雪白的梨花纷纷扬扬地飘落，天让人感觉有种淡淡的阴郁。

她坐在草亭中，身后是两个常伴的侍女。

这里是仿冰城的梨苑，是那个新近掌握权势和将她占为己有的男人为她而建。他打听到她喜欢梨花，为了博她一笑，动用了庞大的人力物力，模仿冰城的梨苑，在这王都之郊也建了一座一模一样的。

可是那个男人哪里知道，她喜欢的只是冰城的梨苑。只要在这里，在这些男人的你争我夺之下、在战争频繁的血流成河之下，她永远也不会笑——她早忘记该怎么笑了。

梨花瓣瓣飞落，一些被风吹入亭中，落在她素白的衣裙上，她并不拂开，只是静静地坐着。

突然，远远传来喧闹之声，打破了梨苑常驻的寂静。

她不为所动，坐得依然如一座石雕，身后的侍女也不敢打扰她。梨苑外有众多的侍卫，并不虞有人敢闯进来。

然而，她们面前终于还是出现了一个陌生的男人，身后紧随着仓皇追来的侍卫。

"我是子查赫德，你就是那个冰城的女人？"他那一双犀利的眼上上下下无礼地打量着她。

她皱眉，盈盈起立，膝上的花瓣顺着长裙的弧褶滑落，示意侍卫们都下去，以免为这处的清净平添许多杂乱。

"这里不是你能来的。"她不愠不怒地道，对这些男人为了引起她的注意所做的一切早已见怪不怪，也无丝毫畏惧。

男人大笑，而后突然须眉怒张，大步逼近她，厉声道："你不过是一个姿容比较出色的巴图女人，竟敢在我们族王面前摆高姿态！哼！我偏不信，什么人是我们地尔图人不能见的！"

被他张狂的气势惊吓，她脸色发白地向后退去，两名侍女也被吓得不知所措。

对她，男人怜爱追捧还恐不及，何时有人像眼前这人一样？

幸好，他在离她几步远的地方站住了脚，朴拙雄奇的面容在瞬间变得如岩石般坚定，看着她的眼神有着浓浓的嘲讽，却绝对没有她常见的惊艳和欲望："糊涂的女人！你难道不明白，得罪我们的族王，就等于得罪我们整个地尔图人！"他语气冷淡，态度却不再嚣张，似乎这一刻才醒悟到自己面对的只是一个手无缚鸡之力的弱女子。

摇了摇头，他突然觉得自己和一个女人计较的行为有些无聊，也不再多话，转身就走。临了还不忘冷冷地丢下一句："离了这张脸，你什么也不是！"

离了这张脸，你什么也不是！

阿萝一惊，睁开眼，入目的是被仍燃着的牛油灯照得昏黄的宿帐顶，灯影在上面摇曳。额角有些冰冷，她伸手一摸，竟然出了一头的冷汗。

又做那个噩梦了。

她心中叹息，没想到自己整夜辗转反侧、难以入睡，稍一打盹便做了这样的梦。

耳中传来匀细悠长的呼吸声，她坐起身，发现另一面的青丽娜已然睡熟，子查赫德仍未进帐。

跟着地尔图人骑马走了三天，每天要赶上百里的路，出了丘陵，又过了小戈壁。不习惯骑马的她每到安营休息时，浑身都酸痛得几乎要散架，却还要支撑着服侍青丽娜。到可以睡时，她却难以入眠。直到现在她仍不明白，青丽娜为何要选她。

子查赫德每晚都要很晚才入帐，并没有对这送到枕边的艳福采取任何行动。真不知这个男人是否有问题，以前如此，现在依然如此。究竟要什么样的女人才能入他的眼？

胡乱想着这些，阿萝裹着子查赫德拿给她的毛毯掀帐而出。

仍有几堆篝火燃着，供守夜的战士取暖。多数人都睡了，只有几个人坐在火边喁喁细语。

草原的夜是很冷的。

阿萝就在主帐前的阴影处坐下，背靠着帐篷，仰头看向星罗棋布的夜空。无月，从遥远的地方隐隐传来狼的嗥声。夜风吹在身上，还有些冷。她不禁裹紧了毯子，想起一个关于狼的传说。

在远古不知名的岁月里，狼不是现在这个样子。它们有着比人还高大的身躯和美丽的长毛，还有着超越人类的智慧及悠长的寿命，更有着人类不能理解的幻化成人的能力。它们的名字叫幻狼。

幻狼数量比人要少许多，它们混杂在人类中，与人和平相处了很长的岁月。直到一个叫苍御的狼继承了幻狼族的王位，一切开始发生变化。

苍御是一个英明的君主，深受他臣民的爱戴。但是他打破了人族狼族不能通婚的祖规，爱上了一个叫百花奴的人类女子。

也许这一开始便注定是个悲剧。阿萝感到一股极深沉的悲哀，不愿再继续想下去。

人类的卑劣她早有体会，没必要在这个远古的狼王身上再次重温。

"睡不着？"子查赫德沉厚的声音在耳边突兀地响起，打断了阿萝的沉思。

阿萝抬头茫然地看向他，在对上他在暗夜中显得更加深沉的黑眸时才蓦然回过神，慌忙站起，屏息垂首。

将她惊恐的样子看在眼里，子查赫德露出深思的表情，好像在哪里见过。

"坐吧。"他没让自己多想，这样的女子只要见过一面，就不可能忘记。也许是在其他某个人的身上见过类似的神情。

出人意料的，他竟然也坐了下来。不得已，阿萝只好跟着坐下，心中却忐忑不安。

子查赫德扫视了一遍营帐间隙处的草原，而后也如阿萝一样将目光落在了繁星密布的天空。这世间的一切都是天神的赐予，他一向很珍惜，但自他成为一个战士之后，对于这草原的星空，他便再没如现在这样用心地看过了，偶尔抬头也只是为了行军或战争的需要。人的一生，在追寻自己想要的东西的时候，往往会失去更多的东西。

吐出一口气，子查赫德为自己凭空冒出的感慨失笑，不明白一向知道想要什么的自己为什么会想这些。

"你不是奇柯人。"他肯定地对阿萝道，却没看她。不是他神机妙算，而是在同意她服侍青丽娜之前，他已从牧民口中知道了她的来历。一个和巫祝生活在一起的巴图女人，一年前流落到那里。这样的事实确实让他有刹那的疑惑，巴图女人是草原上靠出卖皮肉为生的女子，眼前的女人无论怎么说也不够资格干这一行，但事实如此。以常理推断，像她这样容貌的女子，若继续干这一行的话，要不了多久就会被饿死。

并不意外他知道这一点，阿萝轻轻回道："是。"再无他语。有许多事无法否认，就只能承认。

摇了摇头，子查赫德这才将目光转向低垂着头、木然看着脚边某个地方的安静女人。蓦然发现蜷缩在毛毯中的她看上去竟是如此瘦弱娇小，这样的身体在草原上的女人当中实在是无法想象的，难怪吃不消白天马上的颠簸。

"草原的女人，不应该像你这样弱不禁风。"他批评道，他们地尔图的女人跟男人一样强悍，他觉得女人应该像那样才对。

阿萝沉默不语。她早就明白大草原潜在的生存法则，弱者没有生存的权力。她能活到现在，凭的不是自身的强大，而是那丝微弱的希望以及对生命不知原因的留恋。但她好辛苦……好辛苦！

子查赫德也沉默下来，睿智的黑眸神往地看向与他眼睛一样深邃无际的天宇。

阿萝从来没想过有一天能和他这样坐在一起，平心静气地共度宁谧的夜晚，心中却不再害怕。深印在她脑海中的子查赫德是一个凶恶无礼、令人心惊胆战的男人，但现在的他，却让她觉得平和，没有丝毫威胁。这样的想法让她吃惊，不明白自己的心态为何会有这样的转变。难道是因为他给她的感觉和一般男人不同吗？

"真不知道你是怎么生存下来的。"许久，子查赫德悠悠地叹道，发现这个安静的女人跟他曾见过的那些巴图女人不大一样，并不会让人觉得腻烦。"一双温柔的眼睛、一张残毁的脸……"他语中多的是悲悯。他始终不能想象，什么人在面对这样一双眼睛时，还能下如此毒手。毁一个女人的容貌就等于毁她的一生，何况对方还是一个这样瘦弱、依靠色相为生的女子。

阿萝不由自主地看向他轮廓坚硬分明的侧面，心中生出无法言喻的感觉。在没有美丽之后，谁会在意她的生存？他说出这样的话，竟让她觉得受宠若惊。

子查赫德对阿萝的注视恍若不觉，也没有回看她。不知想到了什么，他的嘴角上扬，露出一个有趣的笑："如果女人都像你这样不爱说话，我或许就不会像现在这样头痛了。"

阿萝一怔，回到了现实。想起自己曾经历的种种，眼角有一丝涩意。她话少，是因为发现语言并不能说出这世间的一切，不能说出人的心。语言能说的，只是不切实际的虚妄言辞。

收回目光，恰看见一颗泛着银色光芒的星子从夜空正中划过，她浑身一震，忙跪下。

冰城的习俗，凡见星子从天上落下，必要下跪祈祷，以保国泰民安。她早已养成习惯。

她的动作引起子查赫德的侧目，他颇感有趣地看着她认真专注的样子。草原上的牧民多有见流星许愿的习俗，他并不奇怪，只是不知她会有什么愿望。

祈祷完毕，阿萝刻意忽略子查赫德的目光，坐回原位。因为有子查赫德的遮挡，她所坐的位置暖和了许多，更让人生出一种莫名的安全感，让她身心都放松了下来，疲累的感觉立时席卷了上来。

"我愿意用我一生的幸福，换来冰城永久的和平安宁。"蒙蒙胧胧间，她的耳畔响起一个小女孩稚嫩的祈祷声，一点湿意从眼角滑落，浸进遮脸的披巾下。

这一觉睡得很沉，及至队伍出发，阿萝才被子查赫德拍醒。青丽娜早已梳洗完毕，坐上了马背。她从小就练习骑射，这样的旅程不会对她构成任何影响。

"哑奴，我开始怀疑你不是大草原的女儿了。"对牵着马来到自己身边的阿萝，青丽娜好心情地调侃着。这两天阿萝在马背上的惨状她都看在眼里，直到现在才发表意见。至于称阿萝为哑奴，是因为发现阿萝的话实在少得和哑子没太大区别。

阿萝垂眼，双手交叉行了礼，对青丽娜的话不置可否。冰城也有马，可并不是拿来骑的，是用之拖冰车。冰城的马和这里的马也大不相同，毛很长，性格也温驯得多。她在冰车上长大，不是在马背上，所以性子中欠了草原女儿的豪气，多了她们没有的温驯。

营帐都收拾好后，队伍又浩浩荡荡地开始向着太阳升起的地方行去。

地尔图人的辖域是位于朴兰湖和蓝都子海之间辽阔的多色沽大草原，照现在这样的速度走下去，用不了三天就可以抵达。

十多年前，地尔图人与焰族争夺蒙都草原的统治权，却因一个意外引起地尔图各部内讧，最终导致他们惨败在焰族手下。受到重创的地尔图人在休养生息了几年后，一鼓作气攻占了与焰族领地隔着一道戈壁和一个大湖的多色沽大草原，一时之间，再也没什么部落民族能与他们抗衡。

阿萝陪着青丽娜走在队伍的前方，子查赫德与那个虬髯汉子并辔而行，不时闲聊几句。不少人的目光都有意无意地在青丽娜身上打转，显示出她非同一般的吸引力。

四周空旷无际，太阳的移动轨迹显得格外明显。太阳升上中天的时候，前方出现一个明镜般的小湖，各色的野花点缀在湖畔草地上，比其他地方更为明艳。

看了眼显得疲惫不堪的阿萝，子查赫德当即下令就地休息。

"我要洗澡。"青丽娜宣布。

此话一出，所有人都呆住了。子查赫德最先反应过来，颇感为难地一笑："青丽娜小姐，这里有上千双男人的眼睛盯着，又没有任何屏障，你确定你要这么做吗？"他真不敢保证到时不会发生暴乱。

青丽娜傲然一笑："当然。"语罢，示意子查赫德给她一副弓箭，而后蓦然引弓上箭，反身一箭，一点白羽似流星般射出，直取人群边缘一个正拿着水袋准备去湖中汲水的战士。

没想到她会突然伤人，子查赫德脸色骤变，想要阻止已是不及。那名战士听到羽箭带起的破空之声，不解地回头时，箭已临身。没有时间让他做出任何反应，噗的一声，他头上的圆顶毡帽被箭带飞了出去。

一切都发生在刹那之间，等那个战士意识到发生什么事时，他的毡帽已安稳地躺在了不远处的草地上。一阵后怕让他的额上冒出了细密的冷汗，其他人也因这突然出现的情况屏住了呼吸。

看她无意伤人，子查赫德暗自松了一口气，却也为这女人出人意料的行为感到些微的不悦。如果真让她伤到人，他恐怕难以向族人交代。

见自己一箭威慑全场，青丽娜美丽的脸上掠过一丝得意。她将弓箭扔给子查赫德，娇笑道："莫赫大人，就劳你为本小姐把关，若谁敢偷瞧，这一箭定要射下来几分了。"她以此种方式示警，也算是胆大无比。

子查赫德苦笑，当下命令所有战士全部退离湖边，牵过马匹阻绝众人视线。他并不虞青丽娜会逃走，只因草原民族最重信诺，若她不顾这一点擅自逃离，将对她的声誉造成无法估计的损害，毕竟她还是奇柯族中占据重要地位的人物。

"哑奴，过来伺候我！"青丽娜唤仍在她那一箭震慑下的阿萝，"你也洗洗，我不喜欢我身边的人太脏。"

她无意的一句话，却刺痛了阿萝。

脏！阿萝强迫自己不要多想，为青丽娜解衣的手却在无法自控地微微颤抖。看到青丽娜逐渐露出的玉样洁白的娇美胴体，她将目光偏向了别处，心里生出自惭形秽的感觉。

女人，如果拥有美貌，就一定要像眼前的女人一样有能力保护自己，否则，绝世艳色只会是一个让人不堪负荷的重担。

"你将衣服洗好晒起再下水。"青丽娜一边吩咐一边踏入水中，临了还不忘抱怨一句，"这些地尔图人小气得很，连件换洗衣服也不给我们准备！"

此话她说得大声，马群外的男人们听得清楚，不禁面面相觑、哭笑不得。行军打仗，谁会随身携带女人的衣物！

太阳明晃晃地照在湖面，也照在湖内尽情畅泳的青丽娜身上。在天空一样澄碧的湖水衬托下，她就像一个纯净无垢的水精灵，栗色的长发在水中铺开，反射着水的润泽。

阿萝却不敢如她这般大胆，只是脱了外袍，穿着贴身薄衣滑进水中。

青丽娜见之忍不住取笑："哑奴，你是见识过男人的，怎么还这么忸怩恼恼？穿着衣服能洗吗？"一边说一边游过来，毫不客气地来扒阿萝的衣服。

"别……"抵挡不了青丽娜的身手，阿萝求饶的话尚未出口，已因为挣扎沉下水去，呛了一大口湖水，将剩下的话全淹没了。

青丽娜得逞地大笑起来，将到手的湿衣往岸上马背上一扔，又自顾自在水中嬉戏起来。

湖中传来的娇声笑语及水浪拂动的声音惹人遐想，引得地尔图战士们个个心痒难当，恨不得就这样冲上去一饱眼福。但是青丽娜开始的那一箭威慑力十足，又兼有子查赫德的压阵，谁也不敢真正将想法付诸行动。反观子查赫德和那个虬髯大汉，两人仍谈笑自若，似乎并不受湖中美女的影响。

阿萝不敢在水中待得太久，洗浴完毕，也不待衣服全干，就穿了起来。即便她遮遮掩掩地穿，依然逃不过青丽娜的眼。

"咦？哑奴，想不到你有这么美的身子！"青丽娜诧异地道，不禁觉得有些荒唐，这样的身份，竟然会有堪与自己媲美的身子，未免浪费了！

阿萝微感尴尬，匆匆穿了衣服，虽没围脸，却将头垂得很低。仍在滴水的长发下滑，遮住了脸上可怕的疤痕。

没有得到回应，青丽娜大觉无趣，深吸一口气，一头扎进了水中，继续和水嬉戏，懒得管是否有那么多人在等她。

阿萝跪坐在湖边的草地上，如水的目光缓缓流过湖中天鹅般的女子、湖另一面一望无际的碧绿草原，最后停驻在飘着几朵絮云的澄蓝天空。

从早上起，她就一直在思索昨夜她是怎么回到帐中的。答案其实不难猜测，她只是不能肯定，心中一直隐隐不安。她怎会在子查赫德就在一旁的情况下糊里糊涂地睡着，她对他怎能如此信赖？他为什么不叫醒她？对于一个战奴来说，他是不是过于善待了？

子查赫德不应该是这样的，昨夜的一切让人感觉像是一场虚假的梦境。对于她来说，那个狂傲无礼、曾对她咄咄相逼的男子才是地尔图莫赫部的子查赫德，而那个男人是不会抱一个睡熟的女奴进帐的。

"发什么呆？哑奴，快给我拿衣服来！"青丽娜随手扬起湖水泼向怔然出神的阿萝，神色间隐见不悦之色。

水珠反射着太阳的光芒，像晶莹的冰粒一样落在阿萝已干的衣服上，重新留下几块面积不大的湿迹。阿萝回过神，并不在意衣服被淋湿，站起身拿过青丽娜晾干的衣服，从容地为上岸的美丽女人穿上。

"奇怪……"青丽娜任阿萝为她系上衣带，纤手却忍不住抬起阿萝的脸仔细打量，脸上闪着疑惑的光芒。在看到阿萝那两道丑陋吓人的疤后，又赶紧放手，秀眉不由自主地皱了起来，却没再说什么。

奇怪，刚刚在湖里看到她出神时，怎么会觉得她美得不可思议？这样的错觉出现在这样丑陋的女人身上，也未免太可笑了点。

阿萝不明白青丽娜的意思，也没心思探究，只是专心地为她穿戴整齐。既为奴隶，便做奴隶该做的事吧！

刚沐浴过的女人是最美的，何况还是个闻名草原的绝色大美人。因此，当青丽娜出现在一众男人面前时，不要说其他人，就连一向冷静自制的子查赫德也有瞬间的惊艳。

早已习惯了男人的眼光，青丽娜并不怎么在意。她飞身上马，也不招呼一声，便率先而行。阿萝等人赶紧相随，不明就里的人，恐怕还会误以为子查赫德一众人只是随从。

草原的风吹在湿发上，仿佛将青草的香味也染上了青丝。也许是因为刚沐浴过，阿萝觉得一向沉郁的心境在这一刻出现了罕有的轻松。

阿萝的发乌黑润泽，丝毫不逊色于青丽娜棕色秀逸的长发。即便所有人都知道她的容貌如何，依然有许多目光停驻在她的背上，她却浑然不觉。

子查赫德若有所思地看着前面快马奔驰的两个女人，浓眉不可察觉地微微皱了一下。他不喜欢招惹女人，这一次若不是为了特兰图，他绝不会来做这种无聊的事。

有的事他不喜欢深究，但那个哑奴阿萝似乎有着与她出身不相符的引人特质。尽管她表现得低调而安静，依然让人无法忽略。相较青丽娜的绝色容颜和高傲自信，她就像淡然静立于山谷内的玉火焱，虽然素淡，但百花齐放的绚丽色彩也不能将她遮掩。她的出身来历和她给人的感觉有巨大差异，为她笼上了一层朦胧而神秘的薄雾，让人很想一探究竟。

　　飞驰的骏马渐渐慢了下来，青丽娜蓦然回头对着子查赫德粲然一笑，勒住马等待他跟上。

　　阿萝也只有停下回头，却不想正撞上子查赫德探究的目光，心口不禁一悸，晶莹的眸子漾起水样的润泽。

　　显然没想到她会突然回头，没有任何心理准备的子查赫德有刹那的失神，而后略显仓促地狼狈别开眼，心中的震颤却久久无法平复。

　　不知该用什么样的语言来形容阿萝的眼睛带给他的感觉，那样的震撼，甚至超过了青丽娜的美丽带给他的。

　　是月亮？不，不是……他不由自主地在脑海深处挖掘一种可以用言语表达出来的相类似的感觉。是……月色笼罩下的冷潭，本应该很冷很冷，但什么事物一旦镀上朦胧的月光，给人的感觉就要比之本身柔和得多。月光下的冷潭也不再让人觉得冷，倒似二月的风，温温软软的。

　　冷而温暖？子查赫德为自己莫名其妙的想法失笑，心中却实在希望能再看上一眼阿萝的眼睛。想着，他不由自主地将目光移了回去，只是阿萝低垂着头，注视着马蹄下的青草，不知在想些什么。

　　"莫赫大人，没想到你竟然对我的女奴如此感兴趣！"青丽娜不悦的声音从前方传来，谁都知道她在生气，"若你喜欢，便让她今晚陪你吧！"

　　在主动示好后，得到的竟是对方的冷遇，这对一个美丽而自负的女人来说无疑是最大的侮辱，何况还是因为一个在任何方面都不能和自己相比的女人，青丽娜心中的郁气可想而知。

　　阿萝一惊，猛地抬头，眼中惊惶可见，恰被正看着她的子查赫德捕了个正着。

　　一丝不悦自心底升起，子查赫德将目光移向脸色不大好的青丽娜，淡淡地道："不劳小姐费心！"他不会勉强女人，无论这个女人是什么样的身份。但是阿萝的眼神还是让他很不快，毕竟以他的身份，被一个巴图女人排拒，绝不会觉得好过。

　　显然没想到子查赫德会这么不给她留面子，青丽娜俏脸气得煞白，一声冷哼，蓦地掉转马头，旋风般驰了出去。

子查赫德却像什么事也没发生似的，神情自若地以先前的速度率领手下战士继续赶路，对于阿萝，他却再没多看一眼。

狂奔一段路后，青丽娜神色恢复了正常，并没有找阿萝的麻烦。到了晚上宿营，她已经笑语盈盈，就像根本没发生什么事一样。阿萝暗忖，也许这个充满英气的美女并不会与一般女子一样小心眼。

"哑奴，莫赫大人对你似乎有些不大一样。"一边梳头，青丽娜一边睇着正跪在地上为自己铺陈卧铺的阿萝，若有所指地道。昨夜子查赫德与阿萝坐在帐外闲聊以及后来他抱睡熟的阿萝进帐，她全知道。她心中有无数的疑问：子查赫德明明是为她而来，为什么当她已在他触手可及的地方后，他却似乎对她兴致缺缺，反而对这个普通男人都看不上眼的哑奴，比对她更感兴趣。

阿萝怔了下，直起身来，身旁的牛油灯焰因她的动作而急剧跳动了两下。回过头，她最先看到的不是青丽娜，而是那映在帐上的她的影子。

见她一脸的不解，青丽娜暧昧地一笑，用牛角梳点了她一下："你是巴图女，怎么连这个都不明白？旅途寂寞，莫赫大人必然也会想要女人，你何不趁此机会……"说到此，她停了下来，后面的话不说，料想阿萝也能明白。

闻言，阿萝心中冒起寒意，不，不可能！不自觉地，她缓缓摇头。她再不会让任何男人碰她的身子。阿婆的离去，让她看清一个事实——出卖身体和尊严，也不一定能得到自己该得的。既然这样，何苦再去做这样的事？

青丽娜脸上浮起嘲讽的笑，继续梳理自己的发："你真是个不知好歹的奴才！又不是干净的人，装什么清高！以你的阅历，难道不知道一旦得到莫赫大人的欢心，身份就会大不一样？"

她的声音沉寂下去，帐内很安静，甚至可以听到牛油燃烧的声音。

阿萝不再回应，只是默默地做手中的事。子查赫德如往常一样出去了，要到很晚才回来。

铺好毛毯，阿萝站起身，正要去找水为青丽娜净脸，却不料与悄无声息来到她身后的青丽娜打了个照面，不禁吓了一跳。

美丽的嘴角噙着一丝不怀好意的浅笑，青丽娜的手不急不忙地伸向阿萝，口中吐出让人害怕的话："哑奴，我知道你很乖，他一定拒绝不了你的。"随着话音落下，阿萝连闪避的念头都未及生出，已随那点中自己身上穴位的手指无力地倒下。

她惊恐地瞪大眼睛，不明白眼前的女人究竟要做什么。

"啧！啧！"青丽娜轻松地搂住阿萝，一边扯开她的衣带，一边紧盯着她的双眼，摇头笑道，"你的眼睛美得让人嫉妒！"

眼看着自己的衣服被她拉掉，阿萝张开嘴，却发不出声音。她终于明白了青丽娜的意图，但那又如何，她始终不能自救。

闭上眼，阿萝强迫自己什么也不想。

凉意袭上身子，腰上的手松开，她摔跌在毛毯上，微粗的毛刺着她柔嫩的肌肤，微微地疼。耳边传来青丽娜的轻笑和调侃："如果不取下面纱，你倒是个不折不扣的美人儿！"笑声扬起如铃铛般的余韵，一直缠绕在阿萝的耳中。

YAN NIANG

第三章　蓝月儿

那一夜什么也没发生。

阿萝从来不知道一个男人会有如此大的自制力，在目光充塞欲望的暗沉后，还能够在察觉不对时及时脱身。在有这样的权力和机会时，他并没有放纵自己的欲望。

第一次，阿萝对子查赫德产生了由衷的敬意。相较于青丽娜对她所做的一切，她反而不是那么放在心上了。在红尘俗世中，谁不是为达目的不择手段？尽管她并不明白这样做对青丽娜究竟有何好处。

平安无事地度过两日，骑队终于抵达了多色沽大草原。

多色沽大草原的丰饶美丽丝毫不逊焰族所占的蒙都草原。一个个大小不一的湖泊像珍珠一样散在一望无际的沃野上，长长的草浪，色彩绚烂、硕大肥厚的野花，以及在这近秋之时产生颜色层次变化的广阔原始森林，构成了多色沽大草原独特的风姿。地尔图人的帐篷分布在这辽阔的地域之上，比天上的星星还多、还夺目。

莫赫部占领多色沽大草原东南部。这里有美丽的湖、宽阔的河流，也有稀疏的树林。

子查赫德率领莫赫战士归来，得到了族人热情的迎接，嘹亮的牛角号吹响，牧民奔走相告。

青丽娜傲然迎视众多好奇惊艳的目光，丝毫没觉得不自在。阿萝却变得更沉静了，让人几乎察觉不到她的存在。

太阳落到了遥远的那条绿线下面。一阵热闹的喧腾，营帐前燃起了一堆堆篝火，一只只宰杀好的肥羊被抬到了火上。为平安归来的勇士接风洗尘的晚宴在暮色降临后隆重举行。

当青丽娜在子查赫德和阿萝的陪伴下走进人群时，引起了自她出现后的第二场骚动。她的美丽是无可比拟的，没有人可以忽略，包括子查赫德。在这样的身份下，她依然可以高昂着她的头。

人们围着火堆载歌载舞，盛满美酒的牛角杯在人群中传递畅饮，夜风轻拂，气氛是那么热闹而融洽。

见惯场面的青丽娜在这不属于自己的地盘并没有丝毫的畏怯，她从容自若地游走于人丛中，谈笑风生。也许是受她的风姿吸引，也许被她的美丽蛊惑，凡是有资格的人都不由自主地向她拥去。

几日来备受子查赫德冷落的青丽娜显然对自己所引起的旋风颇感自得，她一度怀疑过自己的魅力，但现在证实是她多虑了，只是子查赫德不正常罢了。

阿萝对过多的人不是很适应，在人群的拥挤下，她被推离了青丽娜的身旁，只好悄然避于人群的边缘，冷然旁观着那仿佛来自于另一个世界的、对于她来说过于喧闹也过于虚幻的场面。值得庆幸的是，并没有人注意到她。

子查赫德高大魁伟的身影也离开了青丽娜所在的地方，与一个身形高挑健美的地尔图女子并肩而去。

原来他心中有人！看着他们离去的背影，阿萝心底生出一丝莫名的疼痛。她垂下头，无力地跪在草地上。她知道自己的身份，从来不会妄想什么，但为什么会难过？又或者是她从来就没有选择的权力，所以当看到他们是如此自由时，她会不自禁地羡慕。

身旁的长草随风而动，轻拂着她宽大的衣袍。不远处的喧嚣传进她的耳中，却与她毫不相干。有那么一刹那，她突然觉得恍惚起来，不明白自己为什么会在这里。她不是应该在冰城的梨苑中吗？她不是应该和小冰君在银装素裹的后苑中漫步、互诉彼此的心事，听她说那个银发少年的故事吗？

一切都好像是昨天的事，她却再没有了那种无忧无虑的心境。好累，她好累，不过只是短短四年，她所经历的已经让她后悔拥有曾有过的优越生活，她宁可没生存在这世上。

"你是谁？"生硬的摩兰语，如风铃般的声音在阿萝耳边响起。

阿萝抬头，看见一个戴着彩色小帽、穿着有艳丽图案镶边的窄袖短衫和圆裙的美丽少女正站在前面，她双手负后，好奇地打量着自己。那一脸的娇憨，让阿萝想到了自己的妹妹。

"青丽娜小姐的侍女。"她不由自主地回答，然后从地上站了起来。她发现那少女比自己要矮上一小截，却不让人觉得柔弱，反而充满了健康的活力。

少女偏了偏头，一脸的不以为然："原来你就是那个巴图女人，所有人都知道你呢！你怎么躲在这里？"没有人愿意和巴图女人待在一起，她也是。但她又对草原上这个特殊的人群充满了好奇，她很想知道她们的生活是怎样的。

阿萝摇了摇头，没有回答。眼前的少女像圆月一样明艳，和小冰君的温婉文秀大不一样。不管面对什么样身份的人，妹妹总是礼貌而和善，绝不会以这样的口气与人说话。

那少女见阿萝不回答，也不生气，皱了皱鼻子，穿着小蛮靴的脚尖在草地上无意识地点了下，一双明亮的大眼睛停驻在阿萝身上，充满了兴趣。

"特兰图怎么没和你们一起回来？"她问，娇艳的小脸上是没有心机的试探，阿萝可以清楚地看到女孩那过于明显的在乎。

"特兰图？"阿萝没听过这个名字，也不关心那是谁，"不知道。"虽没有过牵心的男子，阿萝依然看得出少女的牵挂，但她无心探究。

"你怎么能不知道？是你的主人勾引了特兰图，你怎么会不知道？"显然很不满意阿萝的回答，少女踏前一步，双手叉腰，生气地质问道。她不喜欢眼前这个女奴的态度，一点也不像奴隶，倒比她更像主人。

少女天真的怒气并没有吓倒阿萝，阿萝温和地看着她，弯腰行了一礼，从容地抽身离开。她不想和人在无谓的事上纠缠，退让是最好的选择。

那少女想不到阿萝竟然就这样走了，诧异之下，竟然忘了叫住她。等反应过来时，阿萝已从人群中穿过，回子查赫德的大帐了。

子查赫德的宿帐虽大，陈设却极简单，除了必备的器具外，只有弓箭武器。

站在这个十足男性化的毡帐里，阿萝有些茫然。难道这就是她下半生栖身之所，或者暂居之后又要再次漂泊？她不认为青丽娜在可以离开时会带着她。

不敢再想下去，她开始为青丽娜铺设床被，借做事来让自己不去想无望的未来。

帐门掀开，青丽娜冷着脸走了进来，阿萝忙上前侍候。

"你到左手边第二个毡帐去，把子查赫德给我叫回来，就说我不舒服。"青丽娜冷冷地吩咐，美丽的脸上是阿萝曾经熟悉的忌妒。

虽然知道她为什么生气，也知道现在去叫子查赫德等于自找气受，但阿萝更知道不去不行，唯有依言而行。

两座宿帐相距并不远，走至近处，阿萝看到那个宿帐的门帏上绣着一只张牙舞爪的狼，与子查赫德的帐幕一样，不禁想起以前曾有人告诉她，地尔图人是狼的后裔，看来并非空穴来风。

帐内隐隐透出灯光，站在帐前，阿萝有些犹豫。不远处的人们仍在狂欢，快乐的歌声和喧闹声传过来，更显此处的安静。

暧昧的喘息声在帐中响起，清晰地传进阿萝的耳中，似乎没有人想过要去压抑或掩饰欲望。

一丝战栗发自心底，阿萝不禁抱紧了自己，感到心中的抗拒。因为曾有的过去，她不喜欢这样的场面，一点也不喜欢。

"莫赫大人。"突兀地，她打破了暧昧的沉静。不是真的想打断他们，她只是想快快逃离，即便已预见子查赫德的怒气，她也不后悔自己鲁莽的行动。

过了半晌，帐内并没有回应，喘息声依旧，甚至可以听到女人压抑的呻吟。

咬了咬牙，阿萝鼓足勇气又唤了一声。

"滚！"子查赫德带着火气的吼声传了出来。在这种时候被打断，无论是什么人都不会有好脾气，子查赫德的涵养即便再好，也不会例外。

"别理她就是了，何必生气？"一个低沉却悦耳的女人声音响起，之后便安静了下来。看来阿萝的确成功地打断了他们。

阿萝有些不知所措地站在原地，愣怔地立了好一会儿，才缓慢地往回走。请不回子查赫德，青丽娜会怎样对她，她心中一点底也没有。自上次青丽娜利用她来引诱子查赫德后，她就发现根本看不透那个女人在想些什么，更无法预料下一刻她会做出什么事来。

"什么事？"子查赫德的声音突然在身后响起，接着她的肩膀被一只有力的大掌握住。

阿萝一惊，回头，子查赫德已来到她的面前，身上仍散发着迫人的热气。他手上的力道不小，却并没抓痛她。在这么短的时间内便恢复了常态，可见这是一个自控力很强的男人。

"青丽娜小姐不大舒服，请您回去。"阿萝回道，因不习惯和他这样靠近，却又不能挣脱，她的眉轻轻蹙了起来。

诧异于手下的纤瘦，子查赫德一时没反应过来她的话意，疑惑地看着她好一会儿，然后突然明白过来，不禁为自己莫名的分神失笑。

"她还真会找时间。"他不满地咕哝着，虽明知这是青丽娜的借口，却不能不理会。放开阿萝，他率先往回走，阿萝赶忙紧跟上去。

"我们以前是否见过？"扫视了眼还在篝火边跳舞唱歌的族人，子查赫德出其不意地问了一句。他总觉得这哑奴似曾相识，而哑奴看他的眼神也给他这样的感觉。可是无论他怎样想，也想不起在哪里见过她，他不想再猜测下去，索性直接问她。

乍闻此言，阿萝只觉手脚一阵冰冷：难道他认出她来了吗？不，不可能！他和她只见过一面，她又毁了容，他不可能认得出她！好半晌，阿萝才镇定下来。

"没有。"她的声音听不出内心的波动。清清的、淡淡的，像水，没有风拂过的潭水。

子查赫德没有再问下去。对他来说，见没见过其实不是那么重要，他只是随口问一下而已。

阿萝却悄悄松了口气，行为更为谨慎起来。现在的生活虽然不是自己想要的，但她更不希望以往的种种再来干扰。

跟随着子查赫德走进他的宿帐，青丽娜正斜倚在榻上等待着他们。见到子查赫德，她并没有起身，只慵懒地瞟了他一眼，一脸的嗔怪，情态煞是动人。

"一回来便丢下人家去会情人，你这主人未免太失礼了吧？"她语意隐含责怪，声音却温和至极，让人无法生气。

子查赫德礼貌而疏离地一笑，淡淡道："我看小姐和我的族人相处融洽，比我更像主人，哪用得着我在一旁扰你的兴致？"

不知为何，对这个众男人趋之若鹜的美女，他始终没什么兴趣。相比之下，他更愿意和哑奴待在一起，至少哑奴不会让他绷紧神经应对，但显然哑奴对他不是这样想。想到此，他不由自主地望向静立一旁的阿萝。她正低垂着头，似乎在等着两人的吩咐。

敏锐地注意到他的目光移动，青丽娜脸色微变，却很快恢复常态："原来莫赫大人已有了心上人，难怪对我的小奴一点也没有兴趣。当然，哑奴的确差远了。"那日她利用阿萝引诱子查赫德，是因为子查赫德的深沉让她无法掌握，更无法理解他对自己疏离的态度源于何因，唯有用阿萝来试探。而事实证明，他对女人不是没兴趣，只是比别的男人更能自控些。至于他为什么要费那么大的功夫擒了自己来，她到现在也没弄清楚，唯一可以肯定的是，绝不是因为他垂涎她的美貌。

听到她的话，子查赫德不禁想起那夜，当看见阿萝倒在他的毯上时他所受到的震动。因为她曾是巴图女人，又以为她是自愿送上门的，没有任何顾忌的他甚至连犹豫也不曾，便将她抓入了怀中。若不是及时察觉到她的身不由己，他恐怕已在她身上解决了自己的欲望。无法否认，蒙上脸的阿萝有勾起男人欲望的本钱，也难怪她能做这一行了。想到这儿，他觉得心里有些不舒服，神色不禁冷了下来。

"小姐要我回来，不是就为了说这事吧？"他淡淡地道，对青丽娜隐含讥讽的话不予理会。

见他一脸如果没有合理解释就要走人的样子，青丽娜识趣地转移了话题，对于子查赫德的冷硬她早有领教，不想再验证一次。

"不是，是不太舒服……现在见到你，已经好多了。"她突然变得温柔无比，明显地透露出愿意妥协的讯息。

阿萝惊讶地抬起头。

阿萝掀开帐门，灼热的阳光立时洒了她一身。

她去取水。

在这里，她和青丽娜一样，有着很大的活动自由。在这辽阔的地域，子查赫德根本不怕她们逃走，而以目前的情形看来，她们也完全没有逃走的必要。

无尽的绿从脚下一直蔓延至天际，与澄蓝的天宇相接。数不清的帐篷分布在这片美丽的土地上，像一朵朵盛放的白色花朵。不远处，著名的草驼湖高贵而优雅地静默着，湖水融合了草原的绿和天空的蓝，散发出一种神秘而独特的魅力。

阿萝不由自主地被吸引着向大湖走去。

"你——站住！"昨夜那个少女的声音在她身后突兀地响起，有些娇蛮，却不会让人觉得反感。

阿萝有些犹疑，不知是否是在叫她，但还是停了下来，回过头去。

那少女骑在一匹雪白的马上，紧身的骑装将她婀娜健美的曲线完美地衬托了出来，如花的娇颜上有着浅浅的红晕和隐约可见的汗渍，显然是刚骑马归来。

见阿萝停下，她驱着马缓步踏近。

"他们说你很丑，我想看看。"少女道。语罢，蓦然扬鞭，卷起了阿萝的面巾。

阿萝闪躲不了，只能仓皇地低下头。

"啊！"一声惊叫，少女捂住自己的嘴，惊恐地瞪大了眼。任她怎么想，也估料不到会看到这样的一张脸。

"蓝月儿，你做什么！"子查赫德的声音出现在不远处，隐约可听出不悦的意思。

阿萝尚没来得及看过去，回过神的蓝月儿已使起了性子，挥鞭没头没脑地击向她。

阿萝措手不及，反射性地抬臂抵挡，硬生生地受了一鞭。火辣辣的疼痛在下一刻自她纤细的胳膊蔓延开，但她没有发出一点声音。然后，她看到蓝月儿的另一鞭正要落下。

"蓝月儿，你太放肆了！"子查赫德恼怒的声音来到近旁，下一刻，她发现自己落入了一个宽厚的怀中。

是子查赫德护住了她！一丝暖意在阿萝心中悄然生出。

"她吓到我了！"蓝月儿俏脸上是心有余悸的怒意，那一鞭却不敢再挥出，"大兄，你怎么能为了一个奴隶对我发脾气？"

感觉到怀中瘦弱的身子，又听到蓝月儿如此娇纵的话语，子查赫德更觉生气，声音却很冷静："你忘记我说过什么了？"

蓝月儿不禁噤口不语。子查赫德早有严令，不得随意打骂奴隶，违者严惩不贷。知道自己闯了祸，她的目光求救地望向子查赫德来的方向。

"莫赫，你是不是应该先放开你的……奴隶？"低沉的女声传进阿萝的耳中，是昨夜那个和子查赫德在一起的女子。原来他们是一起到的，只是那女子一直在冷眼旁观而已。

阿萝身子一僵，在子查赫德闻言松手的那一刻，顺势退出他的怀抱，眼睛不由自主地望向那不知何时来到旁边的女子。

那女子也正看向她，两人目光相撞，女子露出友善的笑意，但她眼中隐藏的惊色依然被阿萝敏锐地捕捉到了。

这是一个很有吸引力的女人，身形高挑匀称、肤色微黑，在紧身武士服包裹下的身体健美而充满活力，虽及不上青丽娜的艳色，但一双秀目明媚俏丽、又亮又黑，散发着另一种不同的诱人风情。乌黑的秀发编成双辫，长长地垂在胸前，除了垂在双鬓的两串骨饰外没有特别贵重的妆饰，却让人一见难忘。

也只有这种女子才适合他。

阿萝收回目光，漠视臂上的疼痛和心中莫名其妙出现的酸涩，弯腰行了一礼，就要退去。她不想在一件她并不放在心上的事上纠缠过久，也没想过让谁受到惩罚，所以最好离开。

"哑奴，去哪里？"子查赫德有点奇怪，喊住了她。她难道不想为自己讨回公道？

阿萝顿了一顿，目光落在草驼湖浩渺的绿波上，有很多水鸟正在上面自由自在地飞翔捕食。"取水。"她的声音很温和，没有任何的倔强和负气，但也没有奴隶应有的卑微。

"怎么？不是有人送来吗？"那女子讶道，不解地看向子查赫德，按道理没人敢漏掉他的大帐啊！

"是。"阿萝知道，但她想去湖边，想去看一下水鸟，想去看一下它们的自由。自由，即便是看着，也会让人觉得美好吧？"我想自己去取。"她的心思不会有人明白。

看着她心不在焉的神情，子查赫德的眉不自觉地皱了起来。她的表情让他失去了处罚蓝月儿的情绪，如果可以，他更想知道她的心里究竟在想些什么。

"枪木，蓝月儿交给你，该怎么做，你应该很清楚。"口中虽是如此说，但谁都明白他是有意放过蓝月儿，否则绝不会这么随意地交代一句。

枪木聪慧，一听便明，也不多言，拉着满脸不高兴却不敢再使小性子的蓝月儿和她的马先行离开，留下子查赫德和他的女奴。

"你受伤了。"看向再次蒙上脸的阿萝，子查赫德缓缓道。连他自己也不知道为什么会留下来，对一个奴隶，他是否付出了过多的关注？可是这样瘦弱而奇特的女子，实在很难让人不留心。

"嗯……"阿萝没想到还有人关心她，有些意外，顿了一顿才想到应该说点什么，"没有关系。"手臂的痛她并不放在心上，可是要去湖边恐怕也不太可能了。

她有些遗憾地望了眼那可望而不可即的美丽大湖，然后别开了头。

那一道鞭痕像她脸上的疤痕一样，在白腻如玉的肌肤映衬下，显得异常骇人。

月色下，阿萝让自己缓缓浸入冰凉的湖水中，对手臂上那道红肿的血痕只淡淡看了一眼，便收回了目光。

深夜的草原空阔而冷清，人们都已入睡，她疼得睡不着，又觉得身子染了汗污尘土，于是悄然起身，来到这疏林边的湖畔。

夜晚很冷，以她的身体，本不适宜在这种时候入湖洗浴，但除了现在，她找不到更好的机会。

空气很好，有花的香味，没有烈日下牲畜的臊气。她咬紧牙关抵抗着那让她颤抖的侵骨冷寒，她是冰城的人，没有道理怕冷。

"蠢女人！"一声低沉的叹息在静夜中蓦然响起，下一刻，一道黑影如大鸟般从林中扑出，将湖中手足僵冷的女子拎了出来。

"想找死，也不必用这种方式！"胡乱地为阿萝裹上衣服，子查赫德没好气道。

他很快在林中空地生起一堆火，回过身将冷得直哆嗦的女人和着微湿的衣袍勾进自己怀中，坐近火堆。

他在枪木那里，感到异常出来看看，没想到会发现这个笨女人竟然在夜晚最冷的时候下湖洗澡。不要说她，就是他们族中最强健的妇人也不敢这么做，她未免太有勇气了些。

抱着怀中冰冷而瘦弱的女人身体，子查赫德的思绪却飘到了别处。他知道这个女人没有那种引起他警觉的能力，那是什么人呢？是有意还是无意？

树枝断裂的声音打断了他的沉思，他并不意外，知道是来人有意发出的讯息，表示没有敌意，以免发生不必要的误会。

抬眼，他看到一个猎人装束的青年男子走出树木的阴影，向火堆走近。明月的光线下，可以看到男子清秀俊朗的脸和修长的身形。

不是他！子查赫德不动声色，却已肯定了自己的判断——这只是一个普通的猎人。

"对不起，看到这里有火光，所以想来借点火种，希望没有打扰到你们。"那青年猎人直至近前，开口道。声音出乎预料的好听，像是男子的清越，却又隐含女子的轻柔。若只闻声音的话，很难让人分辨雌雄。

只一眼便对一个人产生好感，子查赫德很少有这种经验，这个猎人却让他体会到了。"不会。若不介意，小兄弟何不就在此处歇息一下？"他主动邀请。

青年猎人看了眼子查赫德怀中的阿萝，微一犹豫，而后颔首道谢答允："我还有一个伙伴，不知是否也能一起？"没有立即坐下，猎人迟疑地征询主人的意思。

子查赫德心中一动，知道猎人的伙伴才是那个惹起他警觉的人。那会是一个什么样的人呢？他回应的同时已经开始猜想尚未出现的神秘人物究竟是何方神圣。

"紫狼，出来吧！"猎人回首对着树林斑驳的深处低喊。

紫狼！子查赫德听到他的话一惊，原来是头狼，但自己为什么没闻到狼的味道？

一阵风过，浓烈的麝香味在空气中弥漫开来。

一匹巨大无比的狼悄无声息地出现在火堆对面。以子查赫德的镇定，也差点被惊得站起来，那匹狼体形硕大、高度竟与子查赫德相差无几，一身紫毛深长华美，在夜风中轻轻飘动。

"对不起，我这朋友有点……有点……"猎人的表情有些尴尬，显然在为紫狼吓到人而觉得不好意思。

很快回过神的子查赫德微微一笑，深深地与眼神冷淡高傲的紫色巨狼对望了一眼："没有关系，请坐。这么高贵的狼……很少见！"他发自真心地道。

"是……"猎人不知该说什么才好，含糊地应了，在火堆前席地坐下。那紫狼竟无比驯良地偎在他的身边，为他遮挡寒冷的夜风，只是一双连人类也不会拥有的睿智墨色眸子却漠然地望着天上的圆月，仿佛在想着什么。

强迫自己将目光从巨狼身上收回，子查赫德感到怀中的身子开始暖和起来，不禁低下头。阿萝仍紧闭着眼，却不再颤抖，嘴唇也已渐渐红润。

那猎人似乎是个不大爱说话的人，坐下后便偎靠着紫狼打盹，只是偶尔醒过来给火堆添点木枝。清醒的只有子查赫德和那匹狼，却谁也没发出声音。

温暖的感觉从四肢漫延至脏腑，阿萝缓缓回过气来。浑身一震，她睁开眼，不想竟望入一双比天宇更深黑的眸子中，半晌才回过神来。

"莫赫大人！"她惊惶地挣脱他的怀抱，一时之间竟想不起发生了什么事。

子查赫德并不阻止，看着她慌张的表情，突然产生了想笑的冲动。

这边的响动惊醒了那个猎人，他坐直身，好奇地看着眼前的一幕，不再入睡。而那匹狼依然旁若无人地看着夜空，似乎周围发生的一切都与它无关。

"把衣服穿好。"阿萝的衣袍因为她的站起而散开，隐约现出里面曼妙的胴体，子查赫德艰难地别开眼，低声提醒。阿萝是面向着他，那猎人暂时什么也看不到，但若阿萝稍一转身，必会春光大泄，他不希望看见那种情形出现。

阿萝一怔，蓦然反应过来，不禁脸上一阵滚烫，慌忙抓住衣襟将自己裹了个严实。背转身，准备系腰带，不想竟发现还有其他人在场，而且是一个人和……

"苍御！"她失声道，而后倏地住口。怎么可能？那只是一个传说，不可能真的有，是巧合吧？

"什么？"除了子查赫德，其他两个不速之客对她的叫声没有任何反应，显然以为她在自说自话。

阿萝赧然地低下头，不知该往哪个方向转。她对子查赫德的问话含混应了句没什么，让看着她的人也觉得紧张。

摇了摇头，子查赫德突然伸手将她拉到自己跟前，不理会她的抗拒，为她整理好衣服。抬头看到阿萝震惊的表情，他脸上露出一丝笑意。事实上，连他自己也说不清，他为什么要在人前对阿萝故意做出如此暧昧的动作。

第四章　萌动

叫苍御的幻狼王有着一身紫色的华美长毛，就像眼前的这匹狼。

阿萝想起小时候阿嬷给她和小冰君讲过无数遍的故事，眼睛怎么也离不开火堆对面的紫狼。那狼仰望苍穹的神态实在像极了人，一个高贵而冷漠、曾位于权力巅峰的人。

百花奴是一个柔弱的人类女子，当她遇上苍御，她得到了所有女人都梦寐以求的幸福，幸福得让她怀疑起自己的幸运。一个女人的心一旦产生怀疑，就永远也不可能恢复平静。终于有一天，她发现了对自己百般宠爱、拥有可睥睨天下的权势的男人竟是一个让人害怕的"怪物"——一个每当月圆之时就会变成巨狼的怪物。

这样的事实让她几欲发疯，她再也无法忍受苍御的碰触，甚至开始痛恨起他对她所付出的一切……

"小兄弟从什么地方来？"子查赫德的声音打断了阿萝的沉思，将她从不太愉快的情绪中拉扯了出来。她看向那个青年猎人。

"山里。"猎人简短地回答，火光映照下，他的脸上飞快地掠过一丝阴郁，显然是想到一些不太愉快的经历。

阿萝首次听到他说话，除了声音，更让人印象深刻的是他那一口带着山地口音的摩兰语。

"是扎尔特依山吗？"她忍不住开口问，尽管希望渺茫，她还是无法就这样放弃自己的梦想。也许有一天……有一天，她可以得到自由……

阿萝主动搭话让子查赫德惊讶无比，却又有一丝莫名的不悦。他似乎不太喜欢她对别的人表现过多的兴趣，尤其是……男人。这样的心态让他觉得荒唐且可笑，他不可能对眼前这个女人有什么感觉吧？尽管看到她的身体时他会有生理上的冲动，但他相信每一个正常的男人都会有这种冲动，他不可能对一个毁了容的巴图女人有任何想法。

"不是，是东边太阳升起的大山。"对将脸蒙上的阿萝，猎人显得比较温和，并没有出现其他人上脸上常见的轻蔑。

"是吗？"阿萝有些失落地低下头，不再说话。

看了她一眼，子查赫德很想让自己不去追问她问话的意图，但当她落寞瘦削的侧影映入眼帘的那一刻，他立时忘了自己的决心："我去过扎尔特依山。"他脱口道，不知道自己为什么要说这句话，但直觉告诉他，她会感兴趣。

"你……"阿萝意外地抬起头，眼中闪现一丝异彩，但很快便消隐无踪，只因她突然意识到了是谁在对她说话。

虽然只是眨眼的光景，子查赫德依然被阿萝双眸闪现的神采挑动了心弦，一种异样的感觉在他心中悄悄发芽。

"是。"他微笑着点头，突然产生了将眼前的女人搂入怀中的冲动，但那只限于想想，一直以来他都在用理智控制着欲望。"那里方圆数百里之内都没有人烟，是一块荒土，景致虽然美丽，却不适合人居住。"缓缓地，他向阿萝叙述着自己眼中所见的扎尔特依山。对于他来说，再没有比大草原更可爱的地方了。

敏感的阿萝察觉到了子查赫德看自己眼神的变化，她不自在地别开眼，但不得不回应："听说那上面有一个湖？"她轻轻地道，希望能从他口中得到确认。

听到她的话，子查赫德哑然失笑："那上面的湖岂止一个？大大小小有数百个之多，你说的是哪一个？"

"我……"阿萝语塞，并没想到会是这样的答案，若湖真有他说的那么多，那阿婆让她去找的是哪一个？

将她的茫然不知所措看在眼里，子查赫德心中一软，决定为她提供选择："传言最美丽的是阿瑟湖、最神秘的是哲灵湖，其他的也都各具特色。我只在无意中到过一个无名小湖，恐怕不是你所说的。"

哲灵！阿萝精神一振，哲灵不就是传说中的圣女吗？

"哲灵湖……"她微微犹豫，才鼓起勇气追问，"是在扎尔特侬山什么地方？"子查赫德对她态度的轻微转变让她觉得不安，但想想自己现在的样子，她也就不再多虑了。

子查赫德脸上露出思索的神情，双眸在火光映照下闪烁着幽暗却睿智的光芒，过了许久才缓缓道："哲灵湖具体在什么位置并没有人知道，但与它有关的传说却很多。传说湖水澄澈如玉，时而云腾雾绕、巨浪滔天，时而万里冰封、波澜不兴。传说仙子哲灵时现湖之中央，体态婀娜，翩然其上。传说湖乃玉女之泪汇成，至纯至净，可涤人世百恶、可洗人身万秽。"说到此，他突然笑了起来，"一切不过都是传说而已，哪有那么神奇。"

他们的谈话引起了猎人兴趣，他忍不住插嘴道："怎么可能有这种湖，怕是人们以讹传讹吧？若作了恶，只要到湖中洗一洗，就可以摆脱一切责任，那未免对受到伤害的人太不公平了！"

他似乎是有感而发，眉宇间隐见忧伤。而他的手则在说话的同时轻抚身旁紫狼的长毛，仿佛这句话是对紫狼说的。紫狼收回仰望圆月的目光，温和地看向它的主人。

阿萝沉默下来，心因两人对哲灵湖的看法而变得冰冷。子查赫德却因猎人与他意见相同而大悦，只因在他的周围，每个人都固执地将哲灵湖视为圣湖来祭拜，认为它真的有什么神奇的力量，而他从来不相信这些子虚乌有的事。

"不错，一个人应该为自己所做的一切承担起责任，而不是冀望推给一个从未见过的湖。"他对猎人的好感更为加深，"不知小兄弟如何称呼？"难得碰上投缘的人，他有心结交，诚心相询。

那猎人似乎没什么心机，听到子查赫德的提问，毫不犹豫便直言相告："我叫红柳。"并没想起问一下对方的姓名来历。

这样不通世事的人，子查赫德还是首次遇到，当下也不在意，主动自我介绍："在下子查赫德，地尔图人，就住在前面那片营地。小兄弟何不到鄙舍稍歇？"

他真诚相邀，谁知那红柳想也不想便摇头拒绝："那倒不必。我和紫狼不惯和人相处，天一亮就要赶往别处。"他说得生硬，连委婉推拒也不会，似乎根本不在意是否会得罪人。

阿萝有些惊讶，微感担忧地望向子查赫德，害怕他会因难堪而发怒。说不上为什么，她不希望两人发生冲突。

子查赫德生性大度，闻言只是微微一笑，不再多言，反而是阿萝泄露出心中关切的眼神让他颇感不悦，他不会自以为是地认为那是为了他。

四周瞬间安静下来，没有人再有兴致说话，夜风吹过树梢以及柴木燃烧的噼啪声变得分外清楚起来。月光很清朗，预示着明天的好天气。

曙色尚未现出，红柳和他的紫狼便已起身离开。阿萝的头发和衣服早已干透，子查赫德再未和她说过一句话。很奇怪的感觉，阿萝觉得他是在生她的气，至于为什么，她却想不通。

默默地随他回到大帐，青丽娜尚未起身，面向里躺着，呼吸匀细，似乎好梦正酣。但子查赫德知道她不过是在做样子，毕竟以她的武功修为，不可能对他们的归来毫无感觉。她只是在避免做出质问他们这件不聪明的事罢了。

青丽娜是个很明白自己该做什么的女人，绝对不会将自己的心思浪费在威胁不到她的人身上，也不会认错竞争对手，所以阿萝从来就没被她放在眼里。她相信，没有一个男人会对一个巴图女人用心。

马蹄声踏破黎明的沉寂，狗吠和牛角号嘹亮的声音随即凌乱地响起，将莫赫部民从晨起的迷蒙中惊醒。

正换好衣服准备去骑马的子查赫德闻声怔了下，而后微微一笑，喃喃自语："来得好快！"他似乎知道来者是谁，神情镇静若常。

阿萝讶然看向他，却没有从他脸上得到任何可供人猜测的讯息。感觉到她的注视，子查赫德的神色恢复了自早上回来后便一直维持的淡漠。

"哑奴，煮茶！今天有尊贵的客人到访。"他将拿下的弓箭又重新挂上，同时冷淡地吩咐。

他刻意的疏离仿佛一根小刺扎在阿萝的心上，她的脸在面罩下渐渐失去血色。或者这是她想要的，又或者女人的贪心让她在不自觉中期待着什么。

"是。"她应了，心神有些恍惚地准备去湖中汲取净水。

就在她伸手要去掀帐门时，阳光却抢先一步泻了进来。

"小心！"子查赫德的惊喝声在同一时间响起，阿萝有些茫然地被一股大力扯进了那个曾给过她温暖的怀中，没发现自己险险避过了一个如旋风般莽撞闯入的巨大身影。

子查赫德变了的脸色在瞬间恢复如常，若无其事地放开臂弯中被他紧护的女人。他不悦地看向来者："终于舍得回来了吗，特兰图？"

莽撞闯入的是一个壮如铁塔、有着宽阔厚实肩膀的男人，方形的脸盘长着寸许长的连腮胡须，满脸风尘，短发如刺猬一样立着，整个人看上去像粗石砍成的雕像，粗糙而坚硬。他的容貌不算好看，却有一股强悍豪雄惹人好感的味儿。他是特兰图莫赫，子查赫德同父异母的兄弟。

"你要了她？"特兰图一眼看见因他的闯入而从卧铺上坐起、正用手掩唇打着呵欠的青丽娜。在被她优雅动人的动作迷得神魂颠倒之际，一股强烈的忌妒直冲脑门，让他忘记了子查赫德略带嘲讽的话语，几近发狂地冲着他的兄长咆哮。

看到他紧张的样子，子查赫德有些啼笑皆非："这就是你见到久违的大哥所说的第一句话？"他不紧不慢地调侃，眼角余光注意到阿萝拿着陶罐离帐而去。

特兰图根本听不进其他话，他心里唯一闪现的念头就是，他疯狂迷恋并追求的女人被他的兄长轻而易举弄到了手。如果是其他人，他还可以用武力夺回来，但那是他大哥！痛苦和嫉妒让他算不上英俊却充满男人阳刚味的脸变得扭曲起来。

"你有没有强迫她？"他很在意这点，若兄长用的不是光明正大的手段得到的青丽娜，他决不会退让。

青丽娜看着这一幕，第一次发现这个一直围绕在自己身边、她曾不屑一顾的莽夫有点意思。她不会好心地为他释惑，她更喜欢看到男人为她争风吃醋，那会让她觉得自己很重要——她已经太久没有这种重要感了。

子查赫德看了眼仍慵懒地躺在毛毯里打算隔岸观火的女人，嘴角浮起一丝淡漠的笑："我对她没兴趣，只为让你回来而已——姨母想你。"他缓缓解释，不喜欢看到一个男人为女人嫉妒到失去理智的样子，特兰图的表现让他很是失望。

事实上，特兰图的母亲一直认为特兰图的离去是被子查赫德为了争夺权力而使手段逼走的。为此，她还搬离了族人居住的地方，独自住在遥远的山脚下，引得流言蜚语四起。

为了让人心安定，子查赫德不得不使出这样的计策，诱使特兰图主动回来。

子查赫德轻鄙的语气让青丽娜在瞬间变了脸色，特兰图虽然仍有些将信将疑，却不由自主地松了口气。

"诱饵？"青丽娜毫不在意特兰图爱恋渴慕的目光，一边起身披上外衣，一边冷冷地看着子查赫德。她活了十八年，从来没有受过男人这样的侮辱，这让生性高傲的她怎能忍受？"想不到小女子竟有这么大的影响力，莫赫大人真是太抬举我了！"

子查赫德微微一笑，没有说话。他的目的已达到，就没有必要再为无关紧要的事做任何辩解，何况那是事实。至于青丽娜，让特兰图收拾残局就好了。

　　果然，特兰图对心上人的怒气特别敏感，根本不会等待子查赫德的解释，他已趋近青丽娜，打算安抚她。

　　细碎的脚步声在帐外响起，子查赫德心中微动。帐门已被掀起，抱着水罐的阿萝出现在门口，早晨的阳光从她的身后射了进来。

　　子查赫德眯眼，有那么一瞬，他感到那被阳光镶嵌着的女人像太阳神的使者一样，浑身散发出无比纯粹的神圣气质。但一切奇怪的感觉像一个美丽的梦一样，在帐帘放下、阳光被隔断的时候轻易地消散，阿萝依然是那个带着散不开的忧郁的柔弱女子。

　　吐出一口气，子查赫德为自己莫名的感觉而郁闷。

　　"你最好先去见一下姨母。"他对准备讨好青丽娜的特兰图淡淡地建议，眼睛却不由自主地跟着阿萝忙碌的身影。

　　看了眼进来的阿萝，特兰图没怎么在意："我会去的。"他说，然后略带期望地看向青丽娜，问："不知青丽娜小姐可愿陪在下一同前往？"

　　他这样问，无疑是在向青丽娜求爱，只要青丽娜答应，那便代表着他得到她芳心的几率将大为增加。他一直在追求她，只是没有像现在这样的机会让他可以表达自己的心意而已。

　　阿萝已生起了火，正将水倒进茶罐中准备架上火。她知道有人在看着她，而且不止一个，但她只能选择假装不知道，她不想被牵涉进任何麻烦中。

　　青丽娜冷漠地看着阿萝，她没想到自己会忌妒一个丑陋的巴图女人。但到了这一刻，她不得不正视子查赫德看向阿萝的眼神。不管他的心态如何，至少到目前为止，他对她的注意力已超过了自己。而以眼下的情况看来，自己能引起他兴趣的可能性已微乎其微。

　　她不甘心！

　　"我为什么要陪你去？"她口气不好地道，脚下却悄然靠近阿萝。

　　似乎感觉到她的敌意，阿萝诧异地抬头看向她。子查赫德皱眉，双脚仿佛有自我意识似的，先青丽娜一步来到了阿萝的身边，隔开了两个女人。连他自己也说不清楚为什么要这样做，他只知道，只有这样，他才不会觉得不安。

被抢白了的特兰图并没注意到帐内诡异的气氛，他的自尊受到了严重的打击，脸色看上去有点发白。

"那我去了……"他微显失措地含糊咕哝了一声，狼狈地转身打算离开。

"等一下！"狠狠瞪了眼子查赫德背后的阿萝，青丽娜转眼间又是笑靥如花，"去便去吧，有什么大不了！"她的心思转变之快，让人难以适应。

特兰图却是喜出望外，当下兴奋地告别了子查赫德，在青丽娜的陪伴下离开了子查赫德的大帐。

草根燃烧的噼啪声在突然安静下来的大帐内显得格外清晰。阿萝看了眼还没冒热气的水，而后疑惑地望向方才莫名其妙突然靠近自己的子查赫德，浑然不觉自己已幸运地躲过了青丽娜的怒气。

子查赫德回望她漆黑晶亮的双瞳，无意为她释惑。

"在帐中不必蒙脸。"他说，然后出其不意地伸手扯下阿萝的披巾。面对她可怖的脸，他的神色没有任何变化。

阿萝惊惶地垂下头，任黑缎般的长发滑落，遮住了自己不欲示人的脸。不明白他为什么要这样做，她的心湖开始出现波动。

"会吓到人。"她别开脸，低声解释。

视线无法离开她乌黑光泽的发，子查赫德在火堆旁的垫子上跪坐下："地尔图人没有那么胆小。"他微觉不悦。如果一张脸就能将他们地尔图人吓倒，他们也不可能在草原上拥有现时这样的地位。

阿萝不再说话，目光怔怔地看着火苗承托下的水罐。他不要她遮，她便不遮，也没什么要紧的。只是她不明白，他为什么要管这些闲杂的小事。按理，这并不会对他造成任何影响。

"你的脸是被谁毁的？"子查赫德突然问，这个问题已困惑了他太久。

对于别人的私事，他一向不大理会，但不知为何，阿萝却像一块磁石一样吸引着他，让他不由自主地想去探究曾发生在她身上的事。

阿萝闻言浑身一震，脸上渐渐失去血色，嘴唇无法控制地微微颤抖着。

她怎能告诉他，这恐怖的残痕是她自己刻上去的；她怎能告诉他，为了逃避注定的宿命，她付出了多么惨痛的代价……

僵硬地摇了摇头，她没有说话。

不知是不是错觉，子查赫德发现，本就单薄瘦弱的阿萝在这一刻似乎变得更加弱不禁风了。

"水沸了。"他道，壶中升腾的热气打破了逐渐变得凝望的气氛。

看着阿萝微显忙乱地将茶叶放入壶中，子查赫德察觉自己竟然再次升起了将她拥入怀中的冲动。但是他知道，如果他真的那样做的话，恐怕会在事后懊恼许久。控制住自己的欲望，他专注地看着阿萝在茶水中放入羊奶和糖，然后将火熄灭，用余热让茶和糖奶的味道融合在一起。

他不是第一次注意到，阿萝拥有一双罕见的纤长秀美的手以及不经意间便会泄露出的不符合她身份的优雅动作。即便是斟茶递杯这样极不惹人注意的行为，由她做来，亦是一件令人赏心悦目的事。

接过阿萝双手奉上的茶，他突然感到一丝从未有过的满足。说不上为什么，他很喜欢看她专心致志为他煮茶的样子。

"青丽娜可能很快就会离开，"他说，"你……如果觉得孤单的话，我可以再要一个女奴来。"他本打算让她自己选择是随着青丽娜离去还是留下，不想话到嘴边立时变了个样。说出来后，他才清楚地知道自己根本不想给她选择的机会。

阿萝早已不再奢望自由，闻言并不意外："我不怕孤单。"她轻声道。

当孤单变成习惯后，她已无意再去挣脱。

听到她几近认命的回答，子查赫德的心仿佛被什么刺了下，恍惚中似乎在痛，隐隐约约地，并不是那么实在。

他突然生起气来，咕嘟一下，将碗中仍很烫的茶一口喝尽，将碗递给一旁神态恭谨的阿萝："还要！"他的声音微冷，他不喜欢自己的情绪因为一个女人而出现不受控制的波动，那会让他无所适从。

阿萝顺从地为他斟满茶，心中却为他突如其来的怒气感到诧异不已。然后，她突兀地开口问了一个本不该她问的问题："大人是不是舍不得青丽娜小姐？"

虽然从未发现两人有过任何暧昧，但那样出色而美丽的女子，是男人都应该舍不得吧？可是，她想到枰木，然后又想到自己，突然觉得一丝落寞。无论是以前拥有绝色姿容的秋晨无恋，还是现在地位卑贱、样貌可憎的阿萝，在他的心中都只是一个无关紧要的女人。也许她不该有这种想法，但是她没有办法不去想，连她自己也不知道为什么会如此在意他的心思。

没想到一向似乎什么事都不放在心上的阿萝会关心他的感受，子查赫德一怔，心情在瞬间莫名地好了起来。"看着我说话。"他脸上露出一丝笑意，语气温和地命令道。

阿萝滞了滞，然后依言缓缓转过头来。她本该习惯的，但是在这一刻，她竟然有些害怕，害怕他看到自己的脸。在他面前，她竟然自卑起来！

也许是她的眼睛过于美丽，也许是她的神态过于娴雅，又或者是她的清冷像冰魄一样吸引人，总之，子查赫德发现自己似乎再也无法体会到初见她容貌时候的震骇。看着她，他像对着一泓冷寒而神秘的湖水，无端地被吸引着。

"我见过比她更美的女人。"他回答阿萝开始的猜测，双眸不由自主地紧攫着她充满诱惑的水眸，"冰城的女人秋晨无恋，她的美丽……"说到这里他突然顿住，仿佛在想一个合适的形容词。

阿萝僵住，几乎要屏住呼吸。她没想过他还记得，更没想到那一次他竟然将她看入了眼。

"除了容貌，也不过是一个一无是处的女人！"没想到子查赫德语气一转，批评的言辞脱口而出。

阿萝一愣，然后觉得哭笑不得。原来无论是一年前还是现在，他对她的看法都没变过。

"也许……她们只是受容貌之累也不一定。"她试着为美丽的女子辩解，容貌是受父母之赐，难道她们要因此而承受偏见吗？

子查赫德看到她认真的表情，笑了起来："那倒不一定。"他说，"几乎所有女子都视美丽为最珍贵的财产，怎能说受容貌之累呢？"

"最珍贵的……"阿萝略感茫然，一个女人最珍贵的究竟是什么？一年来她一直在问自己这个问题。是美丽、尊严、贞洁？是心还是自由？

无论是什么，她似乎都没有了，她唯一拥有的就是占据残躯的生命。这个每个活着的生物都拥有的东西，在失去人生最重要的东西之后，还有什么用？

特兰图的归来，像是在莫赫部族中间刮起了一股飓风，将表面的平静破坏殆尽。所有人都知道了特兰图对青丽娜的爱慕之情，所有人都以为青丽娜是子查赫德的女人，因此在两兄弟权位之争的基础上，又多了一项女人之争。

没有人为这事做出任何解释。特兰图被爱情冲昏了头脑，没有想到应该有所解释；子查赫德却没想过要解释，懂他的人用不着他解释，不懂他的人解释也没用。如果他做任何事都要解释的话，岂不要累死！

"我要带哑奴走！"在特兰图充满私心的游说下，青丽娜不胜其烦，又清楚地知道自己无望在短时间内掳获子查赫德的心，于是决定暂时离开子查赫德的大帐，搬到一个独立的帐篷居住，但是走之前她如此要求。

阿萝一震，不由自主地看向子查赫德。连她自己也不明白，心中突然升起的不舍来自何因。

"她本来就是你的……"特兰图毫不犹豫地回应，在他心中，只要青丽娜肯搬离他大哥的帐篷，就是要天上的星星，他也会设法给她弄来，何况只是一个一直服侍她的卑微的女奴。

"不行！"没等特兰图说完，子查赫德冷然打断了他，"阿萝是我的女奴，没有我的允许，谁也不能带走她。"没有看阿萝，子查赫德没有任何商量余地地道。在这一刻，他不再随青丽娜唤阿萝为哑奴，同时也表明了他的决心——不管阿萝愿不愿意，他都不会让她走。

"大哥？"特兰图有些不解，不明白从来不要奴隶的大哥为什么突然和一个女人争起战奴来了。

阿萝闻言轻轻松了口气，一丝涩意浮上眼眶，她缓缓地低下了头。

青丽娜的俏脸在瞬间板了起来，她没想到子查赫德竟然真的会和她争阿萝："哑奴是当初莫赫大人留下来服侍本小姐的，大人难道忘了？"

子查赫德微微一笑，看了眼低垂着头等待别人决定她命运的阿萝，一丝怜意浮上心头："当初你是我的客人，现在你是特兰图的客人，让他的奴隶来服侍你吧。"他的确有点过河拆桥的意味，但他不认为青丽娜有任何资格可以将阿萝从他身边带走，阿萝是他的！

他毫不客气的话语让青丽娜的面子有些挂不住，特兰图虽然讶异于子查赫德的态度，却没法深究，只能赶紧打圆场："是啊，小姐现在是我特兰图的客人，自然是由我的奴隶服侍你。你不必担心，我的奴隶一点也不比大哥的差。"

青丽娜并没有因他的话而有些许好过，她秀美的眉皱了起来，显示出她的情绪非常恶劣。

"你竟然为了一个无足轻重的奴隶得罪我？"她冷冷地质疑，语气中充满了讽刺，"莫赫大人，一直传闻说你是一个理智而善于分清利害的人，现在看来是传言不实了。"她的话并非没有道理，撇开她冠绝草原的美丽，她还是奇柯族的三大军事领袖之一。得罪她，无疑是跟整个奇柯族交恶，这对一个正在蓬勃发展的族群是很不利的。

特兰图见两人闹僵，颇有些不知所措。一个是他最尊敬的大哥，一个是他最爱的女人，他帮谁都不好。

子查赫德对于青丽娜的怒气并不以为意，嘴角含着浅笑，道："不劳小姐费心！特兰图，还不带着你的贵客去参观你为她精心布置的营帐！"

特兰图被点醒，赶紧道："对，对！那处离这里尚有一段距离，丽娜小姐，我们该走了。到那里你看还需要什么，我会让人立即置备。"他真不明白大哥为什么会为了一个丑奴惹美丽的青丽娜生气，但他一向尊重大哥的决定，何况大哥还给他创造了这么好的机会去接近心上人，他还有什么可说的。

青丽娜不再多言，樱唇紧抿，冷冷一哼，转身离开了子查赫德的大帐。特兰图略带歉意地看了眼兄长，匆匆跟了去。

一直没有发出声音的阿萝缓缓抬起头，她以为没有人会像阿婆那样待她了，她甚至不知道子查赫德为什么要为了她和青丽娜闹翻。她身上早没有了可值得人贪图的东西，可是这个男人却一直在维护她。他或许不是有意，但已足以让她心生感激。在赞美和惊艳的目光不再的时候，这样的维护更让人难以忽略。

子查赫德被她情绪乍现的澄净黑眸看得心中怦然，不禁露齿一笑，神色间竟然带有一丝罕见的腼腆。

干咳一声，他第一次试图为自己的行为做出解释："你很会煮茶……"他含糊道，然后发现这个理由连他自己也无法说服，倏地住口，有些不自在地望向别处。

不想他为难，阿萝善解人意地轻轻嗯了一声，然后转身取过水罐，掀帐走了出去。他若喜欢喝她煮的茶，那她以后就在为他煮茶时更上心一些吧！

看着仍在晃动的帐门，子查赫德发了会儿怔，突然笑了起来。他知道，阿萝并没有怪他将她留下来。而更重要的是，他以后可以常常看到她为他专心煮茶的样子。他知道这是一个很怪的癖好，但他不在乎。

第五章　牵心

　　地尔图人的习俗很有些奇怪，男女在婚前的关系随意到让人咋舌。不管男女，都可以同时拥有一个甚至几个情人，只要双方都愿意，便没有人可以管。但最后只能同一人结成夫妻，而且婚后决不允许不忠的情况出现，否则会按族规严惩。因此如不是拥有至死不渝的感情，根本就没有多少人愿意在族规规定的三十岁的最后期限前成亲。

　　子查赫德在男女之事上算是很克制的了，以他的身份地位以及自身所具有的魅力，只有枪木一个情人，这对其他拥有同等条件的地尔图人来说，根本不可能做到。如果没有意外，枪木恐怕就是他妻子的不二人选。

　　青丽娜的出现曾让族人对这个猜想产生过的怀疑，但很快便在特兰图回来后化为乌有，子查赫德和枪木始终是族内最般配的一对。

　　阿萝本不关心这些，但身在子查赫德的大帐，想不知道也不太可能。只是枪木并不像其他的女人那样时常痴缠在情人身边，她如子查赫德一样自控而理智，只会偶尔主动来找子查赫德一起去骑马狩猎。对于阿萝，枪木也给予了相当程度的尊重，没有丝毫的瞧不起。

　　阿萝从未想过会在曾让她惧怕的子查赫德这里得到她一直向往的平静和安稳，只是这样的日子让她隐隐不安。说不上为什么，她始终觉得幸运不可能会这么容易便降临到她身上。她经历得太多，以至于不相信命运会善待她。

"一起去骑马。"柃木走了进来，身上穿着天蓝色的劲装外加无袖白狐皮坎肩，腰挂马刀，一双长腿在皮革制的长裤和长马靴的陪衬下，显得匀称而结实。她的长发编成一条又粗又大的辫子垂在胸前，给人率性而利落的良好感觉。

她的邀请是对着阿萝的，从她热情而友善的眸子中，可以看出她的诚心。

阿萝在微微的错愕后，是受宠若惊的失措。她垂下眼，不敢与柃木充盈着生命热情的双眼对视："我……没有马……"委婉的拒绝从她的口中吐出，而最根本的原因，是她不认为他们两人幽会，会喜欢她不合时宜地伴在一旁。

谁知柃木竟不明白，反略带责怪地看向正在拿箭筒的子查赫德："莫赫，你的奴隶怎能没马？"身为部族首领，他的奴隶拥有配备马匹的权力。

子查赫德回转身，看了眼低眉垂首的阿萝，一边挂上箭筒，一边笑道："在我的马中随便选一匹就是了。问题在于阿萝没有合适的衣服，穿着这么宽大的袍服，想要策马驰骋恐怕是不太好的选择。"

阿萝闻言，心中轻轻吁了口气，知道自己是不适合去的。

"她虽然瘦，但身高和我相差不多，我的短衫她或许能穿。"柃木出乎意料地坚持，语罢，不待阿萝有所反应便转身出了帐，返回自己的住处去取合适的衣服。

阿萝惊讶地抬头，恰看见子查赫德微觉有趣的笑容。

"地尔图的女人一定要会骑马和打猎。"他说，显然不认为柃木小题大做。

"可我不是……"阿萝试图为自己辩解，她不喜欢骑马，也不喜欢血腥的打猎场面。

"你属于我，算是半个地尔图人。"子查赫德没有让她说完。听到她的否认，他感到莫名的不悦，甚至有些轻微的怒气。

属于他？阿萝怔然。不明白这样的用词在他来说有着怎样的含义，但是她心中有着惶恐，以及难以表达的欢欣。属于他，是的，她很愿意属于他，但不是成为与他有感情牵扯的女人，而是一个卑微的奴隶。因为现在的他不会欺侮她；因为即使作为一个奴隶，也会得到他的保护和尊重。如果他真这样想，或许她很快就可以得到自己梦寐以求的平静。

枔木的脚程很快，不一会儿便拿着两套短装走了回来。

"先将就着穿，等过两天再让人量身定做。"她说，又催促阿萝赶紧换上，好去选马。

阿萝不再犹豫，道谢后接过衣服，随意拿了一套换了。枔木想得周到，还为她准备了两条与衣服同色的面纱。

褪下宽大破旧长袍的阿萝令人眼前一亮：斜襟宽领的蓝紫色绣边窄袖短衫，下摆只及膝盖，两侧开叉，腰间以青玉色绣花腰带相系；与腰带同色的长裤，下端绑扎在羊皮小靴中。她的长发在脑后拢成一束扭结反转盘成矮髻，脸上覆以蓝紫色面纱。这身衣服穿在她身上虽稍大了点，但仍然将她不欲示人的婀娜身段展现了出来。

枔木显然没想到会有这么大的反差，看到无措地来到他们面前的阿萝，竟然惊讶得说不出话来。

子查赫德先是一怔，而后露出深思的神色。相处已有月余，虽然他也曾见过阿萝的身体，但他从来没有像现在这样震撼过。换过衣服的阿萝让他想起一个人，一个他几乎快要忘记的女人——摩兰国国君的宠妃，也是冰城的女人，秋晨无恋。只是两个人一个拥有倾国倾城的美貌、一个却丑陋骇人，应该没有牵扯——阿萝若没有脸上的这两道疤痕……

"怎么，没想到自己的奴隶竟然这样美丽？"枔木先回过神，推了子查赫德一把，取笑道。

阿萝难为情地垂下头，知道眼前的情况是自己最不愿看到的。她不想惹人注目，永远也不再想。但是从小受到的教育已成为她身体的一部分，让人难以改变，而这些却是她除容貌外最惹人注目的特质，根本无法掩饰。

子查赫德露齿一笑，也没为自己解释，仿佛什么事也没发生过似的，率先走出大帐。

"去选一匹马。"他浑厚的声音从外面传进来，如同帐门撩起时射进的阳光。

无云，天很蓝。

阿萝却知道这样好的天气不会持续多久，大草原的冬季很可能在一场细雨后便会来临。

她始终不惯骑马，一阵快跑后就变得气喘吁吁，远远地被两人抛下。她倒乐得轻松，不必去看猎物被利箭射中时的凄厉画面。她的心很软——曾经很软，若是还在冰城的恋儿，必定不会让他们为了寻找乐趣而去残害那些生灵。但，她不是恋儿，她是阿萝，一个明白人类欲望和冷漠的女人、一个连自己也保护不了的女人。

似乎沾染了主人懈怠的心思，马儿慢慢停了下来。阿萝看了眼远去的两个小黑点，犹豫了下，小心地滑下马。

一抹紫蓝色突兀地闯进她的视线，她一滞，而后缓缓蹲下。

那是一朵在平原空地上罕见的玉火焱，盛开着，在粗犷的风中瑟瑟地颤抖着。

看着它，阿萝许久未曾波动的心泛起浅浅的涟漪，像被春风吹过，纤长的指不自觉抚上那柔嫩的花瓣。

在这塞外的苦寒中，怎么会生长这样娇嫩的花儿？并不是它盛开的季节，它怎么承受得了凛冽的寒风？

一丝心疼没来由地自心底悄然升起，她莫名地觉得酸楚，对着玉火焱，她怔怔地垂下泪来。

她很想家，很想小冰君。小冰君在那个让人心寒的地方，是否还会如以前那般爱笑？现在没有自己陪她说心事了，她会不会寂寞？梨苑没了主人，还有没有人去认真地照料？那些梨树……那些梨树……没有人陪它们说话，它们定然也会寂寞吧？

也许，今生她再不能回去了……

见她没跟上，折返回来寻她的子查赫德远远看到蹲踞在马旁的瘦小身影，浓眉微微皱了起来。

她不该这样娇弱的！他有些不悦地想，而后跃下马，悄然向那个身影靠近。他想知道是什么吸引了她的注意力。

来到她的身后，竟意外地发现她在喃喃说着什么，不禁凝神细听。

"你怎能绽放得这样肆无忌惮？你就不怕过于惹人注目了吗……"轻轻柔柔的声音像梦一样，似乎只要一不注意就会消失在风中，"……你难道不知道，过于美丽是不容于世的吗？"

她的语气很平淡，却难掩看尽世情的忧伤和苍凉。子查赫德看到了与她玉白的纤指共同构成一幅绝美画面的紫色花朵。闭上眼，他依然无法忽略她的声音和那一双手对自己造成的影响。

再睁眼，他的眼神变得灼热而渴切："阿萝……"他喊，本想借此打破那如梦般不实的感觉，却在听到自己不知在何时变得沉哑的声音后彻底崩溃。也许，他不该再忽略自己的感觉……

阿萝身子一僵，没想到子查赫德会回转，更不知道他是什么时候来的。自己刚才所做的一切……

抬手不着痕迹地拭去眼睫上残留的泪珠，她缓缓站起，转身："莫赫大人……"她回应，不知该如何为自己辩解，唯有沉默不语。

子查赫德的神情很严肃，双眼一瞬不瞬地紧攥住阿萝露在面纱外的灰褐色眸子，经过泪水的清洗，让他一直保持心情平稳的冷寒似乎融化掉了，只剩下那如初见时小鹿一样温驯的晶莹光泽。然后，他看见那双美丽的眸子中露出惊惶的神色，一怔，蓦然发现自己的手不知何时已抚上了她被面纱蒙住的脸。

"莫赫……"阿萝不知所措，想避开他突如其来的碰触，却发现自己竟紧张僵硬到无法动弹，唯有出声提醒。但她颤抖的声音在他粗糙的手指隔着面纱抚上她的柔唇时戛然而止。

"做我的女人。"子查赫德的口气并不是征求，而是陈述。说完这句话，他突然感到前所未有的轻松。他恍然之间明白，这一段日子他情绪的失常就来源于此——他想要眼前这个女人！

听到他的话，一股久违而熟悉的恐惧自阿萝心底升起，她的脸色变得苍白。曾经有人也这样对她说过，而且不止一个。可是她的归属权是要用生命来换取的，没有人能真正地拥有她一生一世。

"你在害怕？"感到她的颤抖，子查赫德讶然。在他一直以来的印象中，他周围的女人都在渴望着他说这句话，即使是骄傲自信的枪木也不例外。他怎么也想不到，这句话会让人害怕。

"大人，阿萝曾是巴图女人。"他的手离开她的唇，阿萝才稍稍冷静下来，眸子中的温驯退敛，代之而起的是防备的疏离。她想用自己的过去来让他打消一时冲动的念头，不希望他卷进自己不祥的宿命中。

子查赫德一滞，神色微冷："那又如何？"他怎会不知，只是不喜欢她提而已。他不会瞧不起巴图女人，否则最初就不会同意她和青丽娜一同进入他的大帐，更不会在青丽娜离开时硬要留下她。他是一个知道自己在做什么的人。

"奴婢不配侍候大人。"阿萝在一瞬间收敛起身上的淡漠，变得卑躬屈膝。她宁可他瞧不起她，也不要改变两人之间的关系。

子查赫德的唇不自觉紧抿，被阿萝急于撇开自己的神情激怒。不再多言，他猿臂一伸，出乎预料地将阿萝拦腰抱起，丢上他的马背，自己紧跟着一跃而上。并没有如何使力，胯下黑马已放蹄飞驰，阿萝的马很有灵性地紧随他们之后。

阿萝猝不及防，惊得面容失色，但很快就发现了身后男人的怒气。那箍着她纤腰的铁臂坚硬而紧窒，几乎要让她喘不过气来。她知趣地没敢再出声，撩拨一头怒狮不是她会做的事。

快马飞驰，疏林矮树以及碧绿如浪的长草在眼前飞逝，野马和羚羊在旷野上悠闲地吃着草，对从身边飞驰而过的人和马投以好奇的注视，却并不惊惧。

一直没看见枪木。

前面出现了茂密的树林，绵延至碧蓝交界的远方。

"吁——"子查赫德勒住马，皱眉扫视四处。他和枪木约定在此处会合，怎会不见她人影？

"大人，请你……"感觉到他的怒气似乎已经消敛，阿萝想趁机让他放开她。

"闭嘴！"子查赫德没等她说完，寒声打断。他一向不强人所难，但对着阿萝，他却无法冷静以待。她是一个女奴、是一个巴图女人、是一个容貌残毁的女子，无论哪一点，都足以让他避而远之。但是，就是这样的女子，却无数次牵动了他的情绪；也是这样的女子，总是在有意无意之间传递给他拒绝的信息。"笨女人！"他喃喃地骂，为阿萝的不识时务。但自己心底却知道，若她真如一般女子那样时时刻刻都想接近他，他还不一定会为她挂心。

他突如其来的怒气让阿萝心中隐隐不安，不禁沉默下来。感觉到身后宽厚温暖的胸膛因为呼吸而微微起伏，她不自在地轻轻咬住了下唇，身子变得僵硬。幸好子查赫德只是抱着她，并没做其他不规矩的动作，这让她稍稍好过点。

没有人再说话。

轻风、蓝天、绿草、莽林，两人一骑静立在辽阔的原野和苍穹下，显得那么渺小，却又那么安宁祥和。

良久。

"下马！"子查赫德低喝一声，随后抱着阿萝跃下马背，"我们就在这里等枪木。"放开阿萝，他说，他已经失去了打猎的兴致。至于枪木，他并不如何担心，他很清楚，在莫赫部的领地中，不会有人有那个胆量或本事敢去招惹桧木。

　　脚下芒草在风中起伏，太阳已不再像月前那么灼热炙人。因为远离部落，此处无人放牧，空气中没有牛羊的臊气，显得清新而纯净。

　　子查赫德昂然而立，充满智慧的双眸凝视着广袤无际的草原，眼中流泻出炙热浓烈的感情。来到这里已有十多年，他依然深深地迷恋着这个地方，并无时无刻不感激着上天的恩赐，让他们地尔图人拥有了这片土地。

　　阿萝站在他身后，眼睛不由自主地落在他宽阔结实、似乎可以承担一切的肩膀上，心中有些茫然。她从来不知道，有一天她竟然会渴望着靠向一个男人的背。

　　突然之间，她觉得好累。

　　"十六岁前，我一直住在北边贫瘠的大漠中。那里除了黄沙，还是黄沙。"子查赫德淡淡地道，没有回头，但阿萝知道他是在和她说话，不禁专注地聆听。

　　"在那里，水是珍贵而奢侈的财产。为了争夺水源，各族之间互相残杀……"看着远方，子查赫德的眉不自觉地皱了起来，显然那些回忆不会让人觉得愉快。"因为资源缺乏，即使是最强大凶悍的民族，它的族民也依然生活在贫困之中。"

　　听到这里，阿萝忍不住上前一步，向他稍稍靠近了些。也许，儿时的她比他要幸福。

　　"每天都挣扎在生死边缘，这是我们地尔图人之所以悍勇无比的主要原因。"说到这里，子查赫德停了下来。他想到桧木、想到青丽娜，这两个对草原大漠有着绝对适应能力的女子，无论是容貌还是本身所具有的才能和见识，都要比阿萝强上千倍万倍。若按他一贯的喜好，在两女面前，柔弱的阿萝应该是入不了他眼的，他一向不大瞧得起连自己也保护不了的人。

　　"柔弱对于我们来说，只意味着将被剥夺享受生命神迹的权力。"他回头，看向阿萝，表情很柔和。"那时候，我们从来没想过能生活在如脚下这片草原一样辽阔富饶的土地上。但是，"他顿了顿，伸手摘下阿萝的面纱，定定地看着她的脸、她的眼，"你应该是个美丽的女人。"他突然岔开了话题，让阿萝有瞬间的错愕。

"你让我想起一个人。"他说。不理会阿萝的抗拒，将她拥进怀中。虽然仍是强迫性的，但这一次他的力道控制得很好，温和而让人难以挣脱。

将下巴搁在阿萝的头顶，感觉到她纤细而柔软的身子在自己的怀中轻轻颤抖，他发现自己竟然喜欢极了这种感觉——喜欢极了将她护在自己双翼下的感觉。

阿萝只是试着挣扎了下，便不再动弹，早就知没有用了。虽然不反感他的怀抱，但对于男人的强硬，她还是觉得不能适应，或许她更愿意在背后看着他。然后，她听到他浑厚的声音在头顶再次响了起来。

"我这一生最尊敬的人就是我们地尔图族现任的族王，是他带领着我们地尔图人走出了那片代表着死亡的黄沙。因着他杰出的领导，我们才能拥有这块梦寐以求的沃土。"他缓缓地道，鼻中闻到一丝若有若无的馨香，却没去细想来自何处，只是一味地沉溺于往事中。

"但是——"不知想到了什么，他的声音一转，变得严厉起来，甚至隐含着不满，"就是这样的英雄人物，竟然也会为了一个从未见过一面的女人神魂颠倒……"

他没有再说下去，显然他的族王在他的心中依然有着很高的地位，他不愿在背后说族王的不是。

阿萝心中升起不好的预感，直觉他口中的那个女人就是以前的秋晨无恋："怎会……"她不由自主地出声，却及时察觉，忙住了口，但为时已晚。

虽然只是短短的的两个字，子查赫德已然听清，为她对自己的话作出反应而心情大好。

"只因着一幅谄媚逢迎之辈献上的画像……"他只约略说了句大概，并没打算细说，"你让我想起那个女人。"他接着说。想起那梨花下的邂逅，想起那沉静娇柔的女人。一年多来他从没想起过那在他生命中无足轻重的一面，阿萝却无端让他想起了那个他不屑一顾的女人，这让他产生一种很古怪的感觉。"冰城的秋晨无恋，她是摩兰王的女人。"说到这里他不禁叹了口气。突然发现，只要和阿萝单独相处，他就会忍不住想起很多他从来不想的事。

阿萝手心开始冒汗，一股凉意自心底升起。听他的口气，很明显对秋晨无恋不以为然。

她不该靠他太近。

"你……放开我吧。"她轻轻却坚定地说，没有用疏离的尊称，像是请求，更多的是令人心寒的冷淡。她从来就不属于任何人，以前不会，以后也不会。

子查赫德闻言一怔，明白了阿萝的意思。与生俱来的骄傲和自尊让他无法再以蛮力相强，他不是一个像特兰图或他们族王那样会为一个女人癫狂的男人。

俯首在阿萝的额上落下一个轻浅的吻，他微笑着放开她，不再展现怒气。开始的失控，连他自己也觉得意外，也让他警惕起来，他不应该为了一个女人犯与特兰图一样的错误，尚幸对过往的回忆让他冷静了下来。

"放心，地尔图人是不会强迫女人的。"他说，"总有一天，我会让你心甘情愿地成为我的女人。"他轻描淡写的语气中透露出势在必得的信心，却不会让人心生反感。

阿萝微讶，因为感激，眼神再次转柔，连她自己也没有察觉。子查赫德却是心口一撞，突然有些后悔刚刚出口的话。

"你是个奇怪的女人！"他费力地迫自己别开眼，目光落往遥远澄蓝的天际，让美丽的景致来沉淀自己的心情。

阿萝没有回答，只觉眼角涩然，颇有些茫然地垂下了头。不是奇怪，是不得已。从她生下来的那一刻起，便被剥夺了选择自己想要的生活的权力。

"天下男人皆薄情，这世上本没什么缱绻白头的先例。何况我们冰城王族女子又是以色侍人，而这世上最易老去的便是女子的容颜。我们所面对的都是能呼风唤雨的人物，每天不知有多少美丽女子在等着他们的宠幸。所以你要记住，千万不要对你身边的男人动情，否则你的生命将会充满了痛苦。"阿嬷的话突然在耳边响起，阿萝的心在瞬间变得空落落的。

马蹄声远远传来，打破了令人窒息的沉默。阿萝和子查赫德同时循声望去，英姿飒爽的枔木正骑着她的白马从南边沿林缘飞驰而来。及至近处，他们才发现她的马背上还驮着一人。那人被面朝下横放在马背上，凌乱的长发遮住了脸，看不清容貌。但从体形和衣着来看，应该是个男人，而且是个年轻的男人。

枔木在两人面前勒停马，从上一跃而下。

"我去饮马，在湖边捡到这个人。还有气，但受了严重的内伤。"寥寥几句话，枔木解释了马上人的来历。

子查赫德上前察验那人的伤势，又掀起他的头发看了眼。竟意外地看见一张阴柔俊美的脸，虽双眼紧闭、奄奄一息，但仍然从骨子里散发出一股吸引人的妖异魅力。

"不是草原上的人。"子查赫德淡淡地道，"或许是南边的汉人。"他如是揣测。

枔木点头同意他的推断，问："救不救？"草原民族都不喜欢汉人，所以她才有此一问。

子查赫德微笑："你已经决定了，不是吗？"以他对枔木的了解，若是不想救，一开始就不会理会，断不会半途而废。

看到两人默契的眼神交流，阿萝突然觉得自己的存在显得多余而突兀，一丝不明显的涩意浮上心头，她有些失措地别开了眼。

她不该跟他们来的。

日薄西山，营帐内逐渐暗了下来。阿萝独自一人跪坐在火坑边，看着随草根的燃烧而跳动的火焰，微微地出神。

他晚上不会回来了，他和枔木一起去找巫医救那个受伤的男人，让她自己先回来。也许……他会去柃木那儿。那其实与她没有什么关系……

可是他为什么要对她说那种话？要知道现今的她已没有了可让人垂涎的美貌，也没有高贵的出身，她只是一个有着可怕的容颜以及巴图女人过往的低贱女子。他究竟想在她身上得到什么，他又能在她身上得到什么呢？

以他的身份和能力，想来还不会有什么东西是他得不到的吧，又怎会无聊到来作践她？而且，他并不是那样的人。

摇了摇头，她不让自己想下去。无论事实是什么，都与她无关。在她的生命中，是不会有情爱的。她早已不是纯洁无瑕、不解世事的少女，不会对情爱有任何的幻想和憧憬。他之于她，只是她自由的主人，再无其他。

水沸了。她从身边茶篓中取出茶放进去，然后将茶壶端开，架上烧水的大锅。自那夜后，子查赫德便不准她再半夜到湖中洗澡，倒是允许她在帐内自己烧水洗。但碍于他的存在，她一直没敢碰水。今夜却有了极好的机会，若错过，又不知要等到什么时候。

烧水的时候，她为自己倒上一碗没放奶和糖的热茶水，然后坐在火边慢慢地喝。

他说她煮的茶好喝，她心里知道那并不是真的。与她曾喝过的茶相比，地尔图人的茶粗劣得让人难以下咽，但这却是他们日常不可或缺的主要饮料。也许是曾有的沙漠生活让他们养成了这样的习惯，让他们对自己所拥有的一切都充满了感恩。

啜了口苦涩的茶水，阿萝不由自主地细细品味那浓重的涩意。也许就是这样粗劣的食物才培养出了像地尔图人这样强悍的民族，也只有这样的民族才不会受别族欺凌、不需要在女色的庇护下苟延残喘。锦衣玉食又如何，养尊处优又如何，荣华富贵又如何？在尊严和自由都丧失的条件下，又有什么值得留恋的？

思及此，她突然开始怀疑自己曾做的一切。为什么历代以来，冰族的女子都要依靠色相来维护自己民族的和平安定？是因为冰族历代的族长都是女子，没有其他办法保护自己的族民，还是因为习惯？他们一直希望能够得到永久的安宁，在她们为之付出一切后，他们又何时真正得到过？

深吸一口气，她捧住粗糙的土茶碗，看着里面轻轻晃动的褐黄色茶水，感到一阵晕眩。

由始至终，她从未怀疑过自己为族人所做的一切，但是当她见识到青丽娜在战场上的指挥若定、枪木豪气不让须眉的英姿后，她才想到，即使是女人，也可以不依靠容貌而在世上生存。只是……她苦笑，仰头将茶水全灌进了自己的口中。这是她第一次如此喝茶，因为不习惯，还呛咳起来，但她却感觉到从未有过的畅快。

只是，她依然没有能力保护自己，没有能力去争取自己想要的生活。不是她不想，是没有能力。她曾经所学的一切，在茫茫草原上根本毫无用处。

拭了拭嘴角的水迹，她仍然有些喘息。看着大锅中水汽开始上腾，她突然很想大笑。明知还有其他的生活方式、明知不一定非要这样做，她却无法选择。过去的便过去了，她可以不去想，但未来，她的未来竟还是在别人手中。那么，她的存在究竟是为了什么？若不让她自己决定，又为什么要赋予她这虚假的生命？

阿婆叫她去圣山。就算圣湖真的能涤净一切肮脏污秽，能让她重新做人，但她又能怎样？她依然要依附着别人生存。

深深的无力感几乎将阿萝湮没，她只觉得眼前一片黑暗，看不见前行的路。

如果可以……如果可以……

她闭上眼，不敢再想下去。已经勇敢地选择了摆脱以前的生活，她没有理由在这个时候放弃。

锅中的水开始翻滚，适时地将阿萝从绝望的思绪中解脱出来。她抽出火坑中的柴草，将火弄熄，然后用木瓢将热水舀进大木桶中。

当将自己浸没到白雾弥漫的水中时，她突然觉得一切都不再重要。好久都没有像这样泡在热水中了，即便位置是这样的狭小和局限，她依然感觉到一股发自心底的愉悦。这样的感觉，就算是在以前奢华宽阔的浴池中，她也不曾有过。

她若有所悟，也许……也许人的一生不一定非要拥有什么。拥有，不一定会快乐；而一无所有，也不一定就不能快乐。只是她一直不懂而已。又或者，她根本没有机会懂。

闭上眼，她将头仰靠在木桶边沿，本想静静地体味这难得的感受，脑海中却不是时候地浮起子查赫德的身影以及他下午的话，让她整个人又紧绷了起来。

蹙起眉，她觉得莫名其妙，却又无可奈何，开始担心子查赫德会改变主意突然回来。不是没被他看过身体，但撞上总会尴尬。

不自觉地，她加快了擦洗的动作。

YAN NIANG

第六章 伤

　　大草原的冬季在一场小雪后正式来临。所有在莫赫部作客的人都无法再离开，需等到来年春天雪融之时才能起程。青丽娜如此，那个被枪木救了的异域男人也是如此。

　　这一段日子，枪木来的次数更少了，而且每次见面都显得有些心不在焉。子查赫德似乎没怎么放在心上，倒是冷眼旁观的阿萝有些不解。

　　因为大雪，子查赫德待在帐中的时间也相应地增多。但他果真如他自己所承诺的那样，并没有再强迫过阿萝，更没对她做出任何逾越的行为，仿佛那日他只是心血来潮，并不是认真的。放心之余，阿萝觉得怅然若失。

　　这一天，天稍稍放晴，被闷了许久的子查赫德和一众莫赫战士组织了一场大规模的雪地狩猎，青丽娜、蓝月儿、枪木等许多女子也参加了。

　　子查赫德本想叫阿萝也去，但考虑到她羸弱的身子恐怕承受不了寒冷的天气，最终选择了让她留在大帐内。

　　这一次狩猎时间较以往要长，总共耗了七八日。阿萝独自待在帐中，百无聊赖中也会做点针线活。前些日子有人送了几张上好的羊皮来，她打算趁着这段时间给子查赫德赶制出一件袍子。

　　除了自己，她并未给人缝制过衣服，但现在身为奴隶，免不了要做一些过去从不曾做的事。她并不介意，只要不再过以前的那种生活，叫她做什么都可以。

在子查赫德帐中这些日子，虽然地位卑贱，她却感觉到了数年来罕有的平静。这让她不得不打心底感激子查赫德，这个一度让她害怕的地尔图男人。

自己那时候为什么会怕他呢？阿萝停下手中针线，望着火坑中燃得很旺的火焰，微微地出了神。

只因为他那时凶恶的神态吗？毕竟当时的他并无意伤害她。现在想来，自己不过也是以貌取人之辈罢了。摇了摇头，她叹了口气，继续未完的活计。

看着快要完成的袍子，阿萝忍不住幻想起他穿上时的样子。他身形魁伟高大，也不知合不合适。顿了一下，她将有点钝的针尖在发上擦了擦，又继续做起来。

他的肩背宽阔厚实，仿佛可以承担起一切，让人忍不住想靠上去，让他把自己的那一份生命也背负了……

她浑然不觉地想着那些从来不允许自己想的事，突然响起的号角声将她惊醒。察觉到自己刚才的想法，她不禁出了一身冷汗。

号角声一声接着一声地响遍整个莫赫部居住的草原，狗吠声和猎鹰尖啸的声音在白茫茫的大地上远远传来。

是他们回来了！阿萝精神一振，站起来。

当她蒙上面纱、掀帐出来时，留守的人们早已钻出了各自的帐篷，一边向猎人们归来的方向涌去，一边兴奋地高声猜测着这次的收获。小孩子们更是骑着自己的马儿，飞驰着迎了过去。

阿萝呆了呆，也不由自主地跟在了人群后面。

走着走着，她突然发现身边多了一个人，是枪木救的那个男人。她讶异地望向这个容貌俊美得有些邪气的男子，他冲她一笑，然后越过她往前走去。

看着他的背影，阿萝倏地站住脚，低眉思量起来。她去做什么？她凭什么去迎接他？她只不过是个奴隶而已，哪里需要那样的热情！想到此，她茫然失落地看了眼远方的人影，而后毅然转身。

回到帐中，阿萝刚刚将水放到火上，一阵凌乱的脚步声由远而近，在她没反应过来前，一群人拥了进来。

她微感不安地看过去。子查赫德在特兰图、枪木一左一右相伴下走在最前面，青丽娜、蓝月儿等人跟在后面，人人面色都阴郁着。

发生什么事了？阿萝无声地趋前，担忧地看着子查赫德苍白的面容，心跳扑通扑通加快。

子查赫德坐到榻上，环视众人一眼，微笑道："没什么事，都有些乏了，回去吧！"他的声音是阿萝从未听过的沙哑虚弱，她突然觉得脚下有些乏力。

"我要留下照顾你。"青丽娜突然趋前一步，急切地道，似乎想要补救什么。

看了她一眼，特兰图沉声道："我也留下。"

枪木没有说话，却没有走的打算。

子查赫德皱了皱眉，看到人群外静默的阿萝，叹了口气道："已没什么大碍，有阿萝照料就行了。我现在想休息，你们明日再来吧。"语罢，闭目躺下。他的语气中没有商量余地，枪木等人知道他的脾性，也不敢相强。

青丽娜却异常地坚持："你是因我而受的伤，我无法就这样离去。"她蹙眉道，又看了眼不知所措的阿萝，美眸中闪过一丝敌意，不快地道，"而且我担心哑奴不会照顾你……"

"够了！"子查赫德睁开眼，打断她，透出微微的不耐烦，"特兰图，把你的客人带走，我累了。"他声音中的疲乏令阿萝心口不禁一紧，对青丽娜突然有些不满起来。这种不满使一向不大愿惹人注目的她冲动地排开众人，来到子查赫德身边，轻轻地为他盖上毛皮盖被。

特兰图有些尴尬地看了眼青丽娜，为兄长话中的不客气暗暗捏了把汗。

但令人讶异的是，青丽娜这次竟然没有生气。她先是一怔，而后露出纵容的浅笑："你不高兴了吗？好吧，我听你的话离开就是。"语罢，果然不再纠缠，只等着随众人一道离去。

特兰图明知不该，却仍忍不住因为她罕见的柔顺和体贴对兄长升起强烈的妒意。这种心情，他毫不掩饰地表现了出来，只是青丽娜丝毫不理会。

"阿萝，大人的伤在胸口，你小心一点。"走之前，枪木叮嘱道。阿萝应了，看着他们离开，觉得自己手脚有些冰冷。

他的伤……不会太严重吧？

大帐恢复了往昔的安静，阿萝的心跳却出现许久未有的紊乱。素手紧张地攥住自己的衣襟，她悄然来到似已睡去的子查赫德榻旁。

子查赫德闭着眼，面容疲倦而苍白，利剑一般的浓眉紧紧地皱着，似乎在忍受着极大的痛楚。

怎么会这样？他离开的时候还是那样的意气风发，仿佛什么都打不倒，怎么只是短短的几天就……

他好像很痛，大夫呢，他们为什么不叫大夫来？

阿萝慌张地转过身，就要跑去找族里的巫医。

"你去哪里？"子查赫德的声音在身后突然响起，阻止了她匆忙的步伐。

阿萝吓了一跳，回头一看，他竟然撑着在坐起来。

她赶紧跑过去帮他："你怎么样了？是不是很痛？等我一会儿，我去叫大夫。"扶住他，她担忧地问，声音未落又要往外跑。

子查赫德一把抓住她的手，逞强笑道："什么时候变得这样急急慌慌的了？不像我熟悉的阿萝啊！又不是什么大不了的伤，巫医早看过了。"在他的印象中，阿萝一直就是那种不温不火的样子，现在这样的急躁还是他首次得见，不免觉得有趣。

"是吗？可是……"阿萝半信半疑地又转了回来，感觉到他握住自己手的大手好像在微微颤抖，始终有些不放心。

"没什么可是，我的伤口好像裂开了。这里有药，你去弄点水来给我洗洗，然后重新上药就可以了。"子查赫德打断她，不紧不慢地吩咐着，口气平静，仿似说的是别人一样。

裂开了！阿萝的心仿佛被什么扎了一下，忙含糊着应了一声，轻轻抽出手，背过身，脚步有些踉跄地来到火边。在子查赫德视线之外，她紧咬着唇，强忍着心疼的泪水。她不喜欢他受伤的样子，一点也不喜欢！

打水、端水，阿萝一直低垂着头，没有再看子查赫德一眼。

"都说过了在帐中不必戴面纱，又不是没见过你的样子。"在阿萝为他解外袍的时候，子查赫德颇感吃力地抬手扯下了她的面纱。

阿萝低垂着眼睑，没有任何反应。

外袍下是皮制的护甲，小心翼翼地脱下这穿着绝不会让人觉得舒适的软甲，露出里面白色的里衣。而此时，那本应是很干净的素色上，在右胸的位置却浸着猩红仍透着湿腻的血迹。

阿萝纤秀的眉不自觉地紧紧蹙了起来，眼前已有些模糊，抓住他衣服的手开始轻轻颤抖起来。她很想问他是怎么受的伤、巫医又怎么说，可是她不敢开口，她怕一开口，她就会控制不住自己。

子查赫德一直看着她的脸，很敏锐地察觉到她的情绪波动，但却什么也没说。

去掉最后一件衣服，阿萝看见他的胸膛被浸血的绷带重重包扎着。深吸一口气，她努力让自己平静下来，以免手抖得不听使唤，反而加重了他的痛苦。

"不是第一次受伤，却数这一次伤得最冤枉。"感觉到她的紧张，子查赫德以自嘲来分散她的注意力。随着绷带一层层解下，她的脸色越来越苍白，受伤以来他首次感到担心，不是为自己，而是为她，真害怕她会突然晕倒。

阿萝双眼专注于手上的动作，对他的话充耳不闻，费了好大一番功夫才将绷带完全取下。当绽裂的创口完全暴露出来时，她不禁倒抽一口气，喉咙中控制不住地发出哽咽的声音。

看到那约莫有四寸长的可怖创口还在往外渗血，血腥味迎面扑来，阿萝咬紧牙关，弯下腰去拧干毛巾打算为他擦拭干净，以便上药。谁知刚一躬身，眼泪已落了出来，滴在木盆中。

她从来不知道，伤在别人身上，会比伤在自己身上更加让人难以忍受。她讨厌他身上有伤口！

尽管已经泪眼模糊，她的动作却轻柔得不能再轻柔，生怕一不小心就会在他已有的痛苦上再增加一丝半点的痛楚。

听到她压抑的抽泣声，子查赫德的眼微眯，蓦地伸出左手抬起她的下颔，不想竟看见了一张布满泪水的脸。

"哭了？"他疑惑地扬眉，"害怕血吗？那你到那边去，我自己来，等会儿你帮我包扎就好了。"他没想到自己的女奴胆子竟然这么小，不过她一直都是这样，倒也不稀奇。

阿萝摇头，胡乱地用袖子擦了下眼泪，又继续为他清洗："痛……的话……你就说一声……"她终于开口，却哽咽得不能说出连贯的话语，只好再次沉默。

子查赫德闻言，不以为然地笑笑，没有回答。他一生经历无数战争，受伤的次数已无法数清，如果连这一点小伤都要大呼小叫，他也不必再上战场了。不过，她这样说——他脑中灵光一闪，隐约捕捉到了她泪流满面的真正原因，心情不由得大悦。

"你是因为我受伤才哭的吧？"他握住她的手，再次制止她的工作，锐眸紧盯住她因诧异而扬起的水汽氤氲的眸子。

阿萝不自在地别开眼，没有承认，却也没有否认。

"我该给你上药了，大人。"好半晌，她才找回声音，示意他放开她的手。

子查赫德也不迫她，了然地一笑，松了手。

按着子查赫德的指点，阿萝从他的外袍中找到那瓶巫医配制的药膏，小心地为他抹在伤口上，而后用干净的布条为他包扎。

当阿萝的手随着布条穿过子查赫德的腋下时，他的鼻中又嗅到那种曾闻到过的淡淡馨香，令他心中一阵骚动："你用了什么，这么香？"香得令人血脉贲张、绮念杂生。

阿萝一滞，神色变得僵硬："没有。"她低声回答。但心里却明白，这些日子因为他不在，她天天都洗澡，她身上奇异的体香便无法掩饰。她并不是一生下来身体便具有异香，只是因为从小被逼着服食一种香丸，久而久之，身体便开始散发这种香味，再也无法除去。而这种香味……有催情的作用。

"是吗？"子查赫德自然不信，却也不再追问，"今天为什么不来接我？"他想到开始在人群中搜寻她的影子不获时失落的心情，不禁有些生气。

阿萝闻言顿了一下，才又继续。包扎好后，一边为他换上干净柔软的衣服，一边回答："我在给你准备热水……"

听闻此言，子查赫德不禁笑开。

服侍着子查赫德睡下，天色已暗，帐内朦胧一片。阿萝点亮牛油灯，又在火上炖了驼肉，准备子查赫德醒来后吃。

拿起正在缝制的羊皮袍子，她来到子查赫德的榻边坐下，就着昏暗的灯光，继续完成剩下的部分。

在给他包扎伤口的时候，她看见他的身上有着大大小小数不清的新旧伤疤，也难怪在受了这么重的伤后，他依然能谈笑自若，像没事人一样。

叹了口气，她看向他疲惫沉睡的脸，怔怔地出了神。

她不知道自己为什么在看到他受伤时会如此难受，她以前从来不会有这种感觉。有那么一刻，她甚至希望自己能代替他承受那些痛苦，反正她已经习惯了。

地尔图人是个好战的民族，他们的历史就是由数不清的战争连缀而成，归根结底，他们依然只是为了生存。一直以来他们生存的环境都很恶劣，他们只有不断地挣扎求存、不断地侵犯别族的领地，才能延续至今，并变得无比强大。

想到这些，想到子查赫德是从无数的战争中靠自身的顽强和幸运才生存下来的，阿萝就觉得心口紧缩，口中发苦。

她本身的经历让她对战争痛恨无比，却又无力阻止，唯有以逃避来解决一切。但现在，她的主人，这个男人却是以战争为生。她该怎么办？她不想有一天又看见他满身染血地回来，不想看见他奄奄一息地被人抬回来，可逃避已不能解决问题。

她的眉自他回来后就再也没舒展开。

一声轻呼，她心不在焉地被针扎了一下。抬起手指，她愣怔地看着冒出血珠的指尖，久久回不过神来。

锅中传来汤烧滚的声音，浓郁的肉香味在帐内弥漫。

还记得第一次见到他时，他是挟怒而来，双眼射出的利芒如箭一般，几乎可以将人刺伤。正因为如此，他的样子就在那一刻深深地烙印在了她的脑海中。时隔一年多，她依然不能忘记他怒气张扬的样子。如今他容颜依旧，而她却已样貌全非。

他恐怕不知道，因着那一面、因着他无情的言辞，让她首次想到重新审视自己的过往，而后才有了鼓起勇气试图反抗既定命运的行为。

目光落在他棱角分明的脸庞上，阿萝不知道自己这一刻的眼神是多么的温柔。她伸出手，想抚平他纠结的眉头，但手指最终停在了半空，没有落下。

轻轻地叹了口气，她收回手，垂眼，长长的睫毛上沾染了一点晶莹。

夜很静，可以听见子查赫德匀细悠长的呼吸声，还有就是驼肉汤翻滚的声音。阿萝突然觉得很寂寞。她从来都很寂寞，可是从来不会像现在这样觉得寂寞，寂寞到很想要点什么。

甩了甩头，她深深地看了眼子查赫德，然后起身，无声地来到火边，用勺子搅了搅肉汤。而后就那样蹲在火坑旁边，双手环抱住自己，一动不动。

良久。

"阿萝……"子查赫德的声音从卧榻那边传来，有些沙哑。

阿萝一惊，慌忙站起，却发现双腿不知何时已经麻木，险些跌倒，而坑中的火也几乎要燃尽了。胡乱丢了一些柴枝进去，她顾不得脚掌蚁噬般的感觉，跛着脚来到子查赫德榻边。

　　"大人？"她询问地看向双眼睁开的子查赫德。

　　"水。"子查赫德道。

　　阿萝赶紧回身去取煨在火边的茶水。水还是温热的，她用碗倒了大半碗端过去。子查赫德已自己坐了起来，看着她小心翼翼的样子，眼中浮起一丝笑意。

　　"你在做什么？"喝过水，他问，目光落在榻边织毯上的羊皮袍子上，忍不住伸手去拿。

　　"小心……"将碗放下的阿萝看到他的动作，忙出声警告，却已不及。

　　子查赫德一声闷哼，缩回手。好巧不巧，正好碰到插针的地方，被刺了一下。

　　"怎么样，没事吧？"阿萝赶紧趋前，忘了避讳地一把抓起他的手，仔细检查起来。还好，并没扎出血。

　　子查赫德双眼微眯，看着她关切的样子，心弦一动，反手将她的手包在了自己的大掌之中："这么关心我？"在阿萝仓皇地抬眼看他时，他用玩笑似的语气问。然后，他又闻到了她身上那种让人心浮气躁的香味，手中不由自主地使力，将她扯入了自己的怀中。

　　"你……"阿萝大惊，下意识地挣扎，不想乱动的手正好按在他胸口的伤处，立时引来他疼痛的抽气声。她吓得赶紧放下手，不敢再动弹。

　　谁知子查赫德并不放开她，反而伸手到她脑后，取下她的发簪，放下了她那一头令人想念的美丽长发。

　　"只看着你的长发，"他的手指在那滑顺的乌丝间穿过，然后掬起一缕，放到鼻下深嗅，同时梦呓般地低喃，"就可以勾引起男人的欲望。"

　　阿萝僵硬着身子趴在他怀里，听到他的话，心里一阵恐慌："大人，请你……看看阿萝的……脸……"她颤声提醒着，不希望在明晨看到他懊恼厌恶的神情。

"如何?"子查赫德依言抬起她的下颔,一瞬不瞬地看着她布着两条丑陋疤痕的脸,不以为然地问。他早就看习惯了,现在反发觉她的肌肤雪白晶莹,美丽得不可思议。

感觉到他的目光开始充斥欲望的炙热,阿萝的手心和后背冒起了冷汗:"大人,阿萝是……"她想再次提醒他自己曾是巴图女人,谁知话未说完,已被他封住了双唇。

他的吻如他的人一样,霸道而强悍,让人无法抗拒。

阿萝还有很多话要说,比如他身上有伤,比如他说过不强迫她的,比如火上还炖着肉,比如……只是一切的借口在他燃烧的欲望面前都化为了乌有,一切的抗拒都因莫名的心疼而不得不放弃。

夜深沉,寒风呼啸着在帐顶上打着转,帐内却温暖得让人想起了春天。

他疲累地睡了,伤口再次渗出血来,染红了绷带。他的手却依然占有性地抱着阿萝,仿佛仍眷恋着她温凉如玉的肌肤。

早该想到会有这么一天的。阿萝看着身边的男人,微微的黯然,却并不怪他。当他开始闻到她身上的异香的时候,她就知道难以避免了。只因,她曾是颠倒众生的秋晨无恋——一个可以让一个部族在瞬息间毁灭的红颜祸水、一个可以引起战争和杀戮的女子。

冰城的主人,一生下来便注定要为她的族民谋求和平安定。冰族自古以来都是阴盛阳衰,女子以美貌闻名天下,这很容易就会招致其他由男人占据统治地位的民族的觊觎。为了不亡族,历代以来,他们都只能寻求强者的庇护,而唯一的方法,就是以族中血统最高贵、容貌最美丽的女子与外族联姻。

轮到她这一代,她和她双生的妹妹秋晨冰君便成了最佳的人选。从小她们就被精心地调教如何让一个男人对她们死心塌地,其中的一项就是服食香丸,一种可以让人身体散发出催情香味的药物。

小冰君在八岁那年突然染上一种怪疾，从此沉睡不起。除了她，没有人知道，深夜的时候小冰君会醒。她没有告诉过任何人，因为她希望爱笑的小冰君一直都爱笑。所以，她，秋晨无恋便成了联姻的唯一选择。

　　那一年，她十四岁，冰城以最华丽的马轿、最盛大的仪式，将她献给了最强大的摩兰国前任君主。

　　她没有喜悦，也没有忧伤，只有对天意的顺从。那个男人正值壮年，她以为他会是她一生的依靠、冰城的依靠。那时候她依然天真，天真得不知道对美色和权势的欲望可以让人不再称之为"人"。

　　她的第一个男人因为她被一个野心勃勃的部落首领暗杀了，他的兄弟又以她的名义挑起战争，在一夜之间将那个部族灭绝。三年间，她被一个又一个的男人争来夺去，他们有的甚至连她的头发也没碰到就倒在了血泊中。他们每个人都想拥有她、每个人都说他们所做的一切是为了她，连杀人也是。

　　她忍受着无尽的屈辱活了下来，只因她是冰城的少主，她活着的唯一目的就是维护冰城的和平安定。她不管她身边的男人是谁，她只要确定她所做的一切能帮她保护冰城、保护她唯一的妹妹就够了。

　　她要的是和平，不是战争。

　　但是她没想到，她要的和平得用鲜血来构建，她没想到人的欲望会这么可怕，她更没想到她一心想要保护的小冰君最终还是逃避不了既定的宿命，被献给了权倾天下、神秘莫测的黑宇殿主。

　　那一日，身边这个男人出现在她面前，冷漠而轻蔑。那一夜，她从噩梦中醒来，突然之间心灰意冷。她们一直想要和平，冰城却一直没有真正得到过和平，那她们历代女子所做的一切又有什么意义？到头来，得到的不过是一个祸国殃民的罪名。

　　若不是他……阿萝看着子查赫德刚毅的脸，神色变得无比的温柔，她试探着将脸偎向他宽厚的胸膛，只是那么轻轻地一触，却又缩了回来。

　　他之于她，或许不同于其他男人，但那又如何？连过去的秋晨无恋在他眼中也只是一个姿容比较出色的巴图女人，何况如今的阿萝！

"不是爱风尘，似被前缘误……"她将手小心翼翼地放在子查赫德搁在她腰间的大手上，温柔似水的褐眸中闪烁着泪光，几近无声地叹息。

若还是冰城的恋儿，她定会不顾一切地追随在他的身边，全心全意地爱他、怜他。可是阿萝不行！阿萝只能远远地看他、只能衷心地为他祈求幸福安康。

"大人……"她轻唤，不知他是否睡熟，若没有，她应该为他重新处理一下伤口。

子查赫德没有回应。

阿萝又等了一会儿，才悄然起身。她是不应该睡在他的身边的。

火坑中的火早已熄灭，肉汤还在冒着热气，散发出诱人的香味。她同子查赫德一样，都没吃过晚饭，这时有些饥肠辘辘，只是没什么心情吃。

因着子查赫德的伤，她不大放心去睡，当下拿起羊皮袍子继续缝制，希望能在这一晚做完，那他明日就可以穿了。

她缝得很认真。她心中明白，刚才发生的一切可能是她身上的催情香引起的，她更清楚自己和他之间的距离。她没想过要什么，她也不会要什么，她只想，只想……

看他穿上自己亲手缝制的衣服，看他喝自己精心烹煮的茶，看他脸上露出淡淡的笑……只要能这样，她已心满意足，不敢再奢望其他。

因为火已熄灭，帐内渐渐被外面透入的寒意浸凉。牛油灯摇曳着，在帐外旷野上呼啸而过的北风声映衬下，分外显出冬夜的冷寂。

阿萝的手足也随着温度的下降而变得僵冷，不得不时常放下针线起身走动一下，搓热僵得不听使唤的手。

终于，在天色微亮的时候，子查赫德的羊皮袍大功告成。阿萝欣慰地起身，将袍子折叠好放在仍熟睡的子查赫德枕边。揉着酸疼的脖子，她打算将火生起来，等会儿做早饭。

轻轻的咳嗽声将子查赫德惊醒，他睁眼，枕边余香犹存，却不见了阿萝，他不禁支起身在帐中搜寻她的身影。

阿萝压抑过的咳嗽声从灶塘那边传来，她单薄瘦弱的身影随后映入他的眼中。

是着凉了吗？他皱眉，有些担忧。

"阿萝，过来。"他喊，经过一夜的休息，他已觉得精力充沛。伤口处虽然仍火烧般疼痛，他却丝毫不放在心上。

他看到阿萝明显地僵了一下，而后才缓缓起身，慢慢向他走来。她看上去有些憔悴，是因为昨夜……

"大人，你应该先穿上衣服。"阿萝打断他的揣测，平静地道。他赤裸着裹着绷带的上身，就这样坐在那里，让她有些不悦。这样冷的天气，他又受了伤，怎能这样不珍惜自己？

子查赫德一把抓住她准备为他穿衣的手，立时被她小手的冰冷吓了一跳："怎会这样冷？"他不解，"你起来有多久了？"

他的手很温暖，阿萝的心也似乎暖了起来，她却没将心思丝毫泄露在脸上："大人，请让阿萝服侍你穿衣。"她试着抽出手。

"又和以前一样了吗？"子查赫德黑眸微眯，大手像铁箍一样，不让阿萝有逃脱的余地。"昨晚那个柔情似水的阿萝到哪里去了？"他讨厌她一脸什么事也没发生过的样子。

"大人，请您……"阿萝硬着心肠，打算忽略他的话，昨夜，若不是担心他，她必不会失常。

"够了！"子查赫德突兀地打断她，一把将她扯入怀中，"你这个……不知好歹的女人！"埋首在她的颈侧，吸入她奇异的体香，他颇觉矛盾地低喃着。不明白自己究竟想从她身上得到什么，若说是她的身子，那也已得到了，为何他还是觉得不甘？

阿萝透过他的肩膀，茫然看着前方帐上挂着的大弓，有些不知所措。他手上的力道很大，仿佛要将她融进他的身体。

良久，她放弃坚持，迟疑地抬起手，试探性地抚上他的发。

她已没有什么可失去的了，为什么不让他开心点呢？

YAN NIANG

第七章　承诺

　　青丽娜一身白色襦裙，外披雪狐皮镶的披风，俏生生地立在雪地中。在黑褐色凋零的粗糙树干的映衬下，高贵中透着难以言喻的清丽。敛起一贯的逼人锋芒，她显得尤为楚楚动人。

　　"哑奴，你来了。"看着铅灰色的天空，她温和地开口，却没有回头。

　　阿萝来到她身后，不明白她叫自己出来有何目的："是，青丽娜小姐。"疑惑让空气变得沉寂，充满了未知的惶惑。

　　青丽娜温柔地一笑，美眸中有着一丝若隐若现的茫然。她一向不大瞧得起阿萝，现在却不得不正视这个女奴的存在。自她初逢子查赫德这个男人起，他的所作所为都与她对男人一贯的认知大为相异。从他拒绝自己暗示性的诱惑，到他对阿萝这个身份卑贱、容貌骇人的巴图女人非同一般的重视，以至那日狩猎时他为救失足落入陷阱的自己而受伤，这一切的一切，都让她觉得迷惑，甚至于开始对他产生莫名的好感。只是这个男人的心思并不在她身上，也许，到目前为止，他喜欢这个巴图女人更甚于她。

　　当然，她也明白，他和哑奴是不可能有结果的。地尔图最大的部族首领，怎可能要一个巴图女人做自己一生的伴侣？而她，青丽娜，草原上最美丽的女人、奇柯族三大军事首领之一，撇开枪木不说，她有足够的资格与他相匹配。

　　这是青丽娜第一次想到与一个男人厮守一生，因此，她定会珍惜这个非同一般的机会，不会让任何人破坏。

　　"你是什么地方的人？"她问。她知道，要战胜敌人，首先应该掌握到对方的弱点。而哑奴的弱点，就是她的过去。

　　阿萝一怔，没想到青丽娜会问这个问题。稍一犹豫，她才缓缓回答："冰原。"冰城在冰原，那里除了冰族，还有很多其他族群，她如是回答，并不会让人怀疑她的身份。

　　"冰原！"青丽娜美眸一亮，随即浮起梦幻般的神采，"那是个美丽的地方。"她曾作为奇柯族的使者，到冰城为她的族长求婚，却不获而归。不过那里的美丽却深印在了她的记忆中，包括那个拒绝她的少女。即使被拒绝，她心中也并没有气恼过。那样美丽、那样可爱的少女，是怎么样也不会让人生气的吧？

　　看着她的神情，阿萝心中一痛，突然强烈地思念起那个生她养她的地方，强烈地思念起她的亲人来。"是，那里很美丽。"因为过于美丽，所以不容于世。她幽幽地低喃，感到无比惆怅。

　　她的情绪很快便被敏锐的青丽娜察觉："哑奴，你在这里做什么呢，为什么不回家乡去？那总比终生为人奴仆好吧！"青丽娜丝毫不显露心中的喜悦，柔声循循诱惑着。她知道，有的事是不能急的。

　　阿萝茫然："回去？"她能回去吗？她这个抛下一切责任的逃跑者能回去吗？她已经是冰城的罪人了，她的城民、她的家人还会接纳她吗？

　　寒风呼啸过林梢，将枝梢上的积雪刮了下来，纷纷扬扬地落了两女一身，似乎预示着另一场暴风雪即将来临。

　　阿萝突然觉得很冷，一种打心底升起的寒意瞬间弥漫了全身。

　　"不错，回去！你要知道，只要是在这里，你就得终生为奴。"青丽娜回过身，首次正视阿萝迷惘的眼，"而且，以你的容貌和过去，在这个熟知你的地方，你以为你可以找到一个不计较你的过去、可以让你托付终身的男人吗？你以为与柃木或其他女子成婚后的子查赫德会一直待你这么好吗？"

一连串的反问，并没有击中阿萝内心的脆弱点，阿萝一直没将这些放在心上。但是，青丽娜开始关于回家的话，在她心中所击起的波澜却让她久久不能平静。她沉默不语地回望眼前绝美的女人。为什么要和她说这些话？她不认为骄傲的青丽娜会关心一个曾让她鄙屑的女奴。

阿萝洞悉一切的眼神让青丽娜有些狼狈，她修长的眉微微一皱，想掩饰什么似的慌乱开口："别傻了，哑奴！你不会是对子查赫德抱着什么奢望吧？你以为像他这样身份的男人，会娶一个巴图女人做自己的妻子？"

阿萝木然看着她，在那一瞬间明白了青丽娜的心思。一个女人对另一个女人这样关心，若不是出于友谊，便是出于忌妒。她相信青丽娜不会对她有任何友谊，那么……

"你喜欢莫赫大人。"她缓缓地道出了事实。

青丽娜猝不及防，瞬时闹了个面红耳赤。但她很快收拾住自己的窘态，昂然扬起了美丽的下巴，索性直言承认："不错，我喜欢他！你要和我争吗？"后面一句话有些底气不足，只因对子查赫德，她一点把握也没有，何况还有一个柃木在。

阿萝眼中掠过一丝落寞，低下头，看着脚下被踩上污迹的雪。她哪里有资格争？

"我是莫赫大人的奴隶，走不走由不得我做主。"她转开话题，陈述一个事实。一直以来她都不是由自己做主，现在难道能例外？

听出她的语气，青丽娜心中一喜，显得有些急切地道："这不是问题。只要你愿意走，我可以为你制造机会。我还可以给你一笔足够你下半辈子过活的钱财，那你就可以不必再做巴图女人了！"她相信，没有女人会心甘情愿做那一行。

阿萝听青丽娜如此说，知道自己梦想很久的自由就在眼前，只等她答应了。可是为什么她没有自己想象中那么高兴？为什么她会觉得胸口有些闷，好像要喘不过气来？

"等他伤好……"她发现自己在说，觉得有些恍惚。可是她是应该离开的，只等他伤好，她一定会离开的。

看到她的神情，青丽娜虽然不情愿，却也不敢强逼她。毕竟在这样的雪季让一个女人远行，与要她的命又有什么区别？

"好，一言为定！"青丽娜愉快地笑了，为成功除去一个情敌而高兴。她相信阿萝不会反悔，她也不会允许阿萝反悔。

"嗯。"阿萝几乎无声地回答，又抬头细细看了眼青丽娜。这是个可以温柔也可以刚强的女人，在行军打仗的时候可以跟在丈夫的身边，在他遇到危难的时候可以帮助他。不像她，只能眼睁睁地看着，却无能为力。

被她小鹿一样纯美的眼睛看得有些惭愧，青丽娜不自在地微微侧了侧头。

"你要答应我，无论他选择的是小姐你，还是枪木大将，都要好好对他。"阿萝首次开口要求，也是唯一的要求。她不希望任何人伤害到他。

青丽娜闻言，毫不犹豫地点头答应。只要阿萝一走，她就有信心让枪木主动退出。

得到这样的保证，阿萝才稍稍放心："小姐，我要回去了。"语罢，她没有等到青丽娜的回答，便转身往回走。离开了这么久，没人照顾子查赫德，她有些担心。

青丽娜愕然看着阿萝单薄的背影，在雪地的映衬下，穿着灰色宽大袍服的阿萝并没有任何让人觉得美丽的地方，但是偏偏地，她却再次产生了这个巴图女人很美丽的错觉，而且美得让人心神颤动。

"她和你说什么了？"身着小羊皮袄、梳着一头小细辫、戴着圆顶小帽的蓝月儿在阿萝回去的路上拦住了她，扬着娇俏的小下巴，有些傲慢地问。

看得出，她对青丽娜有着很强的敌意，因此也波及了阿萝。对于她，阿萝始终无法责怪，只因那小女孩的刁蛮和娇憨是没有心机的，她甚至可以感觉到蓝月儿心中的惶惑和无措。

只是，这些原与她不相干……

"青丽娜小姐并不喜欢特兰图大人。"轻轻地说完，阿萝的眉不禁蹙了起来，她说这个干什么？不是不要管这些事吗，别人的感情与她有什么关系？

没想到被她一眼看穿心思，蓝月儿立时闹了个措手不及，小脸涨得通红："她……她喜不喜欢特兰图干我什么事！我……我……"她困窘地一跺小蛮靴，转身想走，却又不舍。

看到她小女儿的娇态，阿萝的心不禁一软。还记得与小冰君深夜在梨苑中散步时，她说起那个银发少年的情态。都是一般的心思，只是妹妹的是镜中花、水中月，这一生已难以如愿；而眼前的女孩子却不一样，她的心上人虽另有所爱，但至少是真实地生活在她身边、触摸得到。但愿她能够幸福吧！

"青丽娜小姐不会喜欢特兰图大人。"再一次，阿萝违背自己的初衷，郑重地陈述她所感觉到的事实，只因她不想这个小女孩再被无望的感觉折磨了。

"你……怎么会知道？"蓝月儿先前的嚣张气焰突然消失不见，她咬着下唇缓缓转过身来，眼中泛着水汽。

一直以来，娇蛮任性只是她保护自己的一种方式。从小到大，她都喜欢着特兰图这个始终保护她的二兄，可是特兰图只当她是个小妹妹，她就只好用别人都不认同的方式来赢取他的关注。直到青丽娜出现，面对这个无论在什么方面似乎都比自己强很多的对手，她突然很害怕，她总觉得这一次她是真的要失去她的二兄了。但她一直压抑着这种恐慌，一次又一次地对自己说，她一定可以从青丽娜手中把二兄抢回来！天知道，事实上连她自己也不相信这种谎话。阿萝突如其来的话却让她的心中再次燃起了希望，同时也将她长久压抑的委屈释放了出来。

看到她欲哭的表情，阿萝不自在地别开了头，心中有些酸楚："我曾经服侍过她……对不起，我得回去了。"阿萝说了一个不是太令人信服的理由，她不想告诉蓝月儿青丽娜实际上只对子查赫德感兴趣，她不想给子查赫德惹麻烦。

没有等到蓝月儿回应，她擦过小女孩的肩匆匆往回走，仿佛有什么在追着她似的。

"阿萝……谢谢你！"蓝月儿的感激从后面急切地传来，让人体会到她性格中率真的一面。

阿萝没有回头，也没回应，当然也看不见蓝月儿遗憾的神情。

来到子查赫德的大帐外，她听见里面有人说话的声音，显然不是子查赫德一个人在，这时她才稍稍放下心来。

是枔木和特兰图。见她回来，两人也并不是如何在意。倒是子查赫德，他坐在榻边，看向她的眼神中露出询问的光芒——她去见青丽娜他并不知道。

"焰人自视甚高，而且古怪。放着自己族中的女子不娶，专门迎娶别族中出身高贵姿容出众且又冰清玉洁的女子。"枔木愤愤地道，继续他们开始的话题，"真不明白他们是怎么想的！"

特兰图一改他平日莽汉的形象，与子查赫德对视一眼，露出会心的微笑："他们不是有一个什么传说吗？"他漫不经心地道。鬼才会相信如此一个大族会单单因为一个莫须有的传说而坚持不让本族女子绵延子嗣，这其中的道理只要仔细一想便会明白。

"阿萝，你过来。"没有得到阿萝的回应，子查赫德向她招手道。阿萝微一犹豫，向他们走过去。

"传说？"枔木冷笑，"什么传说？不过是侮辱女子的借口罢了！真不知他们的女人都是干什么的，就这样甘心白白被欺负！"

听他们的话，阿萝知道他们是在谈论他们的死敌——焰族。阿萝走到子查赫德旁边："您想要什么，大人？"她在不打扰谈话的情况下小声地问。

"去哪里了？"子查赫德忍住抓她手的冲动，淡淡问。醒来时没看见她，让他很不安。

"枔木，你以为别族女子都似你们一般吗？"特兰图取笑的话传进阿萝的耳中。她沉吟了一下，决定不告诉子查赫德青丽娜约见她的事。

"去湖边，想看看冰有没有化。"她垂下眼，说着她并不陌生的谎言。很多时候，她不得不说一些言不由衷的话，这也是她不喜欢开口说话的原因之一。

　　对于她的回答虽然不算满意，但在这种时候也不好深究，子查赫德点了点头，吩咐道："你去煮壶茶，然后弄些吃的。枪木和特兰图会在这里吃饭。"

　　交代完这些，子查赫德这才加入谈话："焰族历经数百年，人丁并不兴旺，却始终能保证其草原大族的地位，枪木，你难道以为这与他们这种无情的做法没有任何关系吗？"他带着乏意，侧身靠向一旁的枕头，慵懒地道。

　　"焰族血脉遍及天下，你以为他们只是单纯地想驱逐他们的女人吗？"看到枪木不可置信的表情，子查赫德有趣地再补上一句。很多时候，女人更愿意相信一些梦想般的言辞，他们地尔图的女人也不例外。

　　摇了摇头，枪木对他的推测依然持怀疑态度。她不相信一切只是基于焰族男人的野心，更不相信这种毁掉本族女子一生的做法只是一个不着痕迹吞噬天下的阴谋，她更不相信那些女子会就这样任由摆布。

　　子查赫德微微一笑，也不和她争执。女人的看法一向和男人不太一样，这之间谁也说服不了谁，也没那个必要。他的目光落向阿萝忙碌的身影，神情不自觉地变得温柔起来。

　　"不管是什么原因，焰族始终是我们的死对头，小心着就是了。"特兰图道，然后岔开话题，"对了，枪木，你救的那个男人的身份弄清楚没有？我总觉得他不简单。"

　　枪木闻言，神情突然变得不自然起来。她不安地看了子查赫德一眼，见他没太注意，这才悄悄松了口气。

　　"嗯……他说他是中原人，叫秋若湖，被仇人追杀，流落到此。"她中气不足地回答。这么一点资料，实在让人无法相信。

　　特兰图还想再问，子查赫德却先一步打断他："没有关系，每个人都有自己不欲示人的隐私。他若愿说就说，不说便罢，不必追究。"

　　听兄长如此说，特兰图只得作罢。当下三人又商议起开春后的一些事宜，希望趁闲时早做准备。

　　阿萝缝制的羊皮袍正好合适，穿在子查赫德的身上，越发衬出他的英武挺拔来。

阿萝呆呆地看着眼前这个粗豪的男子脸上漾起开怀的笑容，感觉到心口处滑过一丝暖意。

"阿萝！"子查赫德粗糙的大掌抚上阿萝的脸庞，炯炯的黑眸中流露出浓烈的情感。她愿意为他做衣服让他很意外，也很开心，然而他却不知要怎样才能让她明白他的心情："阿萝……"他咧开嘴笑，然后勾住阿萝的腰，将她搂进自己的怀中。

这个男人没有花言巧语，也没有太多的柔情，有的时候冷静淡漠睿智得让人害怕，有的时候又拙于言辞，就如现在，但这却是他最真实的一面。阿萝知道她只有处于现在这样的地位才能看见这些，以前不行——拥有美丽的时候不行。

她尝试着将脸轻轻贴上他心跳的位置，伸出手环住他粗壮的腰，他有一个可以让女人倚靠的胸膛，但她却不敢要。

阿萝反常的依恋让子查赫德很诧异，不禁变得小心翼翼起来，生怕一不留神她又变回以前那样。

"你一定要快点好起来。"幽幽地，阿萝呢喃着，虽然很舍不得，却仍然希望看见他健健康康地站在自己面前。

听到她的话，子查赫德微笑："不要担心，过几天就没什么了。"也只有在这种时候他才感觉到她是在乎他的，第一次，他突然觉得受伤也不一定是件坏事。

"那就好。"阿萝柔声回应，心里却冷冷的，有些空落。顿了一顿，她又想起什么，仰首看向子查赫德不再冷硬的面庞，"可不可以答应我，以后不要再让自己受伤了？"她知道这个要求过于不切实际，但她不得不做这样的请求，她只希望他能因此更爱惜自己一些。

子查赫德哑口无言。他知道他这一生都离不开战争，因为他是地尔图人，因为草原不是只属于地尔图人，而有战争就会有伤亡。他是个诚信的人，不愿意答应自己做不到的事。

看到他的为难，阿萝不禁叹了口气："不能答应吗？"她落寞地从他的怀抱中退了出来，有些神思不属地转身打算去做事。她知道以后不论她走到哪里，都不可能真正地安心了。

她的背影单薄而无助，让人不能自已地怜惜。

"我最多只能答应你，尽量不让自己受伤。"沉默了一会儿，子查赫德突然开口，看到阿萝惊喜地回头，他又补上一句，"但是……我有一个交换条件。"他是个善于利用形势的人，有的时候这个习惯并不是太好。

阿萝一怔："什么？"她想不出他对她会有什么要求。

子查赫德攫住那双如小鹿般温柔的褐眸，期待专注的神情让阿萝的心跳不自禁地加速："从来没见过你笑，我希望看见你笑。"说不上为什么，他知道笑对于她来说并不是一件容易的事。但从另一个方面来说，也就证明了他无法让她开心，这样的事实让他分外觉得挫败。

笑！阿萝茫然回望他严肃的神情，有些不知所措。

她也曾笑得无忧无虑，也曾笑得天真无邪……直到她发现她的笑带来的只是鲜血与杀戮，只是平民百姓愤怒的指责与唾骂，只是别人的痛苦与泪水的时候，她就再也不会笑了。

若是以前的秋晨无恋，子查赫德想看到她的笑，她毫不奇怪，但现在的阿萝……阿萝的笑又有什么值得期待的呢？

"我……不会。"垂下眼睑，她迷惘地低喃。语罢，不由自主地咬住了下唇，秀眉轻轻蹙了起来。她不是不想笑，是真的不会了。

"你……"子查赫德气结，大步来到阿萝的面前，伸手抬起她的下颌，却意外地发现她的眼中竟闪烁着晶莹的泪光。他不禁有些哭笑不得，叹气道，"你这女人，让你笑，你却给我哭……好了，不会笑就不笑吧，我不难为你就是了！"他本不是一个容易妥协的人，对她却实在是硬不起心肠来。

阿萝不语，眼泪也并没有落下来，只是抬手抓住他的大手，紧紧地握住。这个男人为什么总是把温柔给一些在别人看来是无足轻重的人或物？他为什么不像其他男人一样，倾慕秋晨无恋厌弃阿萝？如果他和她以前所见过的男人一样，她就不必像现在这样舍不得，也不必再为他担忧了。

"怎么了，阿萝？"她的反常终于让子查赫德开始隐隐不安。

阿萝摇了摇头，牵着子查赫德来到火边的软垫上坐下，自己则依偎着坐在他身边。

"我记得你提起过冰城的秋晨无恋。"看着火塘中跳动的火焰，阿萝柔声道，漫不经心的表情让人以为她只是随口闲聊，"曾听过她的大名，人们都说她是个祸国殃民的女人。究竟是不是呢？"

这是阿萝第一次愿意主动和人闲聊，子查赫德很喜欢，当下抛开心中莫名其妙的不安，知无不言、言无不尽起来："也不尽然。"他沉吟道，"我见过她，除了容色出众外，不过是一个柔弱普通的女子罢了。"这是他第三次对秋晨无恋作出评论，不知是否因着阿萝罕见的亲昵和温柔，他心情很好，因此出口的言语也客气了许多。

"是吗？"阿萝微觉诧异，有些糊涂于他对秋晨无恋的感觉，"那么为什么那么多人怨恨她呢？"她当然知道，但仍想听听子查赫德的意见。

子查赫德微微一笑，反手握住她的手："也有很多人喜欢她。"顿了顿，他才又道，"因为她很美丽，所以她什么也不必做，就会有人愿意为她献出一切，包括自己和别人的生命。"

"是这样吗？"阿萝突然觉得有些冷，于是蜷缩进子查赫德宽厚的怀中，希望能从那里汲取到一丝丝温暖。"那你呢？如果她愿意成为你的女人，你会不会要呢？"

轻柔地环住阿萝纤瘦的肩，子查赫德听到她天真的问题，忍不住哑然失笑："你真是一个奇怪的女人，这样不可能的假设也想得出来！"

低头在她光洁的额上落下轻轻的一吻，他决定纵容她的奇怪："不会。"他回答得斩钉截铁，思索了一下才继续解释，"我告诉过你，我们的王迷恋着那个女人，我不会为一个女人做出对我的部落族民不利的事。"他绝对不会允许自己像王或特兰图那样，为女人神魂颠倒到什么都不顾。

听到他回答，阿萝并不意外，只是淡淡嗯了声，然后侧耳倾听帐外雪落的声音。狼饥饿的嗥叫声从旷野上远远传来，让人既恐惧又心生怜悯。在这样的大雪天，狼多半是寻觅不到食物的。

地尔图人自称是狼的后裔，对狼有着极特殊的情感，因此他们有一个让其他民族无法理解的风俗，就是饲狼。

每到雪季，狼寻觅食物十分困难，在这个时候，地尔图人会每隔十天至半月，在由奴隶专门饲养的牲畜群中挑选一批家畜放逐至原野上，供狼捕食。这样一来，凡是在地尔图人生存的地方，狼也会比其他地方多。

这一日，伤势初愈的子查赫德迫着阿萝和自己一起参与了饲狼的行动。他希望阿萝能很快接受并融入他们地尔图人的生活，他不喜欢她始终以一种旁观者的姿态来看待她周遭的一切，那会让他觉得，她似乎会随时消失一样。

阿萝坐在子查赫德送她的那匹枣红马上，将自己包裹在宽大的披风中，只露出一双眼睛。

雪不大，细细的像玉屑一样，但寒风却依然猖狂肆虐。在这样的天气中纵马奔驰，实与受罪无异。

人们一边呼喝，一边将马鞭在空中甩出响亮的啸声，骑着骏马从这面驰向那面，又从那边奔向这边，将惊慌失措的羊群驱向辽阔无垠的雪原中。

阿萝只是和子查赫德遥跟在人们的后面，并没有加入他们的驱赶行动。

看到羊群无助的样子，想到它们即将葬身于饿狼的腹中，阿萝就觉得浑身乏力、心中不忍。她根本不能明白地尔图人为什么要用柔弱善良的羊羔来饲养凶恶的狼群，更加不明白子查赫德又为何要她来面对这样残忍的场景。

"你早晚得习惯，"将她的抗拒看在眼里，子查赫德突然开口道，"你要知道，在这个弱肉强食的地方，如羊羔一样的人，唯一的选择就是任人宰割。"

阿萝心冷地看向脸上没有任何情绪的子查赫德，在这一刻，说着这样的话，这个男人似乎又是那个站在山巅上指挥若定的子查赫德。

"总有一天你会发现，除了自己，任何人都靠不住。"与她对望半响，子查赫德又缓缓补充道。他不认为自己会一直在她身边，在这个世上，无论关系如何亲密，也不可能时时刻刻都在一起，她的柔弱始终令他无法放心。

阿萝敛目不语。她怎会不知道？她早就明白了。

一声长啸突然响起，驱赶羊群的人马闻声齐齐掉转马头回驰，任羊群四散逃逸。这样的情景让阿萝有些吃惊，子查赫德已牵着她的马头避到了一边。

"即使我们提供食物，狼也要依靠自己的实力捕获猎物。同样，这些羊如果有本事逃回去，它就享有被精心饲养直到老死的待遇，脱离被屠杀或再次成为供养狼的祭品的命运。"子查赫德为阿萝释疑，炯然的目光则落在惊惶奔逃或吓得伏在地上瑟瑟发抖的羊群身上，神色冷漠而傲然，"这很公平。而这种公平只有我们地尔图人才会赐予它们，在其他种族，牲畜唯一注定的命运就是被宰杀。但是，到目前为止，还没有一只羊有这个本事，能得到我们准备的优厚待遇。"

阿萝有些茫然，他说得没错，整个冰族就像他所说的待宰羔羊，始终依附着大族生存，这无疑是将自己的命运交付在别人的手中，怎可能有好的下场？奈何他们一直不懂，徒然浪费掉一个又一个花样年华的少女一生的幸福。

"人都贪图安逸富贵，厌恶辛劳贫穷。但是奢华的生活很容易便能磨蚀掉一个英雄的意志和坚韧，让他变得如你现在所看到的羊羔一样软弱。"子查赫德继续道，对从他们面前驰过的人们视若无睹，"所以，无论我们地尔图人现在是如何的富有或强大，我依旧要求我自己和我的族民远离奢华安逸。只有这样，我们才不会让我们的敌人有机可乘。"

听到这里，阿萝恍然大悟。难怪她一直觉得除了在战场上，她所看到的一切都让人无法相信地尔图人是草原上最强大的民族之一。

"我明白了。"她首次回应，明白了他要她坚强的苦心。她突然觉得有些心酸，若冰族有这样的领袖，他们或许不会落到眼下进退两难的尴尬境遇。

子查赫德还待再说点什么，却被突然响起的青丽娜轻快愉悦的声音打断："子查赫德，你们怎么在这里？"

两人循声望去，只见一身劲装的青丽娜在特兰图的陪伴下骑在一匹高大的白马上向他们缓步踱过来。

"你好，青丽娜小姐。"子查赫德礼貌地向她打招呼。

冲阿萝微一点头，青丽娜巧笑嫣然："你们这饲狼习俗倒是有趣，普天之下恐怕也只有你们地尔图人有这个胆量和本事做这样的事吧？"

子查赫德微微一笑，对青丽娜明显的赞美不以为意："没想到青丽娜小姐也有兴致来参加我们这微不足道的活动。"

特兰图道："是我请青丽娜小姐来的。在这冬日里，也只有做点事才能打发无聊的时光。"

"是啊，真的很有趣！"青丽娜兴奋地道，显然意犹未尽，"我听说你们通过这种活动提供给牲畜脱离被宰杀的命运的机会，是吗？"这在她看来实在有些不可思议。

"不错。"子查赫德淡淡回应，看了眼静立一旁的阿萝。她低着头，在不易察觉地发着抖，似乎在极力抵抗寒冷，他准备带她回营地。

谁知青丽娜谈兴正浓："那么我想问一下，你们既然连牲畜都给了这样的机会，那么你们的奴隶是否也同样有获得自由的机会呢？"她说得漫不经心，让人丝毫想不到其他。

阿萝却浑身一僵，听出了她的意图——她正在为自己寻找光明正大离开的机会。想到此，阿萝不由自主地看向子查赫德，心中有些矛盾，不知道想他怎样回答。

子查赫德一怔，没想到青丽娜会有此一问，顿了顿才道："当然有。"但他并没有说下去。

倒是特兰图接了过来："在我们的南面是辽阔的戈壁和沙漠，我们族规规定，只要奴隶是从那个方向逃离的，我们必须放弃追赶。因为沙漠是我们地尔图人祖辈世代居住的地方，那里的恶劣条件我们比谁都清楚。无论是谁，只要有本事穿过沙海，就值得我们尊敬。"

听到这样的回答，青丽娜眼中亮光一闪，不着痕迹地瞟了眼阿萝，嘴角露出一丝得意的浅笑。

阿萝只觉脑中一片空白，无法再思索。

也许，这就是天意！

YAN NIANG

第八章　终须去

"不是爱风尘，似被前缘误。花落花开自有时，总赖东君主。

去也终须去，住也如何住！若得山花插满头，莫问奴归处。"

幽幽叹了口气，阿萝放下笔，温柔地看着案上被着上墨迹的白绢，怔怔地垂下泪来。自逃离摩兰都城萨古以来，这是她第一次执笔填墨，写的是数年前她曾翻阅到的一个汉人女子所作之词。她并没有写这首词的人的豁达胸怀，她很舍不得，舍不得一个她永远也没有资格拥有的男人。

半晌，泪眼模糊中，她再次提笔，落下"阿萝"二字。她不想在走之后还为子查赫德招来麻烦，因而决定不将自己的真实身份告之。

再坐了一会儿，当她发现随着时间的流逝，心中的依恋越来越深时，她毅然起身，拿起搁在一旁的包袱，不再犹豫地走向帐门，甚至连回头看一眼的勇气也没有。她知道再留恋下去，她恐怕会失去理智，决定留下。

她离开，并没有知会青丽娜。

帐帘掀开，一股清新的风带着青草香味迎面扑来，让人精神一振。

雪已经融了，嫩绿的新草随处可见。这是大草原的春天，比别的地方来得都要晚一些。地尔图人每年春季在王庭都有一个祭天大典，向上天祈求一年的风调雨顺，每个部落的首领都必须参加。听说那里很远，骑马要走上好几天，子查赫德和柃木等人现在想必还在路上吧？

为了不惹人注意，阿萝没敢去取子查赫德给她的马，甚至不敢带太多的食物。她将包袱藏在宽大的袍子下面，若不是心存疑虑，并不容易被发觉。

她常常一人去湖边，所以人们看见她往那个方向走的时候，并不会想到其他。何况任谁也想不到，在没有马代步的情况下，阿萝一个弱女子竟敢只身穿越草原。而子查赫德的大帐内并没有其他人使唤，因此，等有人察觉到她逃离时，恐怕已是数日以后了。

暮色降临的时候，阿萝已远离莫赫部民居住的地方。前面是连绵起伏的小山丘，树木稀少，而且树枝光秃秃的，还没发出嫩芽。一个很小很小的湖安静地躺在山坡下，周围是黑褐色的泥土。除零星半点刚冒出头的嫩绿新草外，什么也没有。这是阿萝在地尔图人的领地里见过的最荒凉的地方。

来到湖边，阿萝蹲下，掬起一捧寒凉刺骨的湖水喝了一口。看着水珠散落，将湖中自己的影子溅成碎片，她不禁有些茫然。

直到现在，她才能静下心来好好想一想自己该怎么办。事实是她只知道自己应该离开，却从不敢想该去哪里，因为她根本是无处可去。她不想去扎尔特依山，她知道自己根本到不了那里，而且她对圣湖的幻想早在子查赫德和红柳的对话中破灭，她觉得就算圣湖真有那么神奇，那对她也没什么意义了。已经发生了的事，怎能抹灭？

她不会回冰城，那里再不是她能容身的地方，连她一心想保护的小冰君也被他们送走了，她回去也不可能得到她想要的平静。

那么她应该去哪里呢？

天黑了下来，她却没有生起火堆，只怕会惹来狼或者是人。寒风呼啸着从她身边刮过，她战栗地抱紧自己，不知该如何是好。那一次在萨古，她是以坠河宣告了自己的离去，让人们都以为她溺死了。她从河道逃逸，最终精疲力竭，任河水将自己冲往茫茫的草原。若不是阿婆救了她，她恐怕活不到现在。

可是活着对她又有什么意义呢？不过是多增了一丝无可奈何的牵挂。她想起子查赫德温暖的笑、宽厚的怀抱以及他温柔的抚触，一年前不会有的情感在心中激荡着。

"不是爱风尘，不是爱风尘……"她皱紧眉头，喃喃低语，眉梢眼角尽是说不出的苦涩。若没有以往的种种，她或许可以追随在他身边。可是……她想起那日她问过他的话。他说他不会要秋晨无恋，他说他不会为了一个女人做出对他的族人不利的事。所以，就算她还是纯净无瑕的恋儿，他也不会要。

想到此，她突然心灰意冷，颤巍巍站起身来。她从来就没有过希望，现在自然也不会有。

天空被厚厚的云层覆盖，没有一丝光线，阿萝眼前一片漆黑，什么也看不见。寒冷肆意地将她包围着，她却不想再挣扎。

还记得那一次她在湖中被冻僵，是他救了她，她其实并不感激他。可是现在她才明白，若真有一个人能救她，那必是他无疑。只是他必不愿意做那个救她的人，而她也不想将他牵扯进连她自己都厌弃的生命中。

轻叹一口气，她摸索着靠向一棵大树，以抵挡夜晚的寒冷。也许用不着想太多，今夜她恐怕便难以熬过。

"你为什么会在这里？"黑暗中，一个苍老的女人声音突兀地在湖畔响起，毫无心理准备的阿萝被吓了一跳。

按住心口，阿萝惊惶地循声望去。只见离她不远的地方有一个黑影站在那里。不知道来者是什么人，她屏住气，不敢发出声音。

一声冷笑，那人道："不必遮掩，我知道你是子查赫德的女奴。你在这里做什么，监视我吗？"听她的口气，似乎对子查赫德有着很大的敌意。

轻喘一口气，阿萝知道躲避不了，唯有答应："不，我不认识你。"任她怎么想，也想不出这里怎会有人，而且还是一个老人。但是不管是谁，她恐怕都有麻烦了。

那人突然静了下来，隔了半晌，正当阿萝忐忑不安的时候，她再次道："没想到你的声音这么好听。"

想不到她会说出这么一句话，阿萝睁大眼，很努力地想看清楚她的表情，奈何眼前依然是一片朦胧。她不得已只好放弃，却不知该怎么回应对方赞美的话。

一声咳嗽，那人又道："跟我来吧，我倒要看看，子查赫德那小子愿意收下的女奴是怎样的。"语罢，轻微的脚步声向阿萝右侧方向走去。

看她一点也不怕自己逃走的样子，阿萝有些泄气。知道对方根本是胸有成竹，不怕她不跟去。想了一想，她忙紧跟上那看也看不清的黑影。听得出这人和子查赫德关系可能不大好，或许自己可以想办法留在她的身边，嗯……就近照看一下。

并没有走多远，前面出现一个不算大的帐篷，其中隐隐透出灯光，不知是否还有其他人在里面。阿萝随着那人径直向帐篷走去，心中惴惴不安。

钻进帐篷，一股热气迎面扑来，阿萝不自禁地打了个寒战。帐中并没有人，火塘中的火燃得很旺，上面架着一个陶土罐，正腾腾地冒着热气，香味在帐内弥漫。闻得出来，那是驼肉汤。阿萝稍稍放下心来，这才有工夫打量那个领她来的人。

出乎阿萝意料，那竟是一个容貌甚美的老妇人。穿着粗布长袍、身材高挑，长发披在身后，直垂至地，五官秀美高雅。乍一看，似乎只有三十几岁，与她的声音甚为不符。她仔细打量之下，才发现那嘴角眼尾处岁月的沧桑，那一头长发亦是灰白相杂。这么美丽的老人，阿萝还是首次得见。

"把你的面纱取下。"一边剔亮油灯，老人一边淡淡吩咐，神色间自有一种让人无法抗拒的威严。

阿萝也并不坚持，依言拿下面纱。

回过身，对于阿萝残毁的脸，老人视若无睹。她突然伸手抓住阿萝按着袍子的手，阿萝措手不及，包袱从外袍下掉了出来。

一丝笑意浮上老人的嘴角："原来是不喜欢这里啊。"她颇感有趣地低喃，"不然就是不喜欢那小子……"完全是自言自语，丝毫没有询问阿萝的意思。

阿萝有些尴尬地站在那里，不知道该做什么。

"小丫头胆子倒大。"老人自顾自地在火边的垫子上跪坐下，从身侧的矮柜内拿出两个碗，用木勺在罐中搅了搅，然后将两个碗中都盛满了香气四溢的肉汤。她的动作很悠闲，似乎已忘了阿萝的存在。

见她不再理会自己，阿萝这才想起弯腰拾起落在地上的包袱，然后来到老人一边："不知嬷嬷怎么称呼？"她开口问。这是数年来她首次主动询问一个人的姓名，为的却是老人对子查赫德不太友善的态度。

老人没有直接回答，指了指阿萝前面的方垫："坐。"她的表情突然变得温和起来，让人无法理解。

阿萝疑惑地看了她一眼，又再次打量了眼这个小而简朴的帐篷，确定暂时没有危险后才不安地依言坐下。

"天没黑我就看见你了。"老人缓缓道，语气中没有开始的敌意，"不知道该去哪里是吧？"她说得漫不经心，却一语点中了阿萝的心事。

阿萝吃惊地看着她，哑口无言。

老人了然地一笑，捧起一碗汤递到阿萝面前，神色慈祥地正视着她令人心生寒意的脸："喝吧！冻了这么久，先暖一暖。"

阿萝不知所措地接过，连道谢也忘了。她怔怔地捧着滚烫的碗，没有送到嘴边。碗很烫，烫得她差点要掉下泪来。

"我叫禹妹。"老人道，然后喝了口汤。她喝汤的动作很优雅，不像一个普通的牧民。"不用担心，我不是地尔图人。"她再次口出惊人之语。

"您……"阿萝张口欲言，却不知道该说什么，也不知该问什么了。

"我是七色族的圣奴。"不知是否太久没人说话，禹妹不用阿萝问，便开始主动说起自己的事来，"七色族你恐怕没有听过，是和地尔图人生活在同一个沙漠里的小族，不过七十多年前已被地尔图人灭了族。"说到这里，她美丽的眸中掠过一丝怅然，停了下来。

阿萝的确没有听过这么一个族群，但听到禹妹的话，心中却升起一丝寒意："所以……您恨地尔图人，是吗？"她试探着问，心里为子查赫德捏了把汗。虽然那不是子查赫德做的，但他流的同样是地尔图人的血，这无法改变。在这种族与族之间的仇恨中，针对的并不是个人，而是整个民族。

"恨？"禹妹微讶，而后微笑，她的笑平和安详。"老太婆九十有六了，和地尔图人一起生活了七十七年，你说什么样的恨能持续这么久？"她的眸子清亮智慧，并没有一般老人的浑浊。若不是她自己说，根本没人能想到她竟然已年近百岁。

阿萝惊讶地瞪大了眼，不敢相信自己耳中听到的。

对面前女子的惊异视若无睹，禹妹漆黑的瞳眸中是看尽世事的沧桑："女人一生中唯一能让她刻骨铭心记住的只有爱，又或是由爱而生的恨，不会再有其他。"

示意阿萝碗中的汤冷了，直到她端到嘴边开始喝，禹妹才又继续未完的话："而且，你认为一个愿意为地尔图人生孩子的女人心中还有恨吗？"顿了顿，她语出惊人，"我那粗鲁的孩子你应该不陌生，特兰图。"

特兰图的母亲？年龄上会不会……或许不是亲生的。阿萝从诧异中回过神，如是猜想。

看出阿萝的猜疑，禹妹不以为意："我是圣奴，体质和一般人不大一样。"她只随便说了一句，无意解释太多，"你呢？子查赫德不值得你为他生孩子吗？"

料不到她会有此一问，阿萝几不可察地一震，垂下眼，掩饰住眼中的脆弱；"您多想了。我只是一个卑贱的奴隶，没有资格……"

"有没有资格，不是你说了算。"禹妹不悦地打断阿萝自轻的话，"子查赫德那小子对你也算另眼相看了，不然怎会留下你？"说着，她放下喝了一半的汤碗，直起身，用布包住土罐，将它端了下来。

阿萝咬住下唇，没有回话。

重新坐好后，禹妹的目光落在阿萝的脸上，如两束冷电，似乎能直透人心。阿萝被她看得有些坐立不安。

"那小子的眼光一向出人意料。"半晌，禹妹收敛住眼中利芒，点了点头，又摇了摇头，一头花发随着她的动作轻轻摆动，让人仿似感到她发上岁月的流动。

"他既然对你稍显不同，那么你必有着过人之处。可是说到底，他到底也是一个男人，而男人看女人一向是先从脸看起。嗯，你的想法也不能说不对。"她指的是阿萝已毁容的事实。当然，在她这个年纪可以看得更多更深，但她并不认为自己能够插手。

听到她的话，阿萝倒也不觉得如何难过，因为在很久以前她就明白了这个道理。子查赫德或许不一样，但她不会因为这个不一样而放任自己做不切实际的幻想，她早就失去了幻想的能力。

"不过，"留意到阿萝的反应，禹妹充满智慧的双眸中掠过一抹深思，而后表情在瞬间变得冷漠而高傲，"你既然是地尔图人的奴隶，就不该逃走。若不是我这里正好需要一个侍奴，我定要让你受到逃奴应有的惩罚。"她的意思再明显不过，就是要强硬地留下阿萝。

看到阿萝意外的表情，她露出一丝冷笑："不要再试图逃跑，不然老人家我一定会把你像牲口一样锁起来。"

老人的喜怒无常让阿萝心中直冒寒意，但她天生性子温驯善良，倒也没想与一个老人发生冲突，也就这样被迫着留了下来。

"逃了？"风尘仆仆归来的子查赫德一进入莫赫部领地，就被特兰图告知阿萝逃走的消息，他的反应出乎意料的冷静。反倒是其他人显得更为激动些，纷纷询问追捕的情况。

"派士兵追过，但一无所获。"特兰图颇感惭愧地回答，"不过已传令下去，凡是居住在我们辖域内的民族，均不得收留帮助她。"此令一出，也就等于断了阿萝的生路。没有人会相信，单凭她一个柔弱女子，能只身逃离偌大的多色沽草原。她的结局几乎已可以预料，不是饿死，就是葬身野兽之腹。

"知道了。"子查赫德淡淡道，摆了摆大手，示意这件事就到此为止，不必再谈。从他的表情中，没有人能看出他对这件事抱何种心态。

当下，特兰图又向子查赫德简略地报告了他离开后这段时间内发生的事，除了马贼又开始肆虐外，并没什么过于重要的。寒暄叙旧完，其他人又要赶着去安排洗尘的晚宴，纷纷告辞离去。

当所有人都离开之后，子查赫德站在了自己空阔的大帐内。有很长一段时间，他脸上的表情一直维持如前的平静，然后，他缓慢地闭上双眼，呼吸渐渐变得不再平稳。

原来……她心疼的泪水、她温柔的顺从、她柔情似水的注视……一切，都只是伪装。他竟然忘记，她这样的女子，为了达到目的，一向比男人更加不择手段。

手指弯曲，收缩成拳——紧紧的拳头，垂在腿侧。

"为什么要走？"他几不可闻地出声问自己。一个奴隶，抑或一个女人的离去，他本不该放在心上，由特兰图去处理就行了。可是，他发现自己做不到。

没有任何的征兆，当他以为她心甘情愿地跟随他的时候，她却突然地离去了。她难道不知道，她根本没有机会活着离开这片草原？即使她真的如此幸运，能安全地抵达她想去的地方，为了生存，除了重操旧业，她还能做什么？不然，在她的心中，葬身在荒野或者当个人人轻贱的巴图女人，会比当他的奴隶更好？

蓦然睁开眼，子查赫德的眸中隐隐燃起怒火。一把扯掉身上的外袍，他大步走向书案。她想要自由，那就要按他们地尔图人的方式来获得，他绝不会为她破例！他要下令，除了南面沙漠，其他三方均要戒严，若在沙漠以外的其他地方发现那个女人的踪影，格杀勿论！

他心中明白，这道令恐怕已下得迟了，过了这么久都没人发现阿萝的踪影，只能说明一件事——她还活着的几率微乎其微。但是，除了这样做，他实在不知道应该怎样去应付出现在他身上的古怪情绪。他甚至不能分辨那是愤怒还是害怕，抑或是痛苦。他只知道，他整个人空荡荡的，好像丢了什么很重要的东西，而且无望找回来。

一抹轻盈的白被一块青色圆润的鹅卵石压在深红沉重的几案上，静静地躺在那里，恬淡而优雅。

子查赫德顿住，感觉到阿萝的气息。想也不必想，他已可以肯定那定是她留下的。他的手犹豫地抚上那凉滑柔软的绢面。

当他看到上面清雅秀丽的字迹时，心中的怒意在瞬间消敛，就如同她站在他面前时，他无法对她生气一样。

她竟然用的是地尔图人的文字，字里行间透露出对命运无奈却又向往自由的真挚感情。就在那一刻，他第一次不再抗拒地去感觉着心底那份实实在在的疼痛。

"阿萝……"他低吟，将白绢紧紧地抓在手中，闭眼，浓眉纠结在了一起。"你想我怎么做……"她是否还在等他的决定？

"……不是爱风尘，似被前缘误……花落花开自有时，总赖东君主……去也终须去，住也如何住！若得山花插满头……莫问奴归处……"恍惚中，他似乎听到阿萝柔润如缎般的声音在他耳边轻轻吟诵，他甚至可以想象出她脸上的忧郁。

浑身一震，他蓦然站起身向外走去。无论她想怎样，他都要先找到她，她在外面多待一刻，便多一分危险，她根本没有保护自己的能力。

召来扎合谷——那个阿萝常常看见伴随在他身侧的虬髯大汉，子查赫德让他带着手下不动声色地去秘密寻找阿萝，无论生死，一定要找到她。扎合谷当即领命，带人悄然离去。

颓然回到帐中，子查赫德心神不属地来回踱着步子，无法安下心来做任何事。

她究竟想要什么？自由吗？她难道不知道，若连自己也保护不了，自由只会是苦难！

若得山花插满头，莫问奴归处……莫问奴归处……

这个笨女人！

子查赫德脸色难看地低咒。目光不经意看到地上被他扔掉的羊皮袍，他心中一动，俯身拾起。

那是阿萝为他亲手做的，他一直穿在身上。

将羊皮袍拿到手中，不自觉地轻抚上面细腻的针脚，他几乎可以想象出阿萝在缝制它时的专注神情。深吸一口气，他将袍子按到胸口，抵制住那里异乎寻常的疼痛。

他从来不知道，他也有放不下一个女人的一天。一直以来，他都认为自己对阿萝的感觉就像对枱木的一样，只是喜欢，所以他用地尔图人的方式来向她表达自己的好感。他让她成为自己的女人，但是他从未想过两人会永远在一起。合则聚，不合则散，这是地尔图男女相处的模式。没有任何承诺，他和枱木如此，其他情侣也是如此。他不认为自己会娶阿萝做妻子，甚至阿萝的存在也从没影响过枱木在他心中认定的地位。

可是，就在这一刻，或许更早，当特兰图告诉他阿萝从他生命中突然消失的时候，他才蓦然察觉，她对他来说，或许与其他女人不大一样。

是的，是不一样！

就在那一刻，他的神情变得无比坚定。抖开紧抓的羊皮袍，他重新穿上，然后风一般卷出了大帐。

他没有办法坐下来等待寻找的结果，也没有办法在这里胡乱猜测那个笨女人的心思，他必须亲自去找，他必须是第一个找到她的人，然后……

所有的事等找到人再说！现在他根本不敢多想，只希望她安然无事就好。

"莫赫。"枱木站在帐外，神情局促，却又包含着明显的决心，似乎有什么重要的事要向子查赫德宣布。

压抑住焦急的情绪，子查赫德停了下来："有事？"他们一起回来，她会有什么事这个时候才想到说？他微感疑惑，却不怎么在意。

枱木滞了滞，然后猛一咬牙，一副豁出去的样子："莫赫，我要离开这

230

里。"

离开！子查赫德怔住，一时没反应过来她的意思。

看到他错愕的表情，枔木美丽的脸上浮起深深的歉意，但她的神情却依然坚定如前："对不起，莫赫！我要离开这里，我要去找秋若湖，我要跟着他。"她说得义无反顾。在她离开的这段日子，秋若湖也离开了，他留了信，说他回去了结一些事，他没有说他是否还会来。而她，要去找他。

冷静下来，子查赫德才听明白枔木的意思，原来他们这一对在别人眼中最般配的情侣，竟然在同一时间找到了自己真正想要的人，这未免过于巧了些。

暂时抛开对阿萝的担忧，他露出浅浅的笑："不需要说对不起，我应该祝福你。"他张开双臂，拥抱住枔木，沉声道，"不要忘了回来。有需要帮助的时候，传个口信回来，你的族人一定会以风一般的速度赶到你的身边。"能够真心地说出这番话，子查赫德知道自己与枔木以前在一起，不过是因为彼此欣赏以及一种互相需要。

怎么也没想到子查赫德会是这种反应，枔木诧异之后，是松了口气的欣慰。她真害怕他会生气，看来她还是高估了自己在他心中的地位，抑或是低估了他的心胸。

"谢谢！"她说不出其他的话。

子查赫德点了点头："我有点急事要去处理。"他像一股旋风般从枔木身边刮过，向自己的马圈走去。

枔木看着他高大的背影，有些微的茫然。她和他就这样结束了吗？没有人留恋，没有人在意。那么，这几年他们又为什么要在一起，是因为寂寞吗？一丝惆怅在她的心中悄悄漫延。

子查赫德牵出马，正要翻身而上，眼前却出现了一个让他意想不到的人："子查赫德，你要去哪里？"精心打扮后美得仿佛当空艳阳一般的青丽娜嫣然浅笑着来到他的马前，她的神态温柔妩媚得让人无法忽略。

"青丽娜小姐！"子查赫德疑惑地看着她，无法猜透这个女人在想些什么，"有事？"他不想费神猜测，直接问道。

青丽娜有些微忸怩地将手背到了身后。她一向任性妄为，不将男人放在眼里，直到此刻她才知道什么叫作心跳如擂鼓。她一知道他回来，就赶紧打扮好来寻他，刚巧看见他走向马圈，所以跟了来。近月不见，他看上去似乎比记忆中更加英气逼人。

"我……"她微微犹豫，而后蓦地一扬美丽光洁的小下巴，傲然道，"我决定了，我要你做我的男人。"她是青丽娜，他应该为她愿意垂青于他而感到荣幸，而不是她在这里忐忑拘谨。

子查赫德一怔，片刻回过神，不禁皱起了浓眉，以为青丽娜又在耍什么把戏："我现在还有事……"他跃上马背，不打算在她身上浪费时间。

"不准走！"青丽娜一把拽住子查赫德的缰绳，因为他的不在意而心慌，但与生俱来的骄傲让她没有表现出来，"还有什么比我所说的事更重要？你若不给我一个答复，今天休想去任何地方！"

挂念着阿萝的安危，子查赫德有些不耐烦，俯首看着青丽娜那令人屏息的美丽容颜，却无动于衷："答复？什么答复？无论青丽娜小姐你是在开玩笑还是说真的，我都必须告诉你，你不是我想要的女人！"看着青丽娜渐渐苍白的脸，他顿了顿，然后淡淡道，"现在，请你让开！"

没想到会是这么直接的拒绝，青丽娜的脑中有短暂的空白。她不相信地摇了摇头，以为自己听错了："你说谎……若你不喜欢我，那日又为何要不顾自己的性命来救我？"若不是那次，她也不会对他改观，也不会做出现在这样自找耻辱的事。他一定说的不是真心话，谁会奋不顾身地去救一个自己不在乎的人？

子查赫德不以为然地笑了笑："你是特兰图的心上人，我怎能让你受到伤害，如此而已！"

"如此而已？"青丽娜怔怔地重复他满不在乎的话，雪白纤长的手不由自主地缓缓松开粗糙的缰绳，"原来如此！你好……子查赫德！"她垂下头，没有注意到一滴晶莹的水珠随着她的动作滴落在深褐色的泥土上，浸了

232

进去。

子查赫德没空理会她，掉转马头，从她的身边擦过，向远处奔去。

听到马蹄踏地的声音，青丽娜浑身一震，蓦然转过身，嘴角噙着一丝冰冷的笑："莫赫大人，你是去寻哑奴吧？"她没有扬高声音，但她知道他一定听得到，"听说她在马贼手里。"

话音未落，如她所料，马蹄声中那雄健的身影再次向她靠近。她冰冷的笑褪去，换上娇媚如花的微笑。

"你怎么知道？"来至近前，子查赫德狐疑地问。明知她的话可信度不高，他却无法放任不理。

注意到他眼中的关切，青丽娜满不在乎地一耸肩："听说的，不一定是真的。"她知道她越表现得漫不经心，他就会越重视她的话。

子查赫德看了她一眼，不再问下去，掉转马头，扬蹄而去。不管真假，有消息总比没消息好。

青丽娜目送他远去，樱唇不禁紧抿，一丝脆弱在眼中一闪而过，随之而起的是如寒冰般的冷漠。

原来在他的心中，她竟及不上一个又丑又贱的奴隶。他竟然如此轻贱她！

第九章　相随

没有人知道阿萝在哪里，包括青丽娜，当然也没有人能找到阿萝。当子查赫德四处搜寻她的时候，她正恬淡安静地生活在他们部落最荒凉的地方。

"不知哪里传来的消息，子查赫德那小子竟然以为你在马贼手中。"禹妹掀帐进来，对正在煮茶的阿萝冷笑道。

阿萝一震，抬眼看向这美丽却古怪的老人。看禹妹似乎无意说下去，她也不打算追问，又垂下眼继续安静地煮茶。问什么呢？她还想知道他会怎么做吗？她在他心中不过是一个奴隶。一个奴隶逃了，又有什么重要的，他怎会浪费精力去管？大不了吩咐其他人处理罢了。

禹妹花白修长的眉毛一扬，有些不满意阿萝的沉默，但是她的嘴角很快浮起一抹似有若无的浅笑："我一向不喜欢那小子压在我儿子的上面，现在他竟然失策到单枪匹马去追寻马贼，倒算不上是件坏事。"说到这里，她停了下来，来到阿萝旁边，出乎意料地伸手抬起阿萝的脸仔细端详起来。

听到她的话，阿萝本来平静的心仿佛被投入一块大石，乱了。

他一个人去找马贼做什么？他就算再厉害，孤身一人怕也……

她不敢想下去，心神不属地站了起来，并没留意老人奇怪的动作。

"你这丫头哪来那么大的吸引力，让一向冷静自持的子查赫德乱了方寸？"收回手，禹妹摇头叹息。

她的声音并没有刻意提高，却清清楚楚地传进了阿萝的耳中。阿萝茫然看向她，无措地轻声呢喃："他为什么要去那里？"似乎是问她，又似乎在自言自语。

禹妹一怔，发现了阿萝的魂不守舍，知道她根本不知道自己在说什么，也不是真的在询问什么。这个睿智的老人微微一笑，就在那一刻，她准确地把握到了阿萝的心思。

"为什么？"她冷冷地注视着阿萝那第一眼让人觉得恐惧、处久后却隐隐透出柔美的脸，没有感情地道，"想知道的话，就自己去问他。"

"去问他……"阿萝低声重复，并没意识到话中的意思。许久，她浑身一震，反应过来，"是，应该去……"她应该去找他，不管他为什么去那里，她都应该去。她帮不了他，但她可以远远地看着他、陪着他。

历经世事的禹妹怎会听不出阿萝的意思，一丝赞赏在她的黑瞳中一闪而过，她的神情却没有丝毫变化："马贼如风，来去无踪。想找到他们，除非到两日马程远的榆林集。"那里并不是马贼的窝，但只有那里没有人理会货物来源，一律公平交易，所以就成了马贼出手贼赃的地方。

榆林！

榆林是地尔图人管辖领域内的人货集散中心，因傍着青水，交通方便而富庶。由于是地尔图人管理，所以无论是马贼恶霸还是土豪酋长，都必须按规矩买卖，不能倚势欺人。

当阿萝骑着禹妹借她的马到达榆林时，已是第三日中午。太阳高挂在头上，却并不热。正好是赶集日，草原上的游牧民族都陆陆续续地到达，人们打扮各异，但无论男女均背弓带刀。集上可以看见各式各样的货物，陶瓷盛器、渔网、药物、狩猎工具、布匹以及各种兵器。而其中最惹人注目的，当然是奴隶和马匹的买卖。在这里，奴隶的主要来源是战俘，在交易中，可直接用金钱买卖，也可以用牛马羊等更有用的东西来交换。

牵着马走在集市正中的大街上，两旁是黑色泥土中混合着牛马等牲畜的血草草筑成的低矮房舍。各式各样的交易在房中或房外热烈地进行着，讨价还价的声音混杂在一起，阿萝的出现并没有引起任何人的注目。

禹妹为什么会主动借她马，阿萝并不明白，但她根本管不了那么多。她只知道她要去找子查赫德，确定他平安无事，其他的事她不愿再多想。

一群身着艳丽服饰、蒙着面纱的白燕族女子边说边笑地从后面赶上，越过阿萝向远处的五色帐篷走去。去得远了，仍可听见她们铃铛般的笑声。

阿萝驻足，看着她们窈窕的背影，不禁有些愣怔。快乐对她们来说，为什么如此简单？

正出神之际，一股力道从后面使来，将她推向一边。她回过神，才发现是一个赶着羊群的牧人，显然是她挡了他的道又没听见他的喊声，他这才出手推她。

那牧人看了阿萝一眼，嘴里叽里咕噜地不知在说些什么。阿萝没有在意，目光被街对面一个站在卖药摊子前选药的身影吸引了去。

那是个男人，穿的是摩兰国男子日常的白色长袍，腰系宽带，身形修长挺拔。但他引人注目的却是他那一头罕见的不含一丝杂质的银色长发，披散在背上，直垂至腰，在阳光下闪烁着夺目的光芒。阿萝心中一动，想起一个人来。

仿佛感觉到了她的注视，那人回过头，对上她的目光。

俊美似神的容貌、温和宽厚似乎可以包容一切的银色瞳眸、煦如春风的微笑……

阿萝心神一震，肯定了心中的猜测。虽然是第一次见面，她对他却早已熟识。在寒宫的深夜，她不止一次听小冰君柔情款款地提起，只是没有想到会有相见的一日。

他当然不知她是谁，对她的注视也只是礼貌地点了下头，而后便转过头继续选药。

她是否该去为小冰君询问一下他的名字？阿萝犹豫着，然后想到已身为宇主姬妾的冰君，突然感到一阵心灰意冷。问了又如何？在那样的地方，小冰君哪能如她般轻易逃离？这一生，他们恐怕都注定再不能相见。

无声地叹了口气，她转过头牵着马继续往前走。然后她才发觉，并不是只有自己一人注意到银发男人的存在。他仿佛是出现在黑暗中的一束耀眼的阳光，吸引着所有人的注意力，他自己却浑然不觉。

忍住回头的冲动，她想到子·查赫德，不知他现在怎样了。担忧再次浮上她的心头。

穿过熙熙攘攘的人群、经过一个又一个的铺子，从买卖奴隶的大帐到界限分明的族群宿营地，阿萝从日正中天一直打听寻找到星光闪耀，却一无所获。在一个游民生起的篝火边胡乱过了一夜，次日一早，在所有人仍熟睡的时候，她牵着马离开了榆林集，顺着青水而下。

青水宽阔平静，江面上有渔人撒网打鱼，沿江零散分布着许多土屋和营帐。两岸沃野千里、林木莽莽，偶尔可见挥着长鞭的牧民骑在马上，赶着如天上云朵一样的羊群出没在原野之上。一切都是那样的和平安详，阿萝却无心感受。

他究竟在哪里？她茫然无助地骑在马上，任马儿漫无目的地在空旷的原野上游荡，不时停下来吃一两口肥嫩的新草。

没有人敢谈论马贼，也没有人看见过子·查赫德。是他们并没有来过这里，还是禹妹的消息有误？

直到此刻，她才想起怀疑禹妹所说的话的真实性，当时连考虑也没有，便按她的指点直扑榆林，并没想到子·查赫德一向精明，怎会无缘无故地做这种单挑马贼的不智之事。只是，禹妹没有任何理由骗她才是……

正徘徊难择之时，蹄声骤响，打破了黎明的清静。阿萝循声望去，只见一队人马正从榆林正中的大街旋风般驰出，人人长发披肩、体形健壮，虽只有几十骑，却气势惊人。待近了，阿萝才发觉，那为首的壮汉怀中竟搂着一个被粗绳捆缚着的长发凌乱、衣衫褴褛的女子。

看到那一群人来势汹汹的样子，阿萝赶紧驱马避到一边，以免惹来不必要的麻烦。

那些人经过阿萝身边，并没有人留意她，或许只当她是个普通的妇人，又或者是他们根本无暇理会。

等他们远去，阿萝想也未想，便拍马向他们消失的方向追去。

为首那人骑在马上，立在低矮的山丘之上，看上去比其他人更加高大威猛。他体形健壮颀长，黑色的劲装将他比例完美的身形显露无遗；黑亮的长发扎成一条粗辫垂在胸前，额上系着一根寸许宽的红带。他的打扮异于常人，让人一眼就可将他从众人中辨认出来。他脸庞稍长，但高鼻隆颧、轮廓深邃，仿佛大理石刻出来的一般，英俊无比。最惹人注目的是他的一双眼睛，又细又长，开合间精光闪烁，令人心生寒意。

这是一个冷漠无情且心志十分坚定的男人。

看着陷入己方重围的子查赫德，他眼中泄露出深刻的仇恨光芒："子查赫德，你以为在地尔图人的地盘上我就不敢动你了吗？"他寒声道，"平日我敬你是条汉子，不来惹你，不想你竟然主动送上门来。为了这个女人……"

他一顿，蓦然抓住怀中女人那凌乱的长发向后一拉，让她的头仰了起来，露出了一张沾满血污、看不清容貌的脸。女子双眼紧闭，仿佛已晕厥了过去。

子查赫德浑身几不可察地一震，垂在身侧的手不由自主地握紧成拳。

"子查赫德，你为了这个女人追到此处，又杀了我的两个弟弟，你以为你今天还能活着回去吗？"男人冷寒的声音仿佛地狱来使，显露出他要杀死子查赫德的决心。

那女子身形单薄瘦弱、发色乌黑，与阿萝极为相似。看得出，她受了不少的折磨。追踪了这许久，子查赫德首次得见她，因为早已认定，哪有心思去仔细分辨？

"阿萝，你怎样了？"他开口询问，却发现声音干涩难言。看见她受苦，他才知道什么叫作心如刀割。

那为首的男人狭长的双眼微眯，一丝疑光在眸中闪过："她是个哑子，子查赫德，你在期待她回答你什么？"说着，他的目光落在女人的脸上，利剑般的眉不可察觉地轻轻皱了下。抓住她长发的手松开，任她又软倒进自己的怀中。

"放了她，哥战！"子查赫德深吸一口气，缓慢而沉重地道。他的情绪已经平复，他知道只有冷静下来，才能想出办法解决问题，从而不让阿萝再受到伤害。

那男人正是马贼中的头号人物哥战，一个出了名的心狠手辣、冷血无情的男人。

"放了她？"哥战闻言突然笑了起来，摇了摇头，"不成！她现在是我的奴隶，以后也是，只要你没惹怒我到一定要杀了她的地步。"顿了顿，他又呈犹豫状，故意沉吟道："也许我现在就该杀了她，毕竟她害得我失去了两个弟弟。"

子查赫德一惊，而后突然明白他是在戏弄自己，但是阿萝的生死的确是操纵在他的手中。

"那与她无关。"他声音沉了下来，手不着痕迹地在腰间的马刀上来回摩挲。这是他一向的习惯，在他的生命中有最重要的两样东西，一是他的马，一是他的刀，只要这两样东西在，再艰险的处境他都有信心渡过。只是现在——他眯眼看着哥战怀中昏迷的女人，心中再没有了把握。第一次，他后悔自己没让手下跟来。

"哥战，若你放了她，我便答应你打消逃走的念头。"他眼中闪着坚定的光芒，一字一字清晰地表明自己的立场。

哥战先是一愣，露出思索的神情。子查赫德提出的条件实际上含有威胁的意味，言下之意就是，若他们不答应他的条件，他有可能会不顾一切地保全性命逃离此地，事后再报复他们。那也不是不可行的事。哥战不认为这个世上有哪个男人会为了一个女人连自己的性命也不顾。当然，最主要的是子查赫德有足够的能力和资格说这种话。相信只要他下定决心逃跑，就算面对再多一倍的人，他也能做得到。

看了眼怀中的女人，感觉到她在轻轻颤抖，知道她已醒来。哥战冰冷的眸中掠过一丝不易察觉的复杂情绪，而后突然仰天狂笑。

子查赫德冷冷地看着他，等待他的答复，谁也不知道那只按在马刀上的手已被冷汗湿透。

半晌，哥战止住笑，一把勾起怀中女人的脸，对上她惊慌失措的眼，然后蓦然伏首，强势地夺获她的唇。

"哥战！"子查赫德的冷静在瞬间崩溃，暴怒地大喝出声，想也不想便反手到背后，以闪电般的速度取下弓箭，一箭向哥战射去。即便在这种时候，他取的依然是哥战胯下战马，只因他不想让"阿萝"成为挡箭牌。

他的箭刚一出手，四周的箭已如下雨般射向他。马蹄和呼喝声如潮水般向他涌过来，刀剑银亮的光芒将这一片地域照得寒气森森。

子查赫德抽出马刀，一边舞出刀网、挑飞及身的羽箭，一边策马向矮丘上的哥战奔去。

哥战终于放开不能言语的女人，冷漠地看着在坡下左冲右突几近疯狂的男人。他的右手按上斜背在背上的长皮囊，触到包裹在里面的精钢矛身的冰凉，感觉到噬血的因子在血液中沸腾。

"子查赫德也不过如此！"一丝讥讽的笑浮上他的嘴角，垂首看着怀中女人惊惧的脸，他的语气突然变得温柔无比，"看来，他为了你连命也不想要了。哑女，到这个时候，你还不愿意开口吗？"

哑女闻言微露凄然之色，却始终没有发出任何声音。她的心中自始至终都只有一个人，他真的不明白吗？那个人……那个男人她从不认识，又怎会为她不顾一切？只是一场误会，她却看到了自己在他心中的无足轻重。

无声地叹了口气，她的心突然平静下来，目光移离这个让她心伤的男人、移离这来得莫名其妙的战争，落往远方不知名的地方。

看到怀中女人的神情，本来热血沸腾、准备冲下山丘与子查赫德一较高低的哥战改变了主意，反手从另一侧拿下铁弓，弯弓引箭，对准了已进入自己射程以内正在浴血奋战的男人。

若在平日，他倒很希望遇到子查赫德这样的对手，但今天，他为的是复仇，必须不择手段地杀死眼前这个男人，决不允许有任何差池！

阿萝取下面纱，脱去一身宽大的袍子，仅着贴身的素白单衣，将她婀娜柔美的身段毫无保留地显露了出来。她一向知道自己的本钱，若她想，她会很好地利用这一点。她很清楚一个拥有美丽身子和可怖容貌的女人会引起怎样的骚动。

"子查赫德！"她轻唤，看着那个浑身浴血却越战越勇的男人，脸上浮起温柔无比的神情。摸了摸绑在前臂上的匕首，她一咬牙，猛一夹马腹，向不远处的战场奔去。

他已经受了伤，外层又有弩箭环伺，再这样下去，他生离的机会只会越来越小。她做不了什么，只愿能制造一点骚乱，让他可以伺机逃逸。

虽然已是春末，风却依然很大，还带着寒意。在飞驰的马背上，阿萝的长发被风刮得四散飞扬，如云似雾般，衬托着她钟天地之灵气于一身的美好身姿，出现在这杀气弥漫的草原上，突兀得仿似一个误闯凡间的山野精灵。除了激战中的人，余者均被这一幕震撼得屏住了呼吸。仍旧是那张残毁的脸，可是竟无一人认为难以入目，反是从中感到了另一种不同寻常的美丽——是的，只要秋晨无恋想，无论是残毁还是完整，她都可以让人从中体会到美。

陷入力战的子查赫德回刀劈飞一把短铜，感觉到身上的压力一轻。除了哥战那柄弓仍虎视眈眈地对准他外，周围弩箭的威胁似乎都在刹那间消失了一般。此时的他已无心理会其他，趁势一夹马腹，大幅度地缩短与哥战之间的距离。

哥战也注意到了那突然出现的奇异女人，但他只是一瞬间的失神，而后蓦然大喝："杀了那个女人！"语音未落，他的箭已脱弦而出，直取来到山丘脚下的子查赫德，同时，另一支箭又到了手上。他很清楚，那一支箭只能分子查赫德的神，而不能取他的命。

"不是爱风尘，似被前缘误……总赖东君主……"阿萝看着子查赫德雄伟的身躯骑在马上，不避刀剑、不顾一切地向矮坡上冲去，丝毫无突围离去的意思。眼睁睁看着自己费尽心思营造出来的有利形势就这样被白白浪费，她心中又急又苦，却无能为力。她的马已来到外围的马贼近前，看着那在哥战命令下数支指向自己的弩箭，有那么一刻，她突然觉得生死都不再重要。

微微一笑，她放慢马速，出乎意料地启唇唱起那首向子查赫德告别的曲子："……去也终须去，住也如何……住！若得……山花插满头……莫问奴归处……"她的声音不大，几乎湮没在了杀伐声中。但她的歌声好听得让人叹息，所以终没有被掩盖住，反而如风一般缠缠绵绵地飘荡在战场的上空，久久袅绕不散。

所以，她神态娴雅地骑在马上，散步一般走进了马贼的包围中。

这的确是一件极诡异的事，哥战眯眼，首次仔细打量起那个让自己那些以残忍冷酷出名的手下失神到忘记自己命令的女人。他怀中的哑女显然也被这奇特的情景吸引住了，眼睛定定地落在那闯入战场中的素衫长发女子身上。

明明不是美女，为何会让人觉得无比的美丽？

正陷入激战中的子查赫德听到了歌声，浑身一震，马刀劈中那横拦在自己面前的马贼左肩，劲力发处，那人打着转飞跌下马。趁此空间，他回首望去。

"阿萝！"他不敢置信地低唤，转头看了眼哥战怀中的女人，恍然明白自己受了青丽娜的愚弄，只是已悔之晚矣！

破空之声响起，一支挟带着雷霆万钧之势的长箭仿佛从另一个空间突然冒出来一般出现在眼前，他挡之不及，只能侧身闪避。不出意料，又一支箭从另一个角度恰恰射到，封死了他的退路，而左右两方又同时有马贼的一刀一矛攻到，让他连喘息的时间也没有。

一声大喝，他躲过刺向他要害的长矛，拼着以肌肉结实的后背硬接了那记马刀，而将全力集中劈飞了那致命的一箭。他知道那箭是哥战发的，只有哥战有能力取到如此刁钻的角度，也只有哥战有这种置他于死地的劲道。

后背一阵剧痛，他咬紧牙关一抖背肌，那马贼的刀立时被他震开，他本想顺势送上一刀，却发觉手臂一阵酸麻，几乎连刀也要拿不住。由此可知，哥战那一箭有多厉害！

"放箭！"哥战再次下令，对象依然是那如入无人之地一样走向子查赫德的女子。

"不——"子查赫德听闻大惊，顾不得自身安危，蓦地从马上跃起，足尖在马背上一点，如大鸟般向阿萝迎去。

"子查赫德！"阿萝看到子查赫德浑身染满自己和别人的血，眼中不禁泛起疼惜的泪光，嘴角却浮起浅浅的笑，"走啊！子查赫德，走啊……"她喃喃低语，心中却知道自己已无力阻止这一切。

利箭呼啸着向她射来，她恍若不觉，只是深情无限地看着那个在马贼群中起落厮杀、离她越来越近的男人。

"阿萝，趴下！趴下！"看到箭如雨般射向阿萝，子查赫德不禁目眦欲裂，厉声大叫，丝毫不理会那砍向他臂膀的厚背大刀。

阿萝脸上浮起从未有过的灿烂笑容，冲他摇了摇头，然后蓦然一夹马腹，马儿立时如脱弦之箭般向他飞驰而去。她张开双臂，仿似敞开的心，想要拥抱那为了她再受重创的男人。

一声闷哼，她感到背上一痛，脸上的笑容却分毫不减。

子查赫德心中剧痛，一口鲜血从口中喷射而出，身上的疼痛突然之间变得微不足道起来。他奋力一跃，不再理会四周袭向他的兵器，一心只想接住那个飞奔而来的人儿。

看着这一幕，哑女终于忍不住垂下泪来，只是不知是为那两人的无论生死都不离不弃，还是感伤自身。

哥战的神色却没有丝毫变化，看到子查赫德和那个奇怪的女人终于拥抱在一起，他也知道所有的一切都只是一场误会，只是他两个弟弟却终究是为了这个误会送了命，他没有理由为任何事放弃为他们报仇。因此，子查赫德只能以他的命来结束整件事。

"阿萝！"子查赫德抱住跌落马下的阿萝，将她紧拥在怀中，为她遮挡住连绵不断射来的箭雨。"你这个笨女人……为什么要来……"他喘息着，感到力气在一点一点地消失。

"子查赫德……"阿萝挣扎着想要挣脱他的怀抱，她不想他再受到任何伤害，可是子查赫德的力气大得让她无法挣脱，而她也已没有了力气。

"不要动！"子查赫德无力地伏首在她颈侧，"阿萝……"他唤，却不再言语。

"嗯。"阿萝听话地不再挣扎，温柔地依靠在那压在自己身上、沉重的身躯几乎让她喘不过气来的男人怀中，努力集中着逐渐涣散的意识，等待着他的话。

良久，就在她快要陷进深沉的黑暗中的时候，隐隐约约听到他游丝般的话："若有来世……你一定要做我的女人……"

第十章　梨花泪

荒野草屋前，一株开满雪白花朵的野梨树孤寂地伫立在春日的冷风中，为单调的野景平添了几许生气。

柴扉吱呀一声被推开，走出一个银发男人。他穿着白色布袍，脸上带着清淡如风的笑意，身形修长挺拔，双眸是罕见的银灰色。

这样的男人只要见过一面，就永远也不会忘记。他正是那日阿萝在榆林集看见过的那个人。

"怎么样？"红柳紧随他的身后，关切地问。

"你的那头狼呢？"银发男人不答反问，嘴角噙着一丝浅笑，云淡风轻的态度让人怀疑他根本不将别人的生死放在心上。

红柳皱眉："紫狼不是我的，它并不是常常跟着我。"他的话让人费解。

但银发男人并不惊讶，淡淡问："里面的人是你的朋友？"

"萍水相逢。"红柳忆起那夜相逢，那时两人就很亲密，但他从未想到他们的感情竟然深到甘为对方献出自己的生命。不为相识，只为这一点，他和紫狼才出手相救的。

闻言，银发男人不再发问，凝目遥远的天际，眸中掠过一丝怅然。萍水相逢之人尚能如此，拥有共同血脉的人为何反要彼此轻贱？

"我叫明昭。"他突然说，"如果你遇见叫焰娘的女子，请多多关照一下。"说到这儿，他清朗的眉微微皱了下，脸上的笑容突然显得有些忧郁。

红柳一愕，尚未回话，明昭已经转身回屋。

太阳落到了远山后面，天际浮起一片焰色。

红柳心中浮起淡淡的怅惘。明昭虽然没有回答他的问题，但他可以感觉到这个不似凡人的男子必有办法解救那一对情侣。而且，最重要的一点，是紫狼找到他的。

想到紫狼，他不禁叹了口气。他和紫狼的关系并不像人们认为的那样，他不是紫狼的主人。当初，紫狼救了他，进而成了他的伙伴。若真说起来，紫狼还是他的恩人。跟紫狼在一起，既让他觉得安全，又让他没来由地感到自惭形秽。四年了，紫狼一直陪着他、保护他，他从来没办法把它当成一只通灵性的畜牲。它给他的感觉，更像一个高贵的王者。

紫狼高傲而神秘，直到如今，他对它依然一无所知，这让他觉得不安，似乎他随时都有可能失去它。

只是——连拥有都未曾，又怎么能说失去？

红柳茫然看着远方，体会到了紫狼和自己之间的距离。

就在这时，浓馥的麝香味飘进他的鼻子，紫狼那熟悉的柔软长毛拂在他的脸上。

"我以为你不回来了。"侧过头，红柳释然地笑道，黑眸深处却隐含忧心。紫狼每一次悄无声息地消失，他都会产生它再也不会回来的错觉，这让他觉得很惶惑不安。

紫狼回望着他，墨紫色的眸中没有任何情绪。

"要走了吗？"红柳问，回头留恋地看了眼紧闭的柴扉，想到里面那对生命垂危的生死情侣和银发明昭。

摇了摇头，他笑自己想得太多。他和他们本没什么关系，为何要多作挂念？生也罢，死也罢，自有天意。

薄暮，一人一狼并肩走入苍茫的旷野中。

柴扉始终没有打开。

那一场雨，满树的梨花纷纷扬扬地撒落在茅草屋顶和空地上，一片雪白。

阿萝睁开眼，看着屋顶的横梁，心中一片茫然。她清楚地记得子查赫德将自己紧护在怀中挡避箭雨的那一幕。

"如果有来世，你一定要做我的女人……"昏迷前，他虚弱却清晰的声音在她耳边低喃，那些话在虚无的黑暗中一直缠绕着她。

来世吗？那她为什么要现在醒过来，带着伤处火灼般疼痛地醒过来？这个世界早没有什么可以让她留恋的了，她怎能将他独自抛在那冷清无尽的黑暗中？

她皱眉，痛楚的冷汗和着眼角无声滑落的泪从额角淌下，没进鬓发之中。

他说她只是一个姿容比较出色的巴图女人，他说他不会和他的王争夺一个女人，他说在他的心中最重要的是他的族人，他说……

难道他一直是在说着口不对心的话吗？他为什么不按他自己说的去做？一个奴隶怎值得他付出生命？她宁可他不将她放在心上，她宁可他讨厌她甚至忘记她，也不要他为她不顾自己的安危。她怎配？

想起第一次见面时他那狂傲暴怒的样子，一直令她害怕的情景在这一刻却让她心中升起淡淡的暖意。

然后是他冷漠无情地挥刀挑开她面纱的那一幕，他那错愕的表情，必是被她的容貌吓到了吧？

泪水模糊了视线，她的嘴角却轻轻地扬起。过往的记忆无论是痛苦的还是快乐的，只要有他参与，便是温暖而珍贵的。直到这一刻她才知道，在她的心中，他是如此的珍贵。

原来，当初的放弃竟太过轻率！

如没有那时的放弃，她必不能知道他的真心，但她宁愿不知道他的真心、宁愿他一辈子不知道他自己的心，也应该守候在他的身旁。她想着自己，却伤了他。

"很痛吗？哭了啊！"如春风一样温和的声音飘进她的耳中，她茫然睁眼，入目的是一个一头银发、俊美若神的男子。

"你——"她张口，声音沙哑虚弱，几乎让人听不清，"为什么……"为什么要救她，为什么不让她随子查赫德一同去？对着这个陌生又熟悉的男人，她心中无法怨，却莫名地觉得委屈。

明昭微笑，用自己的袖子温柔地拭去她眼角的泪和额上的汗。

"你醒得晚了，不然可以看到一树的梨花。"他的笑容和他的声音都让人没来由地感到心安，仿佛只要在他的身边，人世间的悲欢离合、喜怒哀乐便都不那么重要了。

"梨花吗？"阿萝心冷地呢喃，再也没有兴致向往那繁华的素白。

看着她萧索的表情，明昭眸中银光一闪，柔声道："是的，梨花。可惜在昨夜的风雨中零落了……嗯，听说……"他顿了一下，看她依然沉浸在悲苦中，对他的话不大有兴趣，他嘴角上扬，露出一个炫目的笑，却没人看见。

"那地尔图人的传说必然不是真的，"他一边自言自语，一边往外漫步而去，"说什么若将一树的梨花残瓣收集起来放在枕下，梦中便可见到自己思念的人……世上怎会有这种事？"他的声音消失在柴扉之外。

阿萝一震，往外瞧去，却已不见人影，心中却反复响着他状似无心的话，难以扼制的渴望让她不由自主地费力撑起疼痛不堪的身子。

地尔图人的传说吗？

俯首没有看见鞋子，阿萝没有多想便赤脚踩在了地上，尚未站起又跌坐回去，不得不喘息着歇了会儿。

这是一间很简陋的房间，除了一张床和一张木桌，没有其他任何东西，连板凳也没有。阿萝靠想着子查赫德努力去忽略背上火灼般的痛楚，她从来没对他说过自己的心里话，若真能见到他，她便再不会有所顾忌。

冰凉的地面刺激着她的神经，她一咬牙站了起来，蹒跚地向外面走去。

茅屋位于一座光秃秃的荒山之下，正对着一片空旷的原野。已是晚春，入目尽是或深或浅的绿。在屋子的一侧，一株一人合抱粗的梨树安静地矗立在那里。光秃秃的枝干，若不是满地的雪白，会以为它还尚未开花呢。

地仍湿漉漉的。

阿萝在柴门前僵住，看着那个正蹲在地上专心捡拾梨花瓣的身影，脚下一阵虚软。她伸手扶住门框，感觉浑身都在颤抖。

"子查……"她无法相信自己的眼睛，甚至连确认的呼唤也不敢出口，就怕一切只是梦境抑或幻觉。

他一直蹲在那里，动作很迟缓，也很认真。他的旁边放着一个很大的竹篓，里面装了小半篓花瓣，看得出他已拾了有一段时间了。他做着自己的事，浑然不觉周围所发生的一切，也感觉不到有人在注视着他。

良久，阿萝深吸一口气，控制住紧张和惶恐，慢慢地挪动脚步向他悄然靠近，不敢发出一点声响，只怕惊扰了他，惊扰了梦境。

终于，她来到了他的身后。这才发现他的嘴中念念有词，只是听不清楚。

是梦吗……真的只是梦吗？

阿萝感到针扎般的疼痛，说不清是后背的伤处，还是其他地方，似乎浑身都在疼，疼得她泪流满面。

她张开双臂——若真是梦，也让她抱一抱他吧！若抱住，她将再也不放手！

扯疼一身的伤，她用尽全力将那散发着温热的魁伟身体紧紧地抓住、紧紧地搂在怀里，再也不敢松开。

这样的举动终于惊扰了他。然而对这个在自己身上突然冒出来的多余"物体"，他除一震之外没有任何反应，就那样任她的手有力地压裂他的伤，任她凌乱的长发将他缠绕，任她的泪沾湿了他的脸，和着他的冷汗湿透他的衣……

直到——他的目光落在那双雪白赤裸的双足上，上面还沾着一点泥浆和数片梨花瓣。

唉！这样笨的女人！

他反手勾住她腰，将她搂进自己的怀中。在她看清自己以前，将她的头压在了自己的胸前，站了起来。

他脸上的泪迹是她的……他不想让她误会。

十多天，没有人说一句话。

他代替了明昭为她清洗伤口、为她敷药换药、为她梳理秀发；她只是看着他、偎着他，或者紧紧地抱着他。他的伤一点也不比她轻，可他终究不会有事了，她也一样。所以谁也不怕疼，谁也不怕伤口重复地裂开，只是想重复地确定两人是真正地在一起，在一起相偎相依，而不再是天神的戏弄。

是真的在一起了。

她再次从背后将正在按明昭的指示将新鲜草药舂成药泥的子查赫德紧紧抱住，泪流满面。

他如往常般停下手中的动作，静静地纵容她异乎寻常的依恋。

良久，子查赫德终于无奈地叹了口气："总是这样哭，怎么成呢？"他放下舂棒，回过身轻柔地搂住她纤细的腰，用粗糙的大掌笨拙地为她抹去源源不断的泪水。

不想再让他为她担心，她深吸一口气，努力控制住自己崩溃的情绪，半晌才平静下来。

"子查赫德。"她唤，素手柔情无限地抚上他坚硬粗犷的脸，"我愿意一辈子做你的奴，再也不离开你。"再也不让他担心。

奴？子查赫德诧异地扬眉，却只是淡淡嗯了一声，没有说什么。

她却欢心雀跃，因为他的应允。

"你怎会写我们地尔图人的文字？"他突然想起那让他无可奈何的白绢留言，半是好奇，半是想分散她的注意力，不想她再处于这些日子以来那种歇斯底里的情绪中。而事实是，他自己也才刚刚从失去她的痛苦恐惧中平静下来。

这时的阿萝再也没有心思对他隐瞒什么，如实回答："我自小就学习别族的语言和文字，不只是草原各民族，还有南边汉人的文化和语言。"她没有多说，只因她所学的这一切只有一个目的，就是可以随机应变地周旋于各色人中。

闻言，子查赫德深邃智慧的黑眸中闪过一丝异光，搂住阿萝纤腰的手不自觉地一紧。

"知否是谁救了我们？"在阿萝觉察出异常之前，他迅速地转移了话题。

阿萝点了点头："他说他叫明昭。"一个不似世间之人的男人，一个似多情却无情的男人。

子查赫德微笑，摇头："他只是医治我们。真正将我们从哥战手中救出来的是那个叫红柳的猎人和他的狼。"

"咦——"阿萝颇感意外，任她怎么想，也想不到是他们。这世上哪有这么巧却又这么不合理的事，怎会有人甘冒生命危险救助两个只有一面之缘的人？

"我也想不出他们为什么要救我们。"子查赫德温柔地伸手将落在阿萝颊畔的散发顺往耳后，看着她带着丑陋疤痕的脸，不禁为她感到心痛。这两道疤痕划上去的时候，必然痛到了极点。想着，他的手不自觉地抚了上去。

阿萝身子一僵，努力控制住躲避的念头，秀逸的眉却不由自主地微微蹙了起来。

"很丑，是不是？"她轻轻地问，语气中隐含着无可奈何的叹息。可是她心中很明白，若没有这两道疤，她必不能与他再次相遇；若没有这两道疤，她必不能得他倾心相待；若没有这两道疤，她在他心中必然还是那个祸国殃民的女人。只是现在，他是否会因此而嫌弃她？

子查赫德神色中透露出些微不悦，放开她站了起来。

"若他觉得你丑，你又会如何？"这个时候，明昭清泉般澄澈的声音突兀地插了进来。

阿萝一怔，看向门口，只见一头银发的他背着一个药篓，正含笑站在那里，显然是刚从外面回来。他笑得如此云淡风轻，但问的话却犀利得让人难以回答。

"我……"阿萝惶然无措。

"是不是要离开他？"明昭随口接道，状似无心。

子查赫德闻言，浑身蓦地紧绷，目光没有看阿萝，而是落在屋顶一角正在织网的小蜘蛛上，木无表情。

离开？阿萝摇头，连犹豫也不曾。这样的痛苦一次还不够，还要来第二次吗？

"子查赫德答应过我，我可以永远不离开他。"说到此，她抬头看向子查赫德刚硬的下巴，神情中尽是难以言喻的依恋，"他是一诺千金的男儿，必不会食言。我再不会离开他。"虽然不知道以后的路该怎么走，但她对这一点却毫不怀疑。

一抹释然的笑浮上子查赫德的眼，他收回目光，终于回应阿萝的注视："你最好是如此。"不然，他定不会放过她。

明昭微笑摇头，为子查赫德生硬威胁的话语。只有他知道这个男人是怎样着紧他眼前这个自认为丑陋的女子的，谁知出口的竟然是这样毫不温柔贴心的话。不过看来他的女人似乎也并不介意。

走进屋子，他放下药篓，漫不经心地道："我可以为你去掉这两道疤……"他是个不会吝惜自己医术的医者，若能做到的事，一定尽力而为。

"不要！"

"不必！"

奇异地，这一次，阿萝和子查赫德竟然默契地异口同声打断并拒绝了他的提议。两人对望一眼，同时别开头去。

明昭失笑，不再废话，转身悠然而去。

阿萝咬住下唇，垂下了头，心中忐忑不安。子查赫德为什么不让她恢复容貌，是他知道什么了吗？

"你在怕什么？"终于，子查赫德打破了沉默，淡淡地问。到了现在她还在怀疑什么？深吸一口气，他努力压抑濒临爆发的脾气。

"我……"想起他对秋晨无恋的态度，阿萝不知该如何回答。可是有的事是不能隐瞒一辈子的，尤其是她的出身来历。

是的，当她决定跟他一辈子以后，她还能隐瞒什么？哪怕他因此而不要她，她也必须告诉他——"我是秋晨无恋。"

秋晨无恋！

子查赫德闭眼，忆起那个静坐在梨花树下的女子，忆起她惊慌失措的神情。原来……真的是她！

只是，到了现在，这一切还能阻挡在他们之间吗？若一早知道她是秋晨无恋，他必然会避而远之，还好，他没有那么早知道。

"知道了。"他缓缓回应，丝毫没显露出内心的想法。睁开眼睛，看见阿萝惶恐不安的神情，明白是自己吓到她了。事实上，他还在生阿萝擅自逃离他的气。不过她终究还是回到了他的身边，那他还有什么好计较的呢？

嘴角上扬，他露出了劫后最灿烂的笑容，仿佛阳光破开云层，照亮了阿萝的脸，也照亮了她的心。

"不管你是秋晨无恋还是阿萝，从此以后，你只能是我的女人。"攫住阿萝如小鹿般的褐眸，他霸道地宣布。

看着他炙热的眼睛，听着他没有任何商量余地的话，阿萝的眸子又渐渐泛起了水样的润泽。

"是，不管你是否会厌倦，从此以后，我都只会是你的女人。"她回答得如此认真，终于放下阿嬷的告诫，平生首次对一个男人许下永不言悔的承诺。

"终于听到你这句话了！"子查赫德叹息，欣悦地将她揽进怀中。他不要她做他的奴、不要她做他的侍婢，他只要她做他的女人。还好，她总算明白了。

脸贴在他结实的胸膛上，听着他平稳的心跳，阿萝觉得一向漂泊无依的心在这一刻突然平静了下来。踏实安稳的感觉将她包围，未来再次为她点起了希望的亮光。

清脆的鸟叫声从窗子外面传进来，阿萝一怔，发现自己似乎很久没有听过这么悦耳的叫声了。

"我想去外面走走。"从子查赫德的怀中仰起头来,她柔声请求。

子查赫德微笑,握住她的手。

时值春夏相交,原野上已是一片葱茏。大大小小、五颜六色的野花从脚下一直漫延至天际,间有蝴蝶蹁跹、蜂吟鸟鸣,一切都显得是那么的生机勃勃。因为晚间的雨,虽然不见太阳,但雨后的清新一样让人神清气爽,没有丝毫的阴郁。

屋旁的梨树已长出了嫩绿的新叶,早没了花的踪迹。

"谢得这么彻底……"阿萝怅然地低喃,为花开花谢的无迹。

看到她失落的样子,子查赫德的浓眉一皱:"明年还会开。"他沉声道。对于花开花落本没有什么感觉的他,在这一刻竟然很希望那些花能开得久些。只是那一场恶雨……

阿萝垂眼,想起那日醒来时所见到的一切。

"你那日拾的花瓣可还在?"

没想到她会有此一问,子查赫德蓦地哑口无言,脸上掠过一抹奇异的赤红。

"在,当然在!他怎舍得丢?"明昭带笑的声音在两人身后再次突兀地响起,吓了阿萝一跳。她疑惑地回头看向他,怎么总觉得他似乎来去无踪、无所不在。

明昭站在茅屋的拐角处,手中拎着那个装着花瓣的竹篮,只是花瓣已枯黄卷缩,不复盛开时的莹白如玉。

阿萝不解地看了眼子查赫德尴尬的神情,走过去接过明昭手上的竹篮:"谢谢。"

"不用,谢你的那个地尔图人吧!"明昭忍俊不禁,终于爆笑出声,与他一向的温雅大相径庭,"怎会有这么笨的地尔图人……"他摇头叹息。

"咦——"阿萝回过头,恰看见子查赫德懊恼地别开眼。

"子查赫德?"她走到他的身边,握住他的手,宁可不知道发生了什么事,也不希望他有丝毫的难过。

"也没什么。"子查赫德瞪了眼双手环在胸前、斜倚在土墙上的俊美男人，"只不过这个焰人说你是梨花魂，只要将凋零的梨花瓣尽数拾起放在你的枕下，你就可以醒来。我看你一直不醒，所以——"所以他不顾自己行动困难，下床去捡拾花瓣。他没提的是，明昭还告诉他，每拾一片花瓣都要念一遍她的名字。这样荒谬的言语，他当时竟然会当真了，想起来真的有些丢脸。

"啊？"阿萝错愕地看了眼笑得无辜的明昭，想起他曾对自己说过的话，"他告诉我，那是你们地尔图人的传说……"她重复了那日早上明昭对她说的话。

"哪有这回事？"子查赫德一怔，脱口道。

这一下两人都知道被明昭给愚弄了，不约而同看向他，只是一个恼怒、一个疑惑而已。

明昭耸了耸肩，一脸无奈："我不过随口说说，哪知你们会当真！"语罢，他施施然进了屋，姿态优雅无比，似乎什么也没做过似的。

阿萝和子查赫德面面相觑，哑然无语。他们并非真是愚笨之人，只是那短短的一瞬间，他们已然明白了彼此的心。只因全心全意地挂念着对方，所以不管是真是假，只要有一线希望，他们都愿意去尝试。

"他是有意的。"阿萝靠进子查赫德怀中，微笑道，心中对明昭充满了感激。

子查赫德冷冷地一哼，睨了眼正在屋内整理药材的明昭，淡淡道："我看他是想验证被情所困的人到底有多蠢。"子查赫德是有感而发，当初他对特兰图被青丽娜迷得晕头转向感到不以为然，现在看来，他自己似乎连特兰图也不如。

他的声音不加掩饰，明昭自然听得到。银发微动，那张俊美的脸回了过来，上面有着认同的浅笑。

子查赫德懒得理这个让人即便被他捉弄了还是会心甘情愿感激他的男人，扭开了脸。

带着花香的风轻轻吹拂，温暖和煦一如明昭的笑，阿萝的长发被扬起，将子查赫德魁伟刚硬如岩的身体轻柔地包绕。

YAN NIANG

第十一章　母亲

"开时似雪，谢时似雪，花中奇绝。香非在蕊，香非在萼，骨中香彻。

占溪风，留溪月，堪羞损山桃如血。直饶更疏疏淡淡，终有一般情别。"

眉月，阿萝静静站在那株梨花树下，纤指温柔地抚触着那粗糙的树干，耳旁响起阿嬷从小就在她耳边唱的歌。那时她以为词中说的是梨花，后来才知道不是。可是对梨花根深蒂固的喜爱却是源于那时、源于这首咏梅词。

"夜凉，出来怎不披件衣服？"一件厚厚的袍子将阿萝裹住，子查赫德隐含责怪的声音在她身后响起。

她回首，子查赫德张臂将她轻拥入怀，用自己高大的身体为她挡住寒凉的夜风。

"一个人……呆呆地想什么？"他问，状似无心。只有他自己知道，当透过窗看到她站在夜色中，清冷瘦弱的背影显得异常的不真实，似乎随时都可能消失不见时，他心中产生了巨大的恐慌。才经过那样的劫难，他知道自己再无法忍受相同的事再发生一次。

阿萝微笑，将头靠在他宽厚的胸膛上。

"我在十四岁时就不会笑了。"她幽幽道，如水的目光落在被深沉夜色笼罩的草原上。过去曾有的一切仿佛是上辈子的事，在这一刻显得那么遥远而缥缈。"如果不是遇见你……"她停住，想起那一次并不让人觉得愉快的邂逅。

子查赫德没有打断她的思绪，不由自主地随她回忆起初次相见的情景，一丝浅笑浮上嘴角。

"……若非你那样无礼地闯进来，我可能这一世都不会再笑了……"她喃喃细语，将所有的心思都婉转地道了出来。

"嗯。"子查赫德只是淡淡应了一声，因为听明白了她的话意，所以不再做多余的追问，嘴角上扬的弧度却无法控制地加大。

阿萝没有注意到他的神情，兀自沉浸在回忆中："你曾经问过我，我的脸是被谁毁的……"说到这里，她顿了顿，突然发现以往挥之不去的苦涩不知何时已消失不见，环绕在她心间的，是一种陌生却让人安适的感觉。过去所受的种种苦难以及所有的一切，在被他爱惜地拥在怀中时，都已变得不再重要。也许，这就是幸福吧！

满足地叹了口气，她心境平和地说起过去的痛苦："为了逃离那种生活，为了……是我自己将容貌毁去的。"她的语气轻描淡写，显示出她是真的不在意了。她没说出口的是，连她自己都不确定，当初她的逃离是不是为了能再次遇见他。

子查赫德脸上的笑容敛去，浓眉皱了起来。想到冰冷锋利的刀锋划上她娇嫩的脸颊那一刻她的痛楚与勇气，揽住她腰的手不自觉地收紧，一丝尖锐的疼痛自心所在的部位升起，如电流般传遍全身。

他闭上眼，大大地喘了口气，有些着恼地喃喃低骂了句："笨女人！"哪有人像她这样的！

知道他的心思，阿萝不以为意地一笑，缓缓道："其实，那也没什么……"美丽于她并不重要，她只是想做一个普普通通的牧羊女子，与自己心爱的人厮守终生，其他的再也不重要了。她还记得小时候曾许下的心愿，但在经历了这么多之后，才知道一个民族的和平安定不是只依靠女子的色相就能做到的。她不再是秋晨无恋了，也不再担负那样的责任。

"只是……这样的丑，只怕要委屈你了！"这是她唯一的遗憾。没有哪个女人不希望在自己心爱的人面前展露出自己最美丽的一面，但是，她更不希望为他招来不必要的麻烦和噩运。

红颜祸水，这句话……其实不错。

子查赫德深吸一口气，俯首爱怜地亲吻她的发："我若在意这些，现在便不会站在这里。"

"而且，我自始至终要的都只是阿萝，跟艳冠天下的秋晨无恋又有什么关系？"他柔声道，深邃的瞳眸在夜色中掠过一抹晶亮。他没有告诉阿萝，他并不希望她恢复容貌，只因他不想和他的族王以及其他男人来争夺她，他只要她属于他一个人。

阿萝一怔，还没来得及有任何感动——

"原来你这个地尔图人并不笨！"明昭的声音突兀地响起，打破了两人的亲昵气氛。只是他的声音及语气就像春天的风，就算时时在人身边打转，也不会让人觉得厌烦。

阿萝从子查赫德怀中抬起头来，转过身，温和地看向不知何时坐在台阶上的明昭，并不介意他听到了两人的私语。

"你们焰人的爱好就是偷听别人讲话吗？"子查赫德没好气地反讥。其实他不是讨厌，而是实在想知道这个男人是不是真的如脸上表现出来的那样，没有普通人的情绪波动。

明昭依然笑得云淡风轻："不是我想听，是你的声音大到让我不得不听。"言下之意，还是子查赫德荼毒了他的耳朵，他只是受害者。

子查赫德哑然，他本不是一个善辩的人，唯有一笑而过，放弃让明昭显露情绪的打算。

阿萝忍不住温婉一笑，握住子查赫德的手，与他相携着走到明昭身边坐下。

明昭脸上的惊异一闪而过，在暗夜中快得没有人能抓住。过了一会儿，他才轻轻吐出一口气，缓缓道："也许你们的决定是对的。"

这一句话没头没脑，让子查赫德和阿萝都有些诧异，同时疑惑地看向他。

明昭沉默了一下，才又道："阿萝……你现在依然很美丽。"方才看见阿萝不经意的笑容，即使是在这样的一张脸上，依然美得惊心动魄。由此可知，恢复容貌以后的她会带来怎样的麻烦。在这俗世之中，出尘脱世的美丽总是难以长久。

阿萝一怔，感觉到他的话是发自肺腑，颇有些意外。不知说什么，只能回以浅笑，心中却不禁升起莫名的怅然。

初夏的风拂在并肩而坐的三人身上，带着凉意，也带着无人说出的离别之意。

翌日，天际出现了多日不见的霞光。

明昭站在晨曦中，那披散在背上的银发仿佛吸收了月亮的华泽和太阳的金芒，闪耀着梦幻般不实的光泽，让人难以移开目光。

没想到他会等候在外面，子查赫德和阿萝都有些意外。

"明昭先生。"阿萝首先打招呼。

明昭微侧头，嘴角含着祥和的笑，金色的朝霞衬着他俊美的侧面轮廓，让他浑身上下都散发出一种超脱尘世的神圣光芒。

阿萝和子查赫德都不禁因这一幕而屏住了呼吸。

"我和你们一起走。"对自己所造成的影响视若无睹，明昭淡淡道。

子查赫德率先回过神来，颇觉诧异："一起？"他要去哪里？

明昭将头转了过去，泛着银色光泽的眸子注视着遥远天际初升的旭日，一丝幽光在其眸中闪过。因为背对着阿萝二人，所以没有人看见。

"我要去你们莫赫部住几天。"他说得理所当然，根本不是商量抑或征询意见。

子查赫德先是一怔，而后露出欣喜的笑："欢迎！"他性格直爽，丝毫不掩饰对明昭的欣赏和喜爱。

阿萝却有些疑惑，她不认为明昭是一个留恋人世情感的人，自然不会因他们的离去而不舍，他这样的举动实在让人难以揣测。只是他实在是一个让人喜欢的人，即便知道他另有目的，也依然让人难以拒绝。

于是三人成行，在榆林买了马，并骑向莫赫部飞驰而去。

在宽广无垠的草原上疾驰了半日，太阳升到正中，放射出热度。前方出现了一片疏林，树上的叶子已长得很茂盛，一片葱绿，让三人一直被空旷的原野充塞的眼睛陡然一亮。

那是一处水源，在这条路行走的人都知道。

三人放缓马速，慢慢沿着一条被马蹄踏出的小路走进林中。一个如月牙般半弯的小湖静静地躺在那里，清澈无比。溪水从树林的一头源源不断地注进来，又从另一头淌出去，终年不盈不溢。

在湖边的长草地上，已经有另一个过路人正跪在湖畔汲水，她身型婀娜修长，花白的长发铺了身后一地。除了明昭，子查赫德和阿萝都是一怔。可能察觉到有人来到，那人回过头来，露出一张带着岁月沧桑的秀美脸庞——是特兰图的母亲禹妹。

看到他们，禹妹的脸上没有任何的情绪波动，仿佛早已预料到他们的到来。她扭过脸，又继续用水袋汲她的水。

子查赫德和阿萝对望一眼，感觉到对方心中的疑惑，但谁也没说话，只是安静地下了马，来到禹妹的身后。

子查赫德尚未开口，身后传来明昭和煦的声音："老人家，您要去哪里？"随着声音，明昭越过二人，来到禹妹的旁边蹲下，"我来帮您。"他从禹妹手中拿过沉甸甸的水袋，为她装水。

看着这个做什么都显得那么理所当然的年轻人，禹妹的眼神变得温和起来："我要去找我那个不孝的儿子，他竟然为了他的兄长去找凶残的马贼报仇，撇下我这即将入土的母亲不管！"

子查赫德浑身一震，失声道："什么？姨母，特兰图去找哥战了？"

260

禹妹没有理他，接过明昭递给她的水袋，没有说谢谢，而是突然伸出一只手放在明昭的额上，眼中闪烁着深邃、智慧的光芒。半晌，她道："好孩子，你一定会找到你要找的人。"

她的话说得莫名其妙，听得一旁的两人一头雾水，明昭脸上的笑容却在瞬间收敛，神情变得认真无比："承您吉言！"

他没有说更多的话，和他朝夕相处了近一个月的二人却知道禹妹的话说中了他的心事。

叹了口气，禹妹这才站起身，看向神态恭敬的子查赫德："一切因你而起，也应该由你去结束。"她的神情中并不见丝毫不满和厌恶，只有淡淡的无奈。

听到她的话，阿萝紧张起来，想到曾经历的血腥场面，不由自主地抓紧了子查赫德的手。不管他去哪里，她都会跟随在他身边。她帮不了他，但至少她不会让他独自去面对一切。

知道她的心思，子查赫德心中一暖，脸上却只是微微一笑："那是自然。您放心，姨母，我一定会把特兰图毫发无损地送回到您的面前。"

禹妹的表情并没有因为他的承诺而有丝毫缓和，微不可察地点了点头，然后转向阿萝。

"你跟我来。"她说，就如第一次见面时一样，语气威严而不可抗拒。语罢，径自向林外走去。

阿萝不安地看了眼子查赫德，惶惑的心因他温和的笑而突然定了下来。松开他的手，她心情平静地跟在禹妹的身后。

禹妹在林缘站住，目光落在澄蓝的天空中一只自由翱翔的雄鹰身上。阿萝悄然来到她的身后，静静地等待她说话。

良久。

"曾经我以为我可以改变宿命的安排。"禹妹苍老的声音如时间的磨轮，在空旷的原野上悠悠响起，"我以为既然上天赋予了我预知未来的神力，就意味着也赋予了我改变未来的权力……"

说到这儿，禹妹无声地笑了起来，笑容中充满了苦涩和无奈，也充满着对命运的屈从。

"早在子查赫德出生的时候，我就预见了他和你的相遇，知道你非同一般的出身和来历。"禹妹说出隐藏在心中数十年的秘密。自从被地尔图人俘虏后，她就再没显露出七色族圣奴的超凡能力。"我认为你的出现会带给地尔图人莫大的灾难，只因凡是有你的地方就不会有和平，凡是拥有你的人都必将有鲜血沾身，而子查赫德也不会例外。"

她的话仿如一道霹雳，炸得阿萝的脑子好一阵空白，久久不能思索。

禹妹毫不关心阿萝的反应，径自说道："所以我一直在依靠自己的影响力阻止子查赫德继承他父亲的族长之位，所有的人都以为我是为了特兰图。"说到此，她再次笑了起来，"特兰图那小子根本不是当族长的料，他比野马还难控制自己，就知道跟在奇柯小姑娘的身边打转，对周围的一切视若无睹，我怎会希望他来顶替他父亲的位置？"

阿萝缓缓回过神，渐渐明白了禹妹的意思。这个老人只是想保护那个灭了她母族，却一起生活了数十年的族群而已。

"如果子查赫德不任族长之位，那么无论他和什么人在一起都不会影响到莫赫部，甚至整个地尔图部族……"

话明明没有说完，禹妹却突然沉默下来。在这寂静得有些突兀的空间，阿萝不由自主地细思起老人的话来。

一声尖啸，那只在高空盘旋的苍鹰突然如箭矢般向地面俯冲而下。等它再次飞起时，利爪下已紧紧地抓住了一条仍在扭曲挣扎的长蛇。

阿萝被这突如其来的变化惊了一下，收回游散的神思，目光落在禹妹灰白及地的长发上。

"您要我离开子查赫德？"她幽幽开口，突然有些累。难道说，与她两情相悦也是不被世人容许的吗？那她究竟又做了什么十恶不赦的事呢？

禹妹回过头，脸上的神情是出乎阿萝意料的温和慈祥，她微笑道："若我要你离开他，你做得到吗？"

阿萝怔怔地看着老人首次露出的友善神态，无意识地摇了摇头，而后突然有些生气："若是如此，你为什么要留下我？为什么要告诉我子查赫德的行踪？"当初是老人自己多事，现在却又来为难他们，她究竟想做什么？

禹妹看着阿萝难得一见的恼怒眼神，眸中掠过一丝惊艳，丝毫没有因被顶撞而生气："原来是骨子里透出的美丽，难怪……"她摇头叹息，语意未尽。

阿萝听不明白，也无心深究，修长秀雅的眉却轻轻地蹙了起来。她几乎已经可以预料到，她和子查赫德未来的路不会太平坦。

"我不想再做吃力不讨好的事。"禹妹回归正题，抬头仰望明净的天空，智慧清澄的眸中闪烁着对命运的敬畏。"你和子查赫德注定要在一起，无论生死。而我……"她的脸上首次露出温柔宠爱的笑，"我不希望子查赫德那小子死。他……从小在我身边长大，我一直把他当成自己的孩子看待，不愿意看见他痛苦，不愿意他受到任何伤害，所以才不想他坐上族长的位置。这样他就不会有机会陪地尔图王去摩兰国，就不会遇到你。退一步说，就算他遇到了你，没有族长的身份，他也可以随心所欲地选择自己心爱的人而不会影响整个部族，不会左右为难。"这是禹妹第一次说出自己真实的心意。一直以来，她在所有人面前对子查赫德都不假辞色，谁也不知道，她对子查赫德的爱惜丝毫不比特兰图的少。

听到老人发自真心的话，阿萝不禁动容，却找不到话可以说。

禹妹苦笑，继续道："命运的不可改变，我是通过子查赫德这孩子才真正懂得的。"

子查赫德两亲兄弟都有继承父亲权位的资格，在这个男女平等的地方，决定权位的人选不是只有他们的父亲说了算。地尔图人武风盛行，只有勇士才会受到众人的尊敬和爱戴，继承族长之位的人必须要经受住所有人的考验，并得到大多数人的认可才行。

子查赫德两兄弟自幼就随父亲征战沙场，都拥有坚韧无比的意志力和强大无比的作战能力，为族人所拥护。但子查赫德却多了特兰图所没有的沉稳机智，在该勇往直前的时候也丝毫不逊色于特兰图。正是这点，在禹妹精心安排的不利于子查赫德的考验中，十八岁的子查赫德还是胜了十七岁的特兰图一筹，夺得了族长之位。这是禹妹始料不及的，那时的她还是坚信命运是可以改变的，常言道"人定胜天"，不是吗？

只是后来种种的阴差阳错，都一一印证了她的预言，让她首次在命运面前尝到了无力的感觉。人总是要在经历后才会死心，自从预见到子查赫德和秋晨无恋相拥倒在战场上的残酷画面，禹妹就悲伤地封住了自己预见未来的能力。人生本来已经是一种负担，对未来的预知更会为沉重的人生平添重负。她是圣奴，本来到死也不会白发，却因预知子查赫德的命运而白了乌发。后来她逃避地搬离了莫赫人居住的地方，就算被子查赫德及族民误解也在所不惜。

直到那日看见无助的阿萝，看到她盘着丑陋疤痕的脸，禹妹首次感到了命运的转机。以往她意念中秋晨无恋的脸都是模糊不清的，而真实的秋晨无恋已不复以往的美丽，这样的女子，即便有再大的魅力，也不至于造成太大的影响吧？思及此，她的心中再次燃起希望，才有了为子查赫德留下阿萝之举。

知道子查赫德为寻阿萝去找马贼后，禹妹已能肯定了这个残容的女子在子查赫德心中不一般的地位。

"地尔图人是个好战的民族，因而人与人的感情几乎都是在战争中建立起来的。对于他们来说，没有战争的洗礼，便没有牢不可破的感情。我和特兰图的父亲是这样，其他族内共结白首的男女也是如此。"禹妹的话发人深省，阿萝却皱起了眉。

"我不喜欢战争。"淡淡地，她陈述自己的观点。

"没有人喜欢战争，就如没有人喜欢苦难和失败一样。"禹妹微笑，"但无论喜不喜欢，我们都得去面对。差别只在于是被动地接受，还是主动地面对。"

阿萝默然，恍惚间似有所悟。好比生命，无论愿不愿意，一旦开始，就应该把它走完。

"所以我在明知很危险的情况下，还是让你独自一人去寻找子查赫德。"禹妹缓缓道出自己的良苦用心，"看得出你对子查赫德用情极深，但过往的经历以及对未来的惧怕让你裹足不前。而这，正是你们之间最大的障碍。"

说到此，禹妹不再讲下去，能明白的早已该明白，不能明白的，多说也无益。

阿萝的眉渐渐松开，听禹妹的口气，似乎并不是想阻碍她和子查赫德在一起，而且还有赞同的意思。

正当她松了口气时，禹妹话题一转，说出了她最害怕的事："我是过来人，自然希望两情相悦的你们能够在一起。只是你要知道……不管你的脸是否残毁，你是秋晨无恋，就始终是秋晨无恋，这个事实不可能隐瞒一辈子。尤其当你成为子查赫德唯一的妻子之后，真相将会很快被有心之人揭穿。那时你要面对的，将会是两难的选择。"禹妹语重心长地说出了心中的担忧。

闻言，阿萝隐藏在面纱下的脸渐渐失去了血色。她何尝不知道，只是一直不愿去细想而已。而禹妹再补上了一句她始终不愿面对的事实，让她的心彻底寒透："何况，现在的你依然美得惊人！"

在那片茂密林木的边缘，以哥战为首的数千骑马贼被两万地尔图勇士以钳夹的形势围困住了。身着黑色武士服的剽悍马贼汉子均高坐于马上，矫健的骏马并排而立，形成一道如铜墙铁壁般密不透风的人马墙，将妇孺围在了中间。

人人严阵以待，一场残酷的战争即将爆发。

而地尔图人这边，出人意料的竟是三骑并立。除特兰图外，青丽娜身披银白的铠甲也赫然位于其中；而在两人中间，一匹装饰华丽的高大骏马上，巍然端坐着一个容貌英伟高贵的中年男子。

"王！"子查赫德失声道。一同前来的明昭和禹妹没有任何反应，阿萝却心中一寒，想起子查赫德曾对她说过的话。

那男人正是地尔图人的族王，与子查赫德有着兄弟般的感情。得到子查赫德丧命在哥战手下的消息，悲怒交加之下，他亲率王庭精锐前往剿杀哥战一众马贼。恰巧在途中与前往报仇的特兰图相遇，双方开始并肩作战。

子查赫德四人的突然出现引起了强烈的震动，无论是己方还是哥战一众马贼，所有人都露出了不能置信的表情。回过神的地尔图人爆发出震天动地的欢呼声，由此可见子查赫德在地尔图战士心目中的地位。

哥战鹰枭一般的锐眸微眯，不相信在那样的重伤下两人竟然还能活下来。但很快，他的目光就如所有人一样，被那个一头银发俊美不似世间之人的男子吸引了去。

明昭微笑着看那尊贵无比的地尔图族王不顾自身形象地策骑奔向他们，然后与子查赫德紧紧拥在一起。他的目光只是扫了紧随其后同样激动的特兰图一眼，便落在了神色复杂的青丽娜那美丽的脸上，只是瞬间，便移了开去。

阿萝却不自觉地悄悄缩在了明昭和禹妹的身后。

两军对垒，众人并没有寒暄的时间，子查赫德甚至连明昭和阿萝也没介绍。

"王，这事由子查赫德一己之私引起，请求你特许子查赫德自己来做个了断吧！"子查赫德恭敬地征求地尔图王的意见。他一向公私分明，不愿因为自己的私欲，导致族中勇士的鲜血染红草原。

地尔图王明白子查赫德良苦的用心，没有丝毫的犹豫便点头应允，可见他对子查赫德非同一般的信任。

在一旁默默看着一切的阿萝却越来越害怕，害怕有一天子查赫德要在她和他最尊敬的王之间做出痛苦的选择。

不知是忘记还是有意，子查赫德并没有回头看阿萝一眼便策骑而出，来到地尔图军队的前列。

"哥战，我们又见面了！"子查赫德微笑招呼。对于哥战，他其实并没有任何恨意。

哥战嘴角一扯，露出一个冰冷的笑："让人难以置信，子查赫德，你和你女人的命真大！"哥战和他的手下从来都是不畏死的汉子，根本不惧胜过己方数倍的地尔图军队。

子查赫德眸中掠过一丝激赏，脸上的神情却变得冰冷："哥战，可记得我曾求你放过我的女人？"他现在想起那日的情景，仍心有余悸，浓眉不由自主地皱了一下，"我杀了你的兄弟，你为他们报仇，那原是理所当然的事，但你不该伤害我的女人。"说到此，他有些咬牙切齿。

哥战冷笑："要战便战！子查赫德，你什么时候变得这么婆婆妈妈了？"他可不耐烦听废话。

被他的骄傲逗笑，子查赫德神色恢复如常，好整以暇地道："急什么！哥战，我和你原本是私人恩怨，我没你那么残狠，不想牵累太多的人。若你愿意开口求我，我就放过你方的妇孺。"这一次，他倒要看看高傲的哥战如何择择。是选择同归于尽，还是放下高贵的自尊、为他的族人谋取一条生路。

哥战黑眸微眯，不相信地打量着子查赫德的笑，揣度着他话中有几成认真。

看出他的怀疑，子查赫德傲然一笑："地尔图人言出必行，哥战你不接受便罢，却不要侮辱我的诚信。"

明白了他的话意，哥战面无表情地垂下眼。良久，他再次扬眼看向子查赫德，眼中有着英雄气短的悲凉："你放了她们，我愿意任你处治。"他早已知道，若战争一旦开始，他定然能够逃逸，但他的手下以及这一众没来得及转移的老弱妇孺必然难以幸免。他哥战虽然冷漠无情，却不会孬种到让那些原本依靠他的人为他送命。

"好汉子！"子查赫德赞道，对哥战的能屈能伸极为欣赏。若哥战为了尊严不顾手下的性命，他子查赫德必会倾尽全力也要让对方血溅此地，但现在自然不同。

哥战对子查赫德的赞赏没有任何感觉，他冷冷地扫了对方士气激昂的战士一眼，知道自己的选择是正确的。无论他们如何厉害，在身经百战的地尔图军队面前，他们依然只是一群乌合之众。

"你先放他们走，我自会下马束手就擒。"哥战缓缓道。他的手下显然受过极严格的训练，即便在这种时候，依然没人敢发出任何反对的声音。但每个人眼中都闪着激愤的光芒，显然因为他们的头领受到了侮辱而愤怒。

子查赫德微笑，一扬手，左手边的队伍立时让出一条路来，任马贼壮汉将老弱妇孺护送出去。

就在这时，那被疏散的队伍中突然奔出一个衣衫褴褛、长发凌乱的女子，扑向仍高踞马上的哥战，引起一小阵骚乱。

看见她，哥战本来一成不变的冷漠瞬间崩溃，忍不住厉声呵斥道："滚回去！"

谁知那女子恍若听不见一样，径直奔向他的战马。那马受惊，一声长嘶，扬蹄踢向女子。

哥战大惊失色，顾不得许多，飞身下马，一把将女人搂进自己的怀中，然后抱着她再次跃上马背。

"子查赫德……"哥战首次露出苦笑无奈的表情，为那个紧紧抱住自己的女人。他很想求子查赫德放过她，可是他知道，她决不肯抛下自己独自离去。

这似曾相识的一幕让子查赫德眼眶微润，不由自主地回头看向本来躲在明昭等人身后，现在却现出身的阿萝，却见她已泪流满面。

原来这冷血的哥战也是至情之人！他如何能忍心看着曾发生在自己身上的痛苦再发生在另一对相爱的人身上？若他这样做，必然会让善良的阿萝失望痛苦。

罢了！

第十二章　缘定

　　庆祝的晚宴在热烈地举行着。所有人都为子查赫德的平安归来感到无比的高兴，也为一场本应血流成河的战争消弭于无形而庆幸。地尔图人虽然离不开战争，但并不代表他们喜欢战争，那只是一种无可奈何的选择而已。

　　"子查赫德，你心变软了！"爽朗的笑声自主席上传来，说话的正是地尔图人最敬仰的族王勃连原。

　　子查赫德只是微微一笑，举起牛角杯向他尊敬的族王敬酒，并不为自己解释。

　　他真的就是那个子查赫德最敬佩，曾想见秋晨无恋一面却遭到拒绝的地尔图人最伟大的族王吗？阿萝跪在子查赫德身后，这时才偷偷地仔细打量那位于最上面、独占一席的英伟男人。

　　看着三十五六岁，正值男人最意气风发的年纪，五官与子查赫德有着五六分的相似，却较之要柔和许多。若子查赫德是在风雨中屹立不动的粗岩，他就是经过打磨后散发出最耀眼光芒的宝石，他身上具备着他这个地位的男人所应有的尊贵和自信。

　　无声地叹了口气，阿萝收回目光，不再留意那个似乎比子查赫德更有魅力的男人。

明昭坐在上首一旁的席位上，因为救过子查赫德，他成了地尔图人最尊贵的客人。青丽娜则和特兰图坐在一席，自子查赫德出现后，她就一直显得有些心神不宁。

子查赫德当然明白是怎么回事，却什么也没说。

禹妹并没有参加这种宴席。她性格一向孤僻，倒也没有人介意。

"那哥战也算是一条汉子，"特兰图说道，"至少没有让手下当他的替死鬼。"

这时，青丽娜突然站了起来，引来所有人的注目。一个奴隶慌忙迎上去，恭敬地询问："您有什么需要，青丽娜小姐？"

青丽娜挥手让他退开，美丽的眸子中闪烁着倔强的光芒。她定定地看着自回来后就对她视若无睹的子查赫德，直到子查赫德诧异地回望她。

"是我骗莫赫大人去找马贼的，我是存心害他的！"她扬起骄傲的下巴，没有说出当她听到子查赫德丧命于马贼手中时的后悔与痛苦，"我既然做了，就不需要隐瞒，现在听凭处置就是！"

听到她的话，除子查赫德以外，所有人都吃了一惊，而特兰图所受打击尤其大。他没想到他最心爱的女人竟差点害得他的兄长丧命，被背叛的痛苦让他一时说不出话来。

勃连原本来布满笑容的脸蓦然沉了下来，正要发作，子查赫德已先一步开口："阿萝已平安回到了我的身边，我不想再追究已经过去了的事。而且用武力请青丽娜小姐来到我族做客，确是子查赫德无礼在先。若要计较起来……又哪有那么多可计较的！"他轻描淡写的几句话，将青丽娜害他的真实原因掩盖，只是不想特兰图受到更大的伤害。

深深看了他一眼，明白了他的用心，青丽娜冷冷一笑，不再说话，挺直骄傲的背脊，转身离开了大帐。

看着她离去的背影，特兰图眼中露出深沉的痛楚，首次没有跟出去。

勃连原是见惯场面的人，并不会因这小小的意外而影响心情。他举杯向明昭道："来，明昭老弟，本王敬你一杯！你可是我们地尔图人最敬佩、也

270

是唯一敬佩的焰人啊！"

面对如此的推崇，明昭却只是淡淡一笑，宠辱不惊地举杯回礼，优雅之态与生俱来。

两人各自将酒一饮而尽，立时引来在场诸人的欢呼喝彩，本来有些凝窒的气氛又再度热络起来。

酒过半酣，明昭托辞提前离去。

略带醉意的勃连原目光首次落在了半隐在子查赫德身后的阿萝身上："子查赫德兄弟，我们地尔图的女人好像没有蒙面的习俗吧？"他半开玩笑地道。

闻言，阿萝浑身一震，不禁更加深地缩藏在了子查赫德的背后。

子查赫德感觉到了阿萝心中的担忧，反过手握住了她冰凉的小手，让自己大手的力量和温暖安抚她的不安。

"回王，阿萝容貌丑陋，怕惊了人，才一直以纱蒙面。"他用沉稳的声音缓缓地说出一个众人皆知的事实。

"是吗？本王听说的可不是这样。"勃连原笑道，"从马贼那里传出的消息却是，那日他们看见了一个美得不可思议的女人！我想，他们说的应该就是这个躲在你背后的女人吧？"

子查赫德一怔，回过头，正对上阿萝温柔中透露出惊惧的褐色眸子。阿萝究竟有多美，他其实没多少概念，好像很美，又好像很丑，似乎非常矛盾，却又显得那么合情合理。

"可能是误传吧！"他不知该如何回答，唯有如此解释。

勃连原对他的回答并不满意，摇头笑道："兄弟，你一直将她藏在你的身后，她既然是你未来的妻子，为什么不趁此机会，将她介绍给我以及随我从王庭远道而来的好朋友们？"

他这话合乎情理，无论是谁都无法拒绝，何况是对他无比尊重的子查赫德。

"王说得对，是子查赫德的疏忽。"子查赫德也不想再委屈阿萝，决定在众人面前承认她的身份。

他起身，拉着一直沉默不语的阿萝来到大帐的正中。

一手按在胸口，弯腰对勃连原行了地尔图人正式的大礼，然后转过身与阿萝正面相对。

阿萝不知道他要做什么，但他温柔的眼神让她不再有丝毫的害怕。

子查赫德抬起手，缓缓地揭去阿萝的面纱。大帐中立时安静下来，变得落针可闻。

所有人都看到了阿萝的容貌，因为均是身经百战的人物，尽管心中无比的惊讶，却没有人失态地表现出来。

"王，各位兄弟，这位名叫阿萝的女子，将是我子查赫德一生一世的伴侣！"子查赫德一字一字郑重其事地声明，谁也不能怀疑他说此话时的真心。

看着他严肃认真的神情，阿萝只觉眼角微润，眼前蒙上一层水光，嘴角却不由自主地上扬。

一直注意着她的勃连原看到这一幕，眼中掠过一抹奇异的光芒。

阿萝不喜欢那个地尔图王看她的眼神，犀利如刀，却又火热赤裸，仿佛想将她看穿，然后再将她一口吞下去一般。这种眼神在她那如前世一般的过去中并不陌生，那是除子查赫德以外所有看到她容貌的男人都难以掩饰的。只是，现在的她不该再有这种影响力才是啊！想至此，她只觉浑身发冷，不由自主地在人群中搜索着子查赫德的身影。

宴会之后，众人都来到了帐外。所有的族民都还在火堆前唱歌跳舞，为子查赫德的平安归来而庆祝，这样的庆祝恐怕还要持续数日。

看到他们出来，热情的族民立时拥了上来，将他们团团围住。子查赫德应对着接踵而至敬酒的族人，有些手忙脚乱，他和阿萝很快就被人群冲散了。

阿萝站在人群外的阴影中，感到一种似曾相识的熟悉。她初到莫赫部的晚上就是这样的，还记得当她站在人群边缘看到子查赫德和柃木并肩而去的时候心中升起的苦涩，也许就在那时，又或者更早，她就已经将他放进了心中。

"阿萝姑娘。"一个浑厚威严的声音在她耳边突兀地响起。阿萝浑身一震，惊惶地侧过头去。

是那个她避之唯恐不及的男人、那个地尔图人的王——勃连原。

他脸上漾着友善的笑，浑身上下散发出王者的高贵和成熟男人的魅力。阿萝却感觉不到丝毫的心动，她只知道这个男人会威胁到她和子查赫德。

"王。"掩饰住心中的惊惶，阿萝躬身行礼。

"陪我走走吧！"勃连原道。虽是征询的语气，但神态之间自有一种让人无法拒绝的威严。

阿萝轻咬下唇，无奈应允。

越过兴奋的人群，在朦胧的月色下，勃连原领着阿萝漫步在空旷的草原上。

"在很久以前，"勃连原低沉的声音在静夜中徐徐响起，带着回忆的苍凉，"我得到过一个女子的画像。"

阿萝已经冷静下来，听到他的话并没有任何的反应，只是沉默以对。

"那是一个草原上很有名的画者画的。画得很好，尤其是那双眼睛中流露出的忧郁和柔情，也被他准确地捕捉住了。"深深地叹了口气，勃连原停了一下，仿佛仍沉浸在当时看到那幅画时受到的震动中。

"那样美的女人我从来没有见过，我不相信世上会有那样的女子。"良久，他才续道，"但自看见那幅画之后，我就无法自拔地恋上了那幅画，恋上了画上的女人。"说到此，他英俊的脸上露出幸福的笑容，显然因回忆而愉悦。

阿萝却觉得浑身冰冷，无法回应。

"后来有人告诉我，那画上的女子真实地存在着，只是已是别的男人的女人。"勃连原的声音中泄露出无尽的痛苦，自是因为自己的痴心成为泡影。他原是一个拥有着杰出的魄力和决断力的王者，却没想到有一天会为了一个从未见过面的女人失去理智到痴狂。这样的无奈，不是宿命又是什么？

阿萝看着他可承载天地的肩膀隐隐散发出的孤寂，突然有些感动。但她更清楚，他对她说这些话不会没有目的。她并不是天真无邪的少女，不会无知地认为一个初次见面的男子会无端对着她述说自己的心事。

勃连原回过头，深深地看着阿萝灰褐色如小鹿般防备的眸子，柔声道："但我还是想去见她一面。明知自己一丝希望也没有，我还是想去见她一面。"

被他的眼神看得心中发毛，阿萝隐隐约约想到，或许他已猜到了点什么。只是现在的她已不是……

"于是我远道前往，只想见她一面。但是……"勃连原苦笑，"但是她不见我。想来她已厌烦了男人的目光，厌烦了男人总是围绕在她的身边。"

"有那样眼神的女子，自不会是一个爱慕虚荣和追捧的女子。"

他沉默下来，却仍目不转睛地看着阿萝，炯炯的双眸中闪烁着灼热无比的光芒。

阿萝的秀眉不由自主地轻轻皱了一下，不自在地别开头，望向仍在人群包围下的子查赫德："王，阿萝该回去了。"

勃连原厉眸微眯，显然看出了阿萝的不安："不必着急，子查赫德还没有空暇陪你。"他如此说，让人不禁怀疑他早有安排。

阿萝回过头，看向他闪着热情的脸，眼神变得冰冷。到了这一刻，她反而不再害怕。

勃连原脸上的热情丝毫没有因阿萝的冷漠而有所消减，仍继续述说着自己的故事："后来，听说她失足坠河而亡，我痛苦得数日不能入眠，差点要带领军队去踏平那个害她丧命的地方。"只是被子查赫德以及一干族长拼死拦住了。

在感觉到他的企图后，阿萝再没有心情对他的深情产生任何反应。她很清楚，他的深情只会是她和子查赫德的苦难。

"阿萝，你知道吗？你——"勃连原不再以客气的语气在阿萝的名字后面加上姑娘二字，而是直呼其名，"拥有一双和她一模一样的眼睛。"

"而我曾立下过誓言，只要看见和她一样的眼睛，不管容貌如何，我都会不择手段地让眼睛的主人成为我的女人！"

被他侵略性的话语和眼神吓了一跳，阿萝不由自主地后退了一步，心中升起无名的怒火："尊贵的地尔图王，你已经逾矩了！你应该知道，阿萝是你臣下的妻子！"亏他说得出口！前一刻他还在称她的男人为兄弟，这一刻竟要夺兄弟的女人！

勃连原并不生气，反而紧跟着上前一步，伸手抓向她的手："你也应该知道，现在还不是……"

阿萝连退数步，避开了他的碰触，却不想一只大手突然握住了她的肩。她不禁大惊失色，慌忙回头，正对上明昭温暖的笑脸。

"原来你在这里。阿萝，那个地尔图人正在四处找你呢！"明昭笑得让阿萝心安，却让有的人觉得碍眼。

"明昭老弟，你不是去休息了吗？"勃连原神色恢复如常，却难掩眸中一闪而过的杀机。

"啊，原来大王也在这里，明昭失礼了。"明昭仿佛这一刻才发现了勃连原的存在，不急不忙地施礼后才解释道，"还不是那个子查赫德，找人找到我的帐中去了，扰得我不能入睡。"语罢，转向阿萝，"走吧，再等一会儿，你的男人会发疯的。"

看着他们相携离去的背影，勃连原再也无法掩饰心中的怒火。

可恶的焰人！

数日后，地尔图王带领着自己的人马离开了莫赫部，却给阿萝留下了难以磨灭的阴影。为了不让子查赫德为难，她并没有将那夜的事告诉他。

回来后的日子，子查赫德异常的忙碌，几乎没有时间与阿萝相处。但因为她的身份已被子查赫德正式承认，所有的人对她的态度都变得非常友善，尤其是蓝月儿。

这一日，阿萝被突然变得懂事的蓝月儿拉去了她的帐中，说是要向她学什么东西。子查赫德独自一人留在大帐内处理案卷。

阳光透入，青丽娜穿着一身素色衣裙突兀地出现在帐门边，没有作任何装扮的她看上去有些憔悴。

子查赫德抬头，看见是她，颇有些诧异。

"我要走了。"青丽娜说，神情中尽显疲惫，美丽的脸上不再有骄傲的笑容。

子查赫德站起身，看到这个不太一样的青丽娜，竟不知该说些什么。细想起来，若不是自己利用她诱了特兰图回来，她现在必然还是那个快乐骄傲的女子，其实是自己害了无辜的她。只是自己当时只把她当成一个势均力敌的对手，并没想到那么多。

"青丽娜小姐。"他的眼中透露出歉意，不知是否是受到了阿萝的影响，他的心比以前柔软了许多。

"不要这样看我，子查赫德！"青丽娜缓缓走上前，在子查赫德面前停下，微仰头看着他如岩石般坚硬粗犷的脸，停了一下才又道，"你是一个值得女人用心的男人。我对你还没有完全死心，所以不要这样看我！"此时的青丽娜温婉文静，展现出与以往不一般的美态，却更能打动人心。

第一次，子查赫德感到她的美动人心魄。

"我已经和你的兄弟说清楚了，这一生我都不会喜欢他。"青丽娜苦笑道，"这是早就应该说清楚的。"但她却拖到现在，不仅伤害了自己，也伤害了对自己一往情深的特兰图。

子查赫德无语。他能说什么？一厢情愿的感情本来就是一场没有希望的折磨，早点让特兰图看清事实也好。也许这一刻他会痛苦无比，但痛苦是会被时间消磨掉的，无论长短，总胜过让他一生都被这种无望的感情所困扰。

幽幽叹了口气，青丽娜的声音温雅如水："我始终无法明白，我和阿萝是同时出现在你面前的，为何你会选择她？"她轻声述说着心中的不平。无论在哪里，她都是众人注目的焦点，独独对他，她比一棵野草强不了多少。

"是不是因为特兰图？"因为他认定了自己是特兰图的女人，所以才对自己不抱任何想法。

子查赫德微笑摇头："我更相信是命运的安排。"对面前这个青丽娜，他再没有任何敌意。

这样的解释让青丽娜心里稍稍好过些，毕竟没有人可以和命运抗衡，这和她是否美丽、是否拥有魅力毫无关系。

只是，她还是有些不甘："也许你有一天会后悔，后悔没有选择我！"她扬起美丽的小下巴，眼中再次闪起不服输的骄傲光芒。

子查赫德失笑，为她孩子气的话语和神态。

"也许……"他沉吟道，但心中比谁都清楚，那只是安慰她的话，"不过现在不会。"

看着他纵容的笑容，青丽娜只觉心中升起浓浓的柔情和不舍，口中不禁微微发苦，但与生俱来的骄傲，让她无法低下头向他乞求不属于自己的爱怜。

她迫自己扯出一个不太自然的笑："好吧，我等你有一天到奇柯来求我，但不保证那时我还会接受你……"她明知这种事不可能发生，所以说到后面时，声音已控制不住有些呜咽。这个让她心动心痛的男人却不是她的，在这个世上，还会有谁能让她托付真心？

看见她别开脸掩饰着眼中的泪光，子查赫德眉头微皱，不能做什么，只好假装看不见，起码这样能让她保有自尊。

细碎的脚步声由远而近，子查赫德和青丽娜都听见了，知道来人是阿萝。

青丽娜仍闪着水光的美眸中飞快地掠过一丝促狭——她既然受了伤，那他们两人也不应该就这样平顺地在一起。不说想办法拆散他们，至少也要让他们受点小挫折。

"你对她如此忠贞不渝，那她呢？"她不顾形象地用手背抹干眼泪，嘴角露出狡猾的笑纹，而后蓦然张开双臂，没有任何征兆地将子查赫德一把抱住。

听她的口气，子查赫德便知要糟，却已来不及有所反应。帐门被掀起，阿萝站在了那里。

只是稍稍动了一下，子查赫德便知道要摆脱青丽娜的拥抱绝不是件轻易的事，唯有放弃，无辜地回望一脸诧异的阿萝。

阿萝有些不知所措，不明白自己究竟看到了什么。他们的相拥究竟代表什么意思？

看见她复杂的表情，子查赫德眼神微冷：难道她还不相信自己？

又是圆月。

阿萝坐在湖边，想起那次见到红柳和紫狼的情景，不由得轻轻叹了口气。

女人一旦怀疑起来，是很可怕的。

苍御倾尽一切的爱并没有让百花奴心中的恐惧和怀疑有丝毫消减，终于有一天，她的心倾向了另一个男人，一个完完全全的人类。然后，一场人族和幻狼族的战争在那样的情况下爆发了。人类，是无法容忍一切他们不了解并拥有比他们更强大能力的生物生存在他们周围的。在邪恶的诱惑下，百花奴亲自将一把锋利的匕首插进了那个深爱她的男人腹中，整个幻狼族在那一夜覆灭。

深吸一口气，阿萝不禁抱紧了自己，想起看到子查赫德抱住青丽娜时心中狂升而起的妒意。她怎么会这样？都到了这一刻，她还不相信他吗？若他想要青丽娜，早就可以要了，根本不需要等到现在，等到他几乎为她付出了生命之后。

她不该对他有丝毫不信任的。他那样冷淡地看着自己，是想要她自己决定是否相信他吧？他那样骄傲的男人，怎会为自己解释？

想到此，她不禁嘴角上扬，露出浅浅的笑。那个曾经只为马儿露出温柔的男人，甚至会在重伤未愈的时候为自己去捡拾梨花瓣，她还有什么可怀疑的？

夜风扬起阿萝的面纱，亲吻着她的脸庞，冷冷的、凉凉的，却让她的心情从未有过的舒畅。她靠着大树，仰望枝丫间纯蓝的夜空。明净的月光从枝叶间洒下，摔在碎茸般的草地上，成为支离破碎的残片。平静的湖面将圆月完整地镶嵌，夜很静，只偶尔可听见远远传来的牛羊的嘶叫声。

这样平静祥和的夜，这样让人眷念，就像他的怀抱。

那一刻，阿萝想起禹妹的话，想起那个被子查赫德尊敬的族王看自己的眼神和说过的话，突然很怕。她不想再有人为她付出生命和鲜血，不想这个强大和平的部族因为她而发生内斗，更不想子查赫德受到任何伤害。

不安地站起身，她不自觉地走出树林，来到湖畔的草地边缘。取下面纱，她俯首看着水面上倒映出的自己阴暗可怖的影子。这样的容貌，为什么还会有人想要？

数滴泪珠滴在湖面上，扰碎了倒影，也模糊了她的眼。

她不知道该怎么办，她只知道，纸始终是包不住火的，总有一天，摩兰国的人会知道她还活着；总有一天，那个地尔图族王会为了他的欲望而做出不利于子查赫德的事。明知事情会如此发展，她怎能无视子查赫德的安危，安心地跟在他的身边？

只是，现在让她离去，她已无法做到。

陷进矛盾思绪中的阿萝并没注意到自己缓然移动的脚已被湖水浸湿，更忘记了夜的寒凉。

"你在做什么！"一声急怒交加的暴喝，下一刻，阿萝已被突然出现的子查赫德紧紧地抓进了怀中。

阿萝回过神，这才发现自己竟然不知不觉步入了湖水中。而子查赫德结实的手臂正如铁箍一样紧扣在她的腰间，紧窒得让她几乎喘不过气来——显然他误会了什么。

她并没有任何自杀的想法，只是觉得前路难寻，不知该如何走下去。而今站在这湖水之中，才蓦然发现，与人生的苦楚相比，自绝实是一条轻松无比的路。她没有说话，放任自己沉浸在幻想放弃生命的虚假轻松之中。

她的沉默让子查赫德更加心慌，他不容分说，一把抱起她，将她带离了那个让他突然害怕的地方。

回到帐中，阿萝一直没有说话，只是静静地看着子查赫德为她褪去湿透的鞋袜，然后打来热水，温柔地为她拭擦冰凉的双足。他也没有再说话，然后，她看见他眼中一闪而过的水光，不真切，但她肯定自己确确实实是看到了。

她感觉到了他心中的害怕，正如自己害怕失去他一样。阿萝突然心痛起来，心痛他刚才的害怕，心痛他的痛苦。

"是我不好。"寂静的帐中，子查赫德沙哑的声音突然响起，他微侧着脸，没有让阿萝看清他眼中的神情。下一刻，他再次将她紧拥入怀。

阿萝笑，眼泪却淌了出来："你没有不好，是我……我并没想……我只是在想事情。"这样的男人，她怎舍得离开他，她怎忍心再让他担惊受怕？未来，未来就让他们一起面对吧！相信只要有他在身边，她就有勇气面对所有的困难。

"中午……青丽娜是来告别的……"在这一刻，子查赫德不想再坚持什么，他只要她不再胡思乱想，不再做让他害怕的事。其他的，又有什么重要？

阿萝微笑，含泪仰头，轻轻吻上他的唇，吻去他的解释。他不需要解释，她很清楚他的心。在这种时候，要他解释，无疑是对他所付真心的亵渎。

"我知道。"良久，她离开他温暖的唇，偎进他怀中，低喃。

子查赫德说不出话来，过了很久才缓缓道："不要再做那样的事了。"刚才的那一幕几乎让他发狂，他再也经受不起第二次。

"嗯。"阿萝温驯无比地应了，纤手无意识地把弄着子查赫德粗糙的大手。这样的手，她以后要牵一辈子。想到此，她突然觉得很满足，从未有过的满足，让她不想再要任何东西。

"阿萝。"感觉到她的柔情，子查赫德沉吟了一下，而后低唤。

"什么？"阿萝没有抬头，只是柔声回答。

子查赫德从怀中掏出一方染有墨迹的白绢，递到阿萝面前，阿萝接过，赫然是她那日离开时的留言。她疑惑地从子查赫德的怀中直起身，不解地看向他认真的眼。

"明昭明天就要离开莫赫部，去遥远的南方。"子查赫德说了一句很突兀的话，说罢立刻发现自己词不达意，忙顿住。他想了片刻才又道，"我们去送他，然后……也离开这里。"那夜的事，阿萝没有同他提过，但他什么都知道，只是没有说而已。他早已知道自己和阿萝的处境，也明白阿萝的心思。他不想因为自己私人的感情而牵累整个部族，所以才毅然做出如此决定。回来后他一直在忙碌并不动声色地安排一切，如今已经将所有的事宜安排妥善，相信就算他突然消失，也不会出现任何混乱。

阿萝一震，美丽的褐色眸子中透出不敢置信的光芒："你……说什么？你真的愿意……"愿意为她放弃一切，放弃权力和地位，放弃男人所需要的尊贵和荣耀。她没有说出口，只因为她不敢想。

看到她的表情，子查赫德知道自己的决定是正确的——阿萝要的是那种山花插满头的平静自由的生活，只要在这里生活一天，她就会担惊受怕一天；而他，要的是阿萝的快乐。

微笑，他缓缓点头，为他们的一生做出决定。

尾声　风逝

　　落日熔金，晚风起，带着夏日的醺意。

　　空旷的原野上，紫蓝色的玉火焱摇曳成海洋，馥郁的芬芳引来蝶舞蹁跹。阿萝与子查赫德执手并肩而立，目送一人一马在澄澈的天宇下飞驰而去，银白的长发飞扬，如云似雾。

　　"风一样的明昭！"阿萝叹息，想到明昭去留随心、了无挂碍的洒脱笑容，不禁怅然莫名。即使无男女之情，明昭亦是一个让人牵系的人物。

　　子查赫德微微一笑，深邃的黑眸中漾起回忆的光芒："他是焰族的医皇子，他也是整个大草原的医者。"他永远也不会忘记，在十多年前那次惨烈的战役中，当时仍是个孩子的明昭是怎样带着如阳光一样灿烂的银发和笑容，奔波于两族的伤者之中的。

　　"是啊！"阿萝低喃，晚风拂起她如黑缎般的长发，她的眼神掠过一丝凄迷。想起那个从未真正见过明昭，却为他精神恍惚、神思不属的少女，她可还好？

　　青蓝的天空下，回忆如潮水般将她席卷。

　　"我要嫁给一个如雄鹰般的男儿！"十四岁以前，她对小冰君许下这样的"豪言壮语"。天真如她，即便知道选择的权力不在自己的手中，却依然对未来充满了憧憬。

冰城的少女有着冰雪的美艳、冰雪的剔透以及冰雪的易逝。若说焰族的女子是火，她们便是冰，却有着近似的命运。也许，除了地尔图人，天下的女子恐怕都是这般吧？

雄鹰般的男儿！阿萝温柔地看向身边的男子，他正望着日落的地方，眸中闪烁着智慧的光芒，不知在想些什么。

刚硬的面部轮廓，坚毅的神情——原来她想要的就是这样的男子.

若有所觉，子查赫德转头，与阿萝深情款款的目光相撞，心口一震，神情立时变得似水般柔软。

两人对望良久，然后相视而笑，互执的手不禁握得更紧。

正是玉火焱盛开的季节，玉火焱开了，开遍了草原和山岭。

（《残奴》全文完）